하리

서경희 장편소설

문학정원

하리

서경희 장편소설

차례

프롤로그

　전 아기는 천사가 어머니의 가슴에 빛을 비추고 귀에
속삭일 때 온다고 생각해요. 그럼 착한 아기들이 자라기
시작하죠. 나쁜 아기들은 타락 천사들이 그 밑으로 비집
고 들어가서 거기로 다시 나올 때까지 점점 더 커지다가
태어나요.[1]

1　존 필미어, 《신의 아그네스》, 홍서희 옮김. 한울, 2020, 35쪽.

1부

가
을

분홍하마의 집

분홍색 캐리어는 만삭의 자궁처럼 무거웠다. 시외버스의
짐칸에서 캐리어를 빼내려고 힘을 줬더니 갑자기 배가 심하
게 뭉쳤다. 나는 그 자리에 주저앉고 말았다. 복대 속의 '괴
물'이 배를 뚫고 나올 것처럼 움직이는 통에 꼼짝할 수 없었
다. 결국 운전기사가 캐리어를 빼내 주었다. 기사는 경멸하
는 눈초리로 부풀어 오른 배를 노려보았다. 그런 눈빛은 도무
지 익숙해지지 않았다. 왜 쨰려보냐고 미처 따지기 전에 기사
는 매캐한 매연을 남기고 차고지로 사라졌다. 나는 나를 경멸
하는 사람들 앞에서 약해 보이는 게 죽기보다 싫었다. 그래서
아무렇지 않은 듯 행동했지만, 얼굴에 열이 몰리면서 붉어지
는 것까지는 어떻게 할 수 없었다. 정류장 벽면에 걸린 거울

에 내 얼굴이 비쳤다. 반사판을 댄 것처럼 주위가 반짝였다. 등 뒤로 해가 지는 것이 보였다. 검은 웅덩이 같은 그림자가 바닥에 고였다. 나는 겨우 몸을 일으켜 캐리어를 끌고 대기실로 갔다.

괴물은 무슨 심통이 났는지 온몸을 뒤틀며 움직였다. 조막만 한 발이 배를 걷어찼다. 가만히 좀 있어. 배를 주먹으로 내리쳤다. 팽팽하게 부푼 배가 땅기고 아팠다. 오줌까지 지렸다. 요즘은 재채기만 해도 소변이 샜다. 괴물을 아프게 하고 싶은데 괴물이 아프기 전에 내가 아팠다. 날 좀 그만 아프게 했으면, 그냥 죽어줬으면, 싶었지만 마음대로 되지 않았다. 나는 한쪽 귀퉁이가 떨어져 나간 초록색 플라스틱 의자에 앉아 고통이 잦아들기를 기다렸다.

열린 출입문 사이로 바람이 들이쳤다. 찬 바람이 맨다리를 타고 사타구니로 올라왔다. 소름이 돋았다. 반소매 티셔츠 밑으로 드러난 팔을 손바닥으로 비볐다. 나도 모르게 몸이 부르르 떨렸다. 북쪽이라 그런지 확실히 서울보다 쌀쌀했다. 임신한 이후로 추위를 많이 탔다. 공원 벤치에서 지냈던 지난여름에도 이슬이 내리는 새벽이면 어미 잃은 새끼 고양이처럼 오들오들 떨었다. 나는 몸을 떨면서 출입문을 닫고 자판기에서 커피를 한 잔 뽑았다. 은은한 커피 향이 좋았다. 의자에 앉아서 커피를 한 모금 마셨다. 따뜻하고 달콤한 것이 들어가자 기분이 한결 나아졌다. 괴물도 커피 맛을 봤는지 어느새 잠잠해졌다.

샌들을 신은 발가락이 새파랬다. 혈액순환이 되지 않아 발이 퉁퉁 부었고 전에 없던 통증까지 느껴졌다. 장시간 버스를 탔기 때문일 것이다. 아니면 또 신발이 작아진 것인지도. 샌들을 벗으니 발이 멘소래담을 바른 것처럼 화끈거렸다. 임신한 이후로 계속해서 발이 커졌다. 원래의 발 치수는 235였지만 지금 신은 샌들은 245다. 이제는 250 사이즈의 신발이 필요한 지경에 이르렀다. 발등에 거무스름한 점이 눈에 띄었다. 문질러보니 지우개 가루처럼 때가 밀렸다. 침을 발라 문질렀더니 그 부분만 하얘져서 표백제에 잘못 담근 티셔츠처럼 얼룩이 생겼다.

캐리어를 끌고 대기실을 빠져나왔다. 대기실 밖의 풍경을 한동안 멍하니 바라보았다. 80년대가 배경인 영화 속의 한 장면으로 걸어 들어온 듯했다. 시외버스터미널은 이 도시에서 그나마 최신식이었다. 페인트가 벗겨진 건물들은 금이 가 있었고 도로는 성한 구석을 찾기 어렵게 군데군데 파여 있었다. 도시 전체가 뽀얀 먼지를 뒤집어쓴 유적지 같았다. 군인들의 모습이 심심치 않게 보였다. 강원도 최북단의 군사도시다웠다. 그나저나 마중 나오기로 한 원장은 어디에 있을까.

미혼모 쉼터 중에 굳이 이곳을 고른 이유는 입양특례법 때문이었다. 단말기 통신법, 도서정가제보다 더 악법이 입양특례법이었다. 나는 괴물을 내 호적에 올릴 생각이 없었다. 화농성 여드름이 두 개나 올라오도록 스트레스를 받아가며, 괴물을 종량제봉투에 버려야 할지 아니면 공원 화장실에 버려야 할지를 두고 밤새워 고민했다. 그런 날 밤이면 영아를 유기하고 쇠고랑을 찬 여자들이 찾아와 한바탕 하소연을 늘어놓는 꿈을 꾸었다. 여자들의 얼굴이 어느 순간 나로 바뀌면서 밤새도록 지독한 가위에 눌렸다. 악몽은 벤치에서 굴러떨어지면서 끝이 났지만 나는 식은땀이 마르는 내내 지독한 한기를 느끼며 이를 달달 떨어야 했다. 그러던 어느 날, 우연히 '분홍하마의 집'이라는 온라인 카페를 발견했다.

분홍하마의 집은 미인가 미혼모 쉼터다. 쉼터 이름에 '집'을 붙이는 건 아무래도 웃기는 일이다. 수용소라면 몰라도. 학교도 그렇지만 집이라면 넌더리가 났다. 그래서 가출해서도 찜질방, PC방 같은 '방'에서만 생활했다. 그런 내가 분홍하마의 집에 입소하기로 마음먹은 이유가 있었다. 출산한 아이를 미혼모의 호적에 올리지 않고 입양을 해주었기 때문이다. 말로만 듣던 불법 입양이었다. 불법이든 합법이든 괴물만 치워준다면 오케이다. 무엇보다 출산하고 나서 얼마간의 현금을 챙길 수 있다는 장점이 있었다. 물론 건강한 아이를 낳았을 때의 일이지만 말이다.

담뱃갑을 열었다. 한 개비가 남아 있었다. 바람 때문에 불이 잘 붙지 않았다. 몸이 부들부들 떨렸다. 내게는 담배보다 외투가 필요했다. 바람이 불어오는 방향으로 등을 돌려가며 불을 붙였다. 담배를 쥔 손이 떨렸다. 담배를 절반쯤 태웠을 때 화장실에 숨어서 피울걸, 하고 후회했다. 하지만 돗대가 아까워 필터가 드러날 때까지 담배를 빨았다. 어차피 쉼터에 들어가면 담배는 피우지 못할 것이다. 메일로 받아본 쉼터의 규칙이 꽤 까다로웠다. 술, 담배를 금지하는 조항은 받아들일 수 있지만 외출이 자유롭지 못한 건 최악이었다. 선택지는 남아 있지 않았다. 임신 사실을 알게 된 날부터 외길로 몰렸다. 그러다가 결국 벼랑 끝에 섰다. 분홍하마의 집으로 가는 것이 벼랑으로 떨어지는 것보다는 나은 선택이기를 바랄 뿐이다.

인형 뽑기방이 보였다. 무단횡단을 해서 도로를 건넜다. 세 평 남짓한 공간에 기계가 빼꼭히 들어차 있었다. 인형은 주인을 기다리는 애완동물 같았다. 미혼모들이 낳은 아기를 인형 뽑기 기계 속에 넣어놓고 양부모를 기다리게 하면 어떨까. 인형 뽑기 기계에서 마음에 드는 인형을 뽑는 것과 입양은 다를 게 없어 보인다. 꽝이 없다는 것이 다른 점이겠지만. 바로 그때 새하얀 강아지 인형이 눈에 띄었다. 갖고 싶었다. 주머니에 손을 넣었다. 동전이 만져졌다. 기계에 동전을 넣었다. 강아지 인형은 번번이 갈고리에서 빠져나갔다. 조금만 더 버티면 뽑을 수 있을 텐데, 거의 다 잡았는데, 이번에는 확실한데. 주머니가 텅 비고 나서야 제정신이 들었다. 세상은 항상 그랬다. 다 줄 것처럼 달콤하게 굴다가 결국은 남김없이 뺏어갔다. 이제는 안다. 열심히 한다고 해서 되는 게 아니라는 것을, 열심히 하면 된다는 말은 새빨간 거짓말이라는 것을, 루저들만이 그런 말을 한다는 것을 말이다.

한 무리의 군인들이 몰려왔다. 휴가를 나가는지 들떠 보였다. 나는 한쪽 구석으로 갔다. 한 군인이 여기 있는 인형을 다

뽑을 수 있다며 잘난 체를 했다. 다른 군인들이 뽑기 힘든 인형만 가리키는데도 그 군인은 매번 인형을 뽑았다. 내가 뽑고 싶어 했던 강아지 인형도 뽑았다. 입구에서 망을 보던 군인이 버스 도착했습니다, 라고 외쳤다. 군인들은 신속히 인형에서 관심을 거두고 우르르 나가버렸다. 뽑은 인형을 들고 있던 군인만 남았다. 군인은 어쩔 줄 모르고 머뭇대다가 인형을 쓰레기통에 던져 버리고는 먼저 간 군인들을 따라 나갔다. 나는 쓰레기통을 뒤져서 강아지 인형을 꺼내 괜히 두어 번 툭툭 털어낸 다음 캐리어에 달았다.

원장은 약속 시간보다 30분이나 늦게 나타났다. 원장의 첫인상은 그다지 좋지 않았다. M자형으로 벗겨지기 시작한 이마에, 얼굴은 개기름으로 번들거렸다. 무엇보다 안경알 너머로 보이는 눈빛이 음흉해 보였다. 나는 원장한테 왜 늦었느냐며 따지려고 했다. 하지만 원장은 자기소개를 하며 말할 타이밍을 빼앗았다. 그러고는 캐리어를 끌고 밖으로 나가버렸다. 등을 보인 사람을 공격하기란 쉽지 않은 일이다. 나는 가만히 원장의 뒤를 따랐다. 원장은 약속에 늦은 사람답게 행동이 굼떠 보였다. 캐리어를 끌고 걸어가는 자세도 꼭 사막거북 같았다. 온 신경을 모아 원장의 보폭에 맞추며 걸었다. 원장과 멀지도 가깝지도 않은 거리를 유지하고 싶었는데, 자꾸만 원장의 뒤에 바짝 붙어 걷게 되었다. 그럴 때면 잠시 멈춰 서 있다가 다시 걸었다. 원장은 폐차장에서 끌고 나온 듯한 스타렉스

하리

에 캐리어를 실었다. 자동차 외장 가득히 녹이 슬어 있었다.
스타렉스는 푸른곰팡이가 피기 시작한 가래떡 같았다. 시동
이 걸리는 게 신기했다. 원장은 앞자리에 앉으려는 나를 뒷자
리에 앉혔다.

"이름이 어떻게 돼요?"

"하리요."

"몇 살이에요?"

속이려 들면 얼마든지 속일 수 있는 이름이나 나이 같은 게
뭐 그리 중요하다고 자꾸 묻는지 모르겠다.

"어려 보이네."

원장이 은근슬쩍 말을 놓았다.

"몇 살처럼 보이는데요?"

"열다섯."

나는 발끈했다.

"중학생이요? 말도 안 돼!"

키가 작은 건 사실이지만 중학생이라니. 너무 심한 모욕이
었다.

"열여섯이니?"

나는 그 말에 대꾸하지 않았다. 대꾸할 가치도 없었다. 차
는 신호를 받고 사거리에 멈춰 섰다. 원장은 더는 물어보지
않았다. 내 나이가 열다섯이든 스물다섯이든 원장에겐 크게
중요하지 않을 것이다. 원장이 대머리든 장발이든 나와는 아
무 상관 없는 것처럼.

스타렉스는 덜덜 소리를 내며 시속 60킬로로 달렸다. 가속 페달을 힘껏 밟아도 80킬로를 넘기기 어려워 보였다. 느림보 원장과 잘 어울리는 차였다. 스타렉스는 번화한 거리에 접어들었다. PC방, 모텔, 중국집, 다방 등이 모여 있는 거리에는 온통 군인들 천지였다. 시내를 빠져나온 차는 한적한 2차선 도로를 달렸다. 달리다가 점점 더 외딴곳으로 들어갔다. 원장은 예고도 없이 핸들을 꺾었다. 시멘트로 포장된 1차선 도로에 접어들었다. 스타렉스는 자주 덜컹거렸는데 낡았기 때문인지 도로 상태 때문인지 모르겠다. 둘 다일 확률이 높았다. 해가 완전히 넘어가고 주위가 어슴푸레했다. 이러다 북한으로 넘어가는 것은 아닌지 걱정되었다. 갈수록 지대가 높아졌다. 귀가 먹먹해서 침을 삼켰다. 그렇게 10여 분을 더 달렸더니 네모난 터널 입구가 보였다. 터널 입구에는 해골 모양의 그림이 그려져 있었고 한쪽에는 모래주머니가 쌓여 있었다. 터널 안은 깜깜했다. 네모난 어둠이 터널 끝에 버티고 서 있었다.

"이 터널만 지나면 분홍하마의 집이 보일 거다."

차는 까만 어둠을 뚫고 달렸다. 태어나며 본 적이 있을 테지만 지금은 기억하지 못하는 자궁이 이렇게 생기지 않았을까. 나는 산도를 닮은 터널을 지나 분홍하마의 집에 도착할 것이다. 출산한 다음에나 이 터널을 빠져나오겠지. 그리고 두 번 다시 돌아오지 않을 것이다.

터널을 빠져나오자 생뚱맞게 아스팔트가 깔린 4차선 도로가 나왔다. 도로 끝에 대규모 아파트 단지가 있다고 해도 이상할 것 같지 않았다. 멀리서 희미한 불빛이 빛나고 있었다. 가까이 가서야 그것이 구멍가게의 간판이 내뿜는 불빛이었음을 알았다. 원장은 '초원슈퍼' 앞 주차장에 차를 세웠다. 슈퍼 주변으로 뼈대만 올라간 건물이 여럿 보였다. 산속이라 바람이 많이 불었다. 바람이 불 때마다 뼈대만 올라간 건물에서 끼익끼익 하는 기괴한 소리가 났다. 초원슈퍼 건물의 3층이 분홍하마의 집이었다.

삼겹살을 굽는 연기가 거실에 가득 찼다. 창문은 전부 닫혀 있었다. 60대로 보이는 할머니를 빼고 정도의 차이가 있을 뿐 거실에 있는 여자들은 모두 배가 불러 있었다. 연기 때문인지 갑자기 코가 간질간질했다. 나는 재채기를 연속 세 번이나 했다. 원장이 간단히 내 소개를 했다. 여자들은 귀찮은 듯 손뼉 치는 흉내만 냈다. '임산부님의 입소를 환영합니다'라는 플래카드가 거실 벽면에 떡하니 붙어 있었다. 재활용을 여러 번 했는지 플래카드는 구겨지고 얼룩져 있었다. 빨간 풍선과 노란 풍선이 발에 차였다.

"냄새!"

"그러게. 어디서 나는 냄새야?"

나는 얼굴이 벌겋게 달아올랐다. 노숙하는 동안 제대로 씻지 못했다. 그래도 공중화장실에서 나름대로 씻어왔기 때문에 냄새가 그렇게 지독한 줄 몰랐다. 발에 코를 대고 냄새를 맡고 싶은 심정이었다.

"일단 다들 앉지."

원장이 임산부들에게 말했다.

"좀 씻고 싶은데요."

원장의 얼굴이 돌파구를 찾은 것처럼 환해졌다.

"그럴래? 저기."

원장이 손가락으로 욕실을 가리켰다. 나는 가만히 서 있었다.

"왜?"

'갈아입을 옷이 없어요.'

"샴푸랑 비누는 욕실에 있어."

'그거 말고.'

"수건은 걸려 있는 거 쓰면 되고."

답답해서 속이 뒤집힐 것만 같았다.

"갈아입을 옷이 없는 거 같은데요."

한 임산부가 말했고 원장을 비롯한 임산부들이 분홍색 캐리어를 쳐다보았다. 거기에는 빨아야 할 옷만 가득 들어 있었다.

"누가 하리한테 옷 좀 빌려줄래?"

임산부들은 하나같이 원장의 눈을 피했다.

"됐어요. 전 남의 옷 안 입어요."

나는 욕실 쪽으로 걸어갔다.

"야야, 할매 거라도 입을래?"

할머니가 손을 잡아끌었다. 나는 몸에 힘을 주고 버티다가 못 이기는 척 방으로 따라 들어갔다. 할머니가 화려한 무늬의 바지와 목이 어깨까지 늘어난 회색 티셔츠를 서랍에서 꺼내 주었다.

씻고 나서 오랜만에 삼겹살을 먹었다. 삼겹살은 내 기억보다 훨씬 맛있었다. 나는 쌈을 쌀 때 고기를 세 점씩 올렸다.

"야가 와 이래 급하게 묵노. 체하겠다. 고기 많타. 천천히 무라."

나는 먹는 속도를 줄이려고 했지만 쉽지 않았다.

"배 많이 고팠드나?"

"맛있어요."

나는 실실 웃었다. 원하는 게 있을 때만 가끔씩 꺼내 쓰는 착한 가면이었다. 생각보다 잘 안 먹히는 방법이었지만 할머니를 속이는 데는 성공한 듯 보였다.

"꼭꼭 씹어서 많이 무라."

할머니가 상추쌈을 싸 주었다. 입을 커다랗게 벌리고 쌈을 받아먹었다. 고기는 한 점만 올리고, 내가 절대 먹지 않는 마늘이며 양파가 가득 들어 있었다. 나는 '망할 할망구'라고 속으로 욕했다. 할머니는 내 속도 모른 채 예뻐 죽겠다는 표정을 하고 내 머리를 쓰다듬었다. 나는 할머니의 친손녀처럼 천진하게 웃었다. 할머니의 손이 내 뺨을 살짝 스쳤다. 손이 철 수세미처럼 거칠었다.

"예나야, 니도 마이 무라. 의사 선생님이 빈혈기 있다고 고기 많이 무라 안 그랬나."

20대 초반으로 보이는 풍만한 몸매의 임산부를 보고 할머니가 말했다. 할머니가 밥그릇에 삼겹살을 올려놓았다. 임산부는 삼겹살을 뒤적이기만 할 뿐 입에 넣지 않았다.

"예나야, 고마 입에 넣어라."

예나의 귀에 할머니의 말은 들리지 않는 것 같았다.

"마마, 그냥 두세요. 배고프면 알아서 먹겠죠."

보다 못한 또 다른 임산부가 끼어들었다. 쇼트커트에 외까풀인 눈이 매력적인 임산부였는데, 이름이 초련이라고 했다. 나이는 20대 후반쯤으로 보였다. 사람들은 할머니를 '마마'라고 불렀다. 사극에 나오는 대비마마, 중전마마 할 때 그 마마를 뜻하는 것일까, 아니면 집집마다 찾아다니며 천연두를 앓게 한다는 귀신 마마를 말하는 것일까. 후에 마마는 쉼터에 머무는 모든 임산부의 엄마가 되고 싶어서 마마라는 이름을 썼다고 내게 고백했다.

식사를 마치고 과일을 먹고 있는데 원장이 말을 꺼냈다.

"예나야, 하리하고 방을 같이 쓰는 건 어떠니?"

예나는 이제 열다섯 살이었다. 충격적인 사실이었다. 예나의 몸은 전혀 열다섯으로 보이지 않았기 때문이다. 외모만으로 사람의 나이를 가늠하는 시대는 완전히 끝났다.

"싫어요."

예나가 인상을 구겼다. 초련이 거들고 나섰다.

"예나야, 그러지 말고 같이 지내. 혼자보다는 둘이 좋잖아."

원장은 더는 말이 없었고 예나는 점점 더 인상을 썼다.

"쟤도 나랑 같은 방 쓰는 거 싫을걸요."

예나는 눈을 치켜뜨고 나를 노려봤다. 같이 쓴다고 말하기만 해봐. 가만 안 둘 거야. 그런 눈빛이었다.

"예나야, 쟤가 뭐니. 너보다 언니라잖아."

초련의 지적에 예나는 반응이 없었다. 언니라고는 죽어도 부르기 싫은 모양이었다. 북한군이 쳐내려오지 못하는 이유가 중2들 때문이라는 말이 빈말은 아니었다. 저런 것들은 학교가 아니라 군대에 보내는 게 맞다. 나도 싹수도 없고 예의도 없는 저런 애하고는 같이 지내기 싫었다. 쉼터에서 쥐 죽은 듯이 조용히 있다가 자유의 몸이 되는 것이 나의 목표였다.

"저도 싫어요."

나는 감정이 섞이지 않은 낮은 톤으로 말했다. 평소 같았다면 1만 5000개쯤의 가시가 달린 선인장이 날아가 귓구멍에 박히는 목소리가 나갔을 테지만, 오늘은 그러고 싶지 않았다. 깨끗하게 씻고 맛있는 저녁을 배부르게 먹어서일 것이다.

"그럼 어쩌지. 빈방이 없는데."

분홍하마의 집은 109제곱미터의 아파트의 구조와 유사했다. 현관에 들어서면 오른쪽에 가장 작은 방이 있는데, 그 방은 마마가 혼자 썼다. 현관 정면으로는 욕실이 보이고, 왼쪽에는 거실, 오른쪽에는 부엌이 있다. 욕실 왼쪽에는 큰방이,

오른쪽에는 중간 크기 방이 있었고, 큰방에는 욕실이 딸려 있었다. 큰방은 세 명의 임산부가 같이 쓰고 있었다.

마마가 호탕하게 말했다.

"하리는 마 내랑 같이 있자."

늘 그렇지만 선택의 여지가 없었다. 노숙이 아닌 게 얼마나 다행인가. 임신한 몸으로 벌어먹지 않아도 되는 게 또 어디고. 더 바란다면 양심 없는 일이다.

"와 대답이 없노. 나랑 같이 자기 싫나?"

"아뇨. 좋아요."

나는 얼른 대답했다. 내게 주어진 작은 행운이 사라질까 봐 두려웠다. 다시는 길바닥에서 자고 싶지 않았다. 마마는 분홍색 캐리어를 끌고 먼저 방으로 들어갔다. 그렇다면 원장은 어디서 자는 것일까, 하는 의문은 곧 풀렸다. 원장은 읍내에 살고 있었다. 원장이 하는 일 대부분이 인터넷상에서 이루어졌는데 미혼모를 모으고, 어디선가 돈을 끌어오는 것이었다. 굳이 분홍하마의 집에 살 필요가 없었다.

어둠 속에서 가만히 눈을 떴다. 새벽 2시가 넘었지만 잠이 오지 않았다. 마마는 코까지 골며 잘도 잤다. 오늘 밤은 도저히 잠이 올 것 같지 않았다. 도시에서 나고 자랐기 때문에 바람 소리며 새소리며 자연이 내는 소음을 견디는 게 힘들었다. 사실 소음보다 악취를 견디는 일이 더 힘들었다. 마마의 방에서는 이제까지 맡아본 적 없는 이상한 냄새가 났다. 오래된 책에서 나는 냄새 같기도 했고, 벽지에 핀 곰팡내 같기도 했다. 마마의 몸에서 떨어진 살비듬과 오랫동안 빨지 않은 이불에서 풍기는 악취가 뒤섞인 것인지도 몰랐다. 분홍하마의 집에서 150킬로미터 떨어져 있는 서울이 그리웠다. 1000만 명이 떠드는 소리, 공사장의 소음, 길게 늘어선 자동차가 울려대는 경적 등 도시가 내는 소리가 그리웠다. 잠들고 싶어서 눈을 꼭 감았다. 오만 가지 생각으로 머릿속이 시끄러웠다. 이대로 잠들면 악몽을 꿀 것 같았다. 나는 동이 틀 때까지 뒤척이다 겨우 잠들었다.

산모 수첩

오전 내내 늦잠을 자고 점심때가 다 되어 일어났다. 마마의 이부자리는 깨끗하게 정리되어 있었다. 재채기가 연속으로 다섯 번이나 나왔다. 맑은 콧물이 주르륵 흘렀다. 휴지로 콧구멍을 막았다. 노숙을 하면서 생긴 비염은 날이 갈수록 심해졌다. 항히스타민제를 꾸준히 먹으면 가라앉을 텐데 돈이 없었다. 항히스타민제는 2500원이었다. 약값이 싼 약국에서는 2000원에도 팔았다. 그치만 늘 돈이 생기면 4600원 하는 담배부터 샀다. 항히스타민제까지 살 돈은 없었다.

커튼을 젖혔다. 햇살이 강하게 들이쳤다. 나는 눈을 질끈 감았다. 창밖의 풍경을 보고 깜짝 놀랐다. 쉼터가 있는 3층짜리 건물 말고는 성한 건물이 없었다. 죄다 짓다가 버려진 건

하리

물이었다. 최근까지 운영했던 것처럼 보이는 모텔 건물이 그나마 온전한 형태를 유지하고 있었다.

삼겹살을 먹으면서 분홍하마의 집이 설립된 배경을 원장한테 들었는데 얘기는 대충 이러했다. 햇볕정책으로 남북 관계가 한창 화해 분위기를 타고 있을 때였다. 고양이, 강아지, 원숭이, 심지어는 개미까지 캐릭터로 만들어 옷이며 쿠션, 텀블러 등에 인쇄해 판매하던 한 중견기업은 이곳에 생태평화공원이 조성될 것을 내다보고 하마가 메인 캐릭터인 테마파크를 만들려고 했다. 그러던 도중에 부도를 맞았고, 공사는 완전히 중지되었다. 경매는 유찰되기를 반복하다가 헐값에 한 공익 재단으로 넘어갔다. 공익 재단은 지금의 터에 전쟁기념관을 크게 지어서 운영할 계획이었지만 금융위기가 터지는 바람에 무산되고 말았다. 그로부터 또 한참이 지났지만 남북 관계는 더 극단으로 치달았고 이 땅은 버려지다시피 했다. 원장은 공익 재단이 무상으로 임대해준 공간에 임산부들을 위한 쉼터를 만들었고 그것이 분홍하마의 집이었다.

원장은 이렇게 덧붙였다.

"내일 날이 밝으면 알겠지만, 쉼터 주변 경관이 좋아. 맑은 날에는 저 멀리 민통선이 다 보여. 생태공원만 들어서면 대박 날 곳이지. 돈 있으면 땅이라도 사두고 싶어."

원장은 이곳에서 조금만 더 북쪽으로 가면 자연 호수가 나오는데 그 주변 경관이 대한민국에서 제일 아름다울 거라고 했다.

"하루 날 잡아서 자연 호수로 소풍 가자."

이 꼴을 하고 뭐가 좋다고 소풍까지 가나 싶었지만 나는 입밖으로 그 말은 꺼내지 않았다.

거실에 나갔더니 마마와 임산부들은 보이지 않고 원장만 소파에 앉아 텔레비전을 보고 있었다.

"일어났니? 마마가 식탁에 밥 차려놨다. 한 톨도 남기지 말고 싹 다 먹어. 마마는 밥 남기는 걸 제일 싫어해."

"다들 어디 갔어요?"

"병원."

밥상은 상보로 잘 덮여 있었다. 된장찌개에 밑반찬 두 개, 그리고 통통하게 살이 오른 갈치 한 토막이 먹기 좋게 담겨 있었다. 원장이 된장찌개는 데워 먹으라고 했다. 공기에 밥을 눌러 담았다. 갈치는 고소했고 된장찌개는 얼큰했다. 멸치볶음과 고구마순무침은 또 어찌나 맛있는지, 밥 먹는 데 정신이 팔려 원장이 텔레비전을 보면서 뭐라 뭐라 하는 소리가 전혀 들리지 않았다.

"저 여자도 분홍하마의 집에 왔더라면 저렇게 되지는 않았을 거다."

뉴스에서는 몇 달 전에 일어났던 정류장 영아 유기 사건을 자세하게 보도했다. 막차가 끊긴 시간, 한 여성이 정류장 벤치에서 검은 비닐봉지에 싸여 있는 영아 시체를 발견하고 경찰에 신고한 사건이었다. 조금 전 경찰이 수사 결과를 발표했는데 신고한 여성이 친모로 밝혀진 모양이었다.

"봤니?"

"뭘요?"

"뉴스."

나는 젓가락질을 부지런히 했다. 갈치는 맛있는 생선이지만 살이 적어서 먹을 게 없었다.

"너는 어떻게 된 게 고맙다는 인사 한 번을 안 하는구나. 너도 저 여자처럼 경찰에 끌려갔을 거다. 여기에 오지 않았다면. 안 그래?"

"……."

"내가 왜 돈은 안되고 힘만 드는 이 일을 하는지 아니? 젊어서 지은 죄 때문이다. 빵을 들락거리다가 하느님을 만났기 때문이야. 하느님이 아니었다면, 고마움도 모르고 양심이라고는 1그램도 없는, 간음하지 말라는 주님의 말씀을 어긴, 너희 같은 버러지를 거둘 이유가 있을까?"

"고맙게 생각하고 있어요."

나는 원장이 하는 말이 듣기 싫어서 그렇게 말하고 말았다. 원장은 틀림없이 미친놈일 것이다. 교도소에서 죽을 때까지 하느님하고 같이 살지 왜 나왔는지 모르겠다. 하긴 교도소에 가고 안 가고가 중요한 게 아니다. 거리에서 살며 알게 된 사실이 하나 있다. 한 번 미친놈은 영원히 미친놈인 법이다. 예외는 없다.

밥 한 그릇을 깨끗이 비우고 방으로 들어가려는데 원장이

불러 세웠다.

"네가 먹은 밥그릇 정도는 치우는 게 예의 아닐까?"

식탁에는 빈 그릇이 너저분하게 널려 있었다. 설거지를 끝냈는데도 원장은 나를 놓아주지 않았다. 사과를 먹고 들어가라며 소파에 불러 앉혔다. 텔레비전에는 출산율이 역대 최저치를 기록했다는 뉴스가 나오고 있었다.

"정말 큰일이다. 애들을 안 낳으니."

"……."

"체중은 얼마나 늘었니?"

"10킬로그램쯤. 정확하게는 몰라요."

"많이 부은 거 같은데, 아픈 데는 없니?"

안 아픈 데가 없을 정도였지만 없다고 말했다.

"예정일이 언제야?"

나는 아무 말도 못 했다. 답이 준비되지 않은 질문이었다.

"몇 주나 됐어?"

이럴 때는 뭐라고 답해야 하는지 누가 알려주면 좋겠다.

"산모 수첩 가져와봐."

병원을 간 적이 없었다. 산모 수첩이 있을 리가 없었다.

"빨리 병원에 가는 게 좋겠다."

원장은 눈치로 모든 사실을 알아챘다. 무표정한 얼굴이었다. 특별히 놀라지 않는 것으로 보아 나 같은 애가 처음은 아닌 듯했다.

온라인에서 낙태하는 방법을 물었더니 산부인과 의사라는

사람이 우리나라에서 낙태는 범죄행위입니다. 낙태하면 시술한 의사까지 처벌받아요, 라는 답을 달아놓았다. 낙태한 임산부는 1년 이하의 징역 또는 200만 원 이하의 벌금에 처하고 의료인은 죄가 더 크다고 했다. 임신을 시킨 남자를 처벌하는 조항도 있는지 궁금했지만, 의사라는 사람이 적어놓지 않아서 알 길이 없었다. 임신한 것만으로도 분해 죽겠는데, 내가 뭘 잘못했다고 교도소까지 가야 하는지 모르겠다. 나를 처벌할 수 있는 존재는 아직 세상에 없다. 괴물이 태어나서 원수를 갚겠다고 나를 찾아올 것이 두려워 불법 낙태를 해준다는 산부인과를 찾아갔다. 허름한 뒷골목에 위치한 병원은 골목보다 더 낡아서 곧 무너질 것처럼 보였다. 그날 나는 산부인과에 들어가지 못했다. 그 후로도 여러 번 시도했지만 결국 들어가지 못했는데, 건물이 무너질까 봐 무서웠기 때문이었다.

원장의 말마따나 계속 거리에 있었다면 나는 영아 유기 혐의로 쇠고랑을 찰 확률이 100퍼센트였다. 나는 종종 거리에 남겨진 나를 상상했다. 우려가 현실이 되고 영아 유기 혐의로 재판에 넘겨진다. 재판을 취재하려는 기자들이 법원에 장사진을 친다. 방송국 카메라가 내 얼굴을 비추는 순간, 나는 모자와 마스크를 벗고 맨얼굴을 드러낸다. 살인자가 된 나를 보고 슬퍼할 사람이 한 명이라도 있을까.

마마와 임산부들이 병원에서 돌아온 후에야 원장의 손에서 벗어날 수 있었다. 원장의 질문에 대답한 것보다 하지 않은 것이 훨씬 많았지만 압박 면접을 치른 것처럼 피곤했다. 어깨는 뭉쳤고 목은 칼칼했다. 그대로 방에 들어가 저녁이 될 때까지 낮잠을 잤지만, 피곤은 좀체 풀리지 않았다.

아침을 챙겨 먹고 쉼터를 나섰다.

"춥다. 긴 옷 입고 가라."

오늘이 올가을 들어 가장 추운 날이라는 것은 나도 일기예보를 들어서 알고 있었다. 내가 가진 옷들은 하나같이 짧거나 파이거나 작았는데, 지금 입은 옷은 그중에서 가장 두꺼운 옷을 골라 입은 것이었다.

"무신 고집이 저래 세노. 춥다 안 카나."

나는 마마의 말을 무시하고 현관으로 갔다.

"신발은 또 저게 뭐꼬?"

마마가 등 뒤에서 하는 말을 무시하고 현관문을 열고 나왔다. 건물 입구에는 머리카락이 하얗게 센 할아버지가 카스 로고가 그려진 플라스틱 의자에 앉아 불붙은 담배를 든 채로 졸고 있었다. 담배는 성냥개비처럼 타들어가고 있었다. 할아버지 주변으로 담배꽁초가 널려 있었다. 나는 콧구멍을 벌렁거리며 담배 연기를 빨아들였다. 강제 금연 사흘째였다. 짜증, 무기력, 졸음 같은 금단증상에 시달렸다. 나는 누가 볼세라 얼른 꽁초를 집어 주머니에 넣었다.

"하리야."

마마가 부르는 소리가 등 뒤에서 들렸다. 빨리 걷고 싶은데, 마음과 달리 발걸음은 한없이 느렸다.

"또 여서 자는교? 일라가 드가서 자소. 눈뜬 지 얼마나 됐다고 또 자노?"

나도 모르게 뒤를 돌아봤다. 할아버지가 마마를 보더니 빙긋이 웃었는데 이가 없어 입 속이 시커멨다.

"드가소."

마마는 초원슈퍼를 가리켰다. 할아버지는 고개만 끄덕일 뿐 움직이지 않았다. 들고 있던 담배는 필터까지 타들어갔다. 길게 붙은 담뱃재가 예고 없이 떨어졌다. 원장이 경적을 크게 울렸다. 나는 걸음을 서둘렀다.

"이거 신고 가라."

마마보다 내 발걸음이 더 느리다는 게 충격이었다. 마마의 컴포트화는 내가 신기에 작았다. 컴포트화를 뒤집어서 사이즈를 확인했다. 225였다. 이제는 250을 신어야 하는 발에 들어갈 리가 없었다. 마마는 포기하지 않고 힘으로 신발의 발볼 부분을 늘렸다. 뒤축을 구겨 신었더니 어찌어찌해서 발이 들어가기는 했다. 뒤꿈치가 허공에 떠서 무게중심을 잘 잡지 않으면 뒤로 넘어질 것 같았다.

"이거라도 걸치라. 늙은이 거라가 더럽지마는 감기 걸리는 것보다야 안 낫겠나."

나는 마마가 주는 다홍색 스웨터를 받아 들고 스타렉스에 올라탔다.

"임신중독증입니다."

살이 찐 것이 아니고 부은 것이라고 했다. 지방이 아니라 물이었다. 나는 기분이 좋아졌다. 손발이 붓고, 눈앞이 흐려지고, 명치부위에 통증이 있었던 것이 다 임신중독 증상이었다. 원장과 의사는 혈압에 대해 오래 얘기했다. 혈압이 높은 것과 몸이 붓는 것이 무슨 관계인지 모르겠다. 사실은 알고 싶지도 않았다.

"다행히 단백뇨는 없네요."

의사는 입원 치료를 권했다. 단백뇨가 없기는 하지만 혈압이 높아서 위험해질 수 있었다. 원장은 통원 치료를 하겠다고 했다.

"그러면 매일 단백뇨 체크를 하세요. 문제가 있으면 바로 병원에 오시고요. 일주일에 한 번씩 검진받으셔야 합니다."

의사와 원장은 심각했지만 내겐 살이 아니라 물이라는 말이 중요했다. 괴물이야 어떻게 되든 나하고 상관없었다.

"옷 갈아입고 오세요."

괴물과 만나야 할 시간이었다. 탈의실에 비치된 치마로 갈아입고 속옷을 벗으면서 이대로 도망치면 어떻게 될까 생각했다. 다시 길에서 살고 싶지는 않았다. 길은 너무 추웠다. 이제 곧 겨울이다.

"화장실 좀."

탈의실에서 나온 나는 의사의 허락을 받고 화장실로 갔다. 변기에 앉아 담배꽁초를 꺼냈다. 꽁초에 불을 붙였다. 몇 번

빨지 않았는데 필터까지 타버렸다. 꽁초를 변기에 버리고 물을 내렸다. 화장실에 들어오던 여자가 "담배 냄새!"라고 소리치며 호들갑을 떨었다. 임산부는 연거푸 손부채를 흔들었다. 여자는 의심의 눈초리로 나를 쳐다보았다. 나는 아무렇지 않은 얼굴로 손을 씻었다. 여자는 부푼 내 배를 보더니 태도가 돌변했다.

"담배 냄새 나죠?"

나는 고개를 까닥했다.

"화장실에서 담배 피운 게 분명해요. 그죠?"

나는 빙그레 웃어주었다. 여자는 화장실 문을 일일이 열어서 안에 사람이 있는지를 확인했다.

"항의하러 갈 건데 같이 갈래요?"

나는 같이 못 가줘서 미안하다는 표정을 지으며 고개를 흔들었다.

의사가 배에 따뜻한 젤을 듬뿍 뿌리더니 기계를 사용해서 넓게 펴 발랐다. 나는 모니터 반대 방향으로 고개를 돌렸다. 동굴에서 북을 치는 듯한 소리가 멀리서 들려왔다. 잠시 후, 볼륨을 높인 것처럼 북 치는 소리가 엄청나게 커졌다.

"아기 심장 소리 들리죠? 튼튼한 녀석이네요."

그제야 그 소리가 괴물의 심장 소리라는 것을 알았다. 그리고 그것이 너무나 건강하다는 것도. 감기약을 먹는다고 해서, 배를 몇 대 때린다고 해서, 뜀박질한다고 해서, 쉽게 사라지지 않으리라는 것도.

"아들이죠?"

원장이 물었다.

"왜요. 뭐가 보여요?"

"여기. 이 부분이."

"할아버님이 눈썰미가 좋으시네요. 아들이라서 좋으시죠?
요즘 인식이 많이 바뀌긴 했어도 어르신들은 여전히 아들을
선호하시더라고요."

"딸이 좋죠. 요즘 누가 아들을 찾아요? 다들 딸만 찾아서
저도 미치겠어요."

"네?"

"아들도 좋고 딸은 더 좋고요. 건강하게 태어나면 바랄 게
없죠."

원장은 호탕하게 웃었지만 언짢아하는 게 느껴졌다. 아들
보다 딸이 더 비싸게 입양되는 모양이었다.

원장을 따라 재래시장에 갔다. 먹자골목에서 풍겨오는 음
식 냄새에 침이 돌았다.

"뭐 먹을래?"

"아무거나요."

원장은 떡볶이, 순대, 잡채를 1인분씩 시켰다.

"어묵 국물 먼저 주세요. 날씨가 차네요."

어묵 국물을 내려놓는 아줌마의 손길이 거칠었다. 소리 나

게 그릇을 내려놓는 과정에서 국물이 흘렀지만, 원장도 아줌마도 신경 쓰지 않았다. 참으려 해도 이가 달달 떨렸다. 마마가 걸치라고 준 스웨터는 차에 두고 내렸다. 너무 촌스러워서 도저히 입고 다닐 수 없었다.

"안 추워? 옷이 이게 뭐야. 박 원장, 애 옷 좀 사 입혀."

아래위를 훑어보는 아줌마의 눈길에 기분이 더러워졌다. 떡볶이, 순대, 잡채가 차례로 테이블 위에 올랐다. 나는 허겁지겁 먹었다. 요즘은 전에 없던 식탐이 생겨서 먹을 것만 보면 나도 모르게 이랬다. 한참을 먹다가 원장이 어묵 국물만 떠먹고 있다는 것을 알았다.

"좀 드세요."

인사치레로 한 말이었다. 나는 마음에 없는 말을 할 때면 그렇게 부끄러울 수가 없었다.

"신경 쓰지 말고 먹어. 의사가 말한 대로 맘 편하게 먹고. 30주라니까 한 달만 더 견뎌봐. 34주 넘으면 수술도 가능하다니까."

"네."

순대를 한입 가득 넣고 대답했다. 아무래도 상관없었다. 임신중독증보다 더한 일이 있더라도 상관없었다. 괴물이 내 안에서 떨어져 나오기만 하면 두 번 다시 볼 일 없을 테니까. 동굴에서 울리는 듯했던 심장 소리가 떠올랐다. 갑자기 욕지기가 치밀었다. 원장이 식탐이 문제라며 천천히 먹으라고 잔소리를 했다. 괴물이 자신의 존재를 알리고 싶은지 배를 찼다.

나는 원장 몰래 배를 한 대 때렸다. 아파서 눈물이 찔끔 났다. 내가 때리면 괴물은 아프기나 할까. 나만 아픈 건 아니겠지. 괴물이 배를 찢고 나올 것처럼 움직여서 끔찍한 기분에 휩싸였다.

외투를 사고 신발 가게에 갔다. 새 옷에서 나는 석유 냄새에 머리가 어질어질했다. 재채기를 했더니 콧물이 덩어리째 나왔다. 손수건으로 코를 막았다.

"감기 걸렸니?"

"비염이요."

"쉼터에서 생활하다 보면 없어질 거다. 공기가 좋은 곳이니까."

나는 검정색 고무신 안에 갈색 털이 잔뜩 들어 있는 신발이 싫었다. 주인아저씨는 털고무신을 강력히 권했다. 추운 겨울에는 그만한 신발이 없다면서.

"노인네들이나 신는 신발을 학생이 신겠어?"

주인아줌마가 타박을 줬다. 주인아저씨는 금방 기가 죽었다.

"학생, 편하게 골라봐. 학생 아닌가?"

아저씨는 배 한 번 보고 얼굴 한 번 보고, 배 한 번 보고 얼굴 한 번 보고를 반복했다. 닳으니까 그만 보라고 말해주고 싶었다. 주로 군인과 노인들이 사는 지역에서 마음에 드는 신발을 찾는 건 처음부터 불가능한 일이었는지도 모르겠다. 새하얀 스니커즈가 눈에 들어왔다. 신발 망가진다는 주인아줌마의 말을 무시하고 뒤지던 중에 발견한 것이다. 디자인이 특이한 것도 아니고 굽이 높은 것도 아니었다. 그냥 하얀색 스니커즈였다.

"그게 아직 남아 있었네."

스니커즈는 245 사이즈 한 켤레뿐이었다. 엄지발가락이 끼어서 아프기는 했지만 못 걸을 정도는 아니었다. 신발이란 건 신다 보면 늘어나기도 하는 것이다.

"이걸로 할래요."

원장은 그러라고 했다.

"이제 됐지?"

"약 사주시면 안 돼요?"

"무슨 약?"

"비염약이요."

"임산부가 약을 함부로 먹으면 안 되지. 아기를 생각해서 조금만 참아. 공기가 좋아서 곧 나을 거야."

싫으면 담배라도 사주시든가요. 나는 그렇게 말하려다 말았다.

고백의 시간(1)

"고백의 시간을 갖도록 하겠습니다."

흰 블라우스에 정장 치마를 차려입은 마마가 엄숙하게 말했다.

"임산부들은 동그랗게 서로 마주 보고 앉아주세요."

마마는 사투리를 쓰지 않았다. 구사하는 말투나 목소리 톤까지 완전히 달라졌다. 사투리 억양은 어쩔 수 없이 그대로였다. 마마는 신체와 정신의 기능이 서서히 떨어지는 60대 중반의 할머니였다. 가는귀가 먹고, 작은 글씨는 못 읽고, 무릎 때문에 앉고 일어설 때마다 앓는 소리를 내고, 미각이 둔해져서 음식은 짜지고, 자꾸 혼잣말을 하는, 평범한 노인이었다. 그것이 마마였다. 지금 눈앞에 있는 사람은 마마보다 20년은

하리

젊어 보였고 특강을 나온 교수처럼 지적인 모습이었다. 나는 어리둥절한 채로 임산부들을 따라 움직였다.

"하리 양은 원 안으로 들어와서 앉아주세요."

마마가 시키는 대로 했다. 분위기가 엄숙해서 하지 않을 수 없었다. 나는 뭘 하는 거냐고 물어볼 타이밍을 놓쳤다.

"고백의 시간이 처음인 하리 양은 궁금한 게 많을 겁니다. 오늘 직접 경험해보는 것이 백번 말로 설명하는 것보다 나을 거예요. 우리 쉼터에서는 마음의 상처를 치유하기 위해서, 매주 금요일 저녁 식사 후에 고백의 시간이라는 프로그램을 운영하고 있습니다. 고백자가 상처를 고백하면, 임산부들은 각자가 생각하는 해결책을 제시하면 됩니다. 어떤 기억을 발표해도 상관없지만, 거짓말을 하면 하루 금식이라는 처벌을 받게 되니 유의하기를 바랍니다. 그러면 가장 최근에 입소한 하리 양이 먼저 시작할까요?"

나는 임산부들이 만든 원 안에 앉아 안절부절못했다. 임산부들은 호기심 가득한 눈으로 쳐다보았고, 마마는 원 밖에서 심판자처럼 내려다보고 있었다. 마마는 사이비 종교 집단의 교주 같았다. 마마하고 눈이 마주쳤다. 눈싸움이 시작되었다. 침이 꿀떡 넘어갔다. 눈싸움에서 지고 싶지 않았다. 밑도 끝도 없는 승부욕이 불타올랐다. 분홍하마의 집에서 지냈던 며칠간 마마하고는 부딪칠 일이 전혀 없었다. 마마는 마음씨 좋은 할머니처럼 임산부들을 보듬어주기만 했다. 서로가 신경에 거슬리게 행동하지 않았기 때문에 화를 낼 일도 얼굴을 붉힐 일도 없었다. 눈이 따끔거렸다. 마마는 미동도 없었다. 늙으면 눈을 깜박거리지 않아도 되는 것일까. 따끔거리던 눈이 아렸다. 눈꺼풀이 파르르 떨렸다. 나는 눈을 내리깔았다. 눈에 가득 담겨 있던 눈물이 후드득 떨어졌다.

"방법을 가르쳐줘요."

내가 물었지만 마마는 대답이 없었다. 아무리 가는귀가 먹었어도 그렇지, 내 목소리가 들리지 않는 걸까. 나는 악을 쓰듯이 큰 소리로 물었다.

"어떻게 하는 거냐고요. 시범이라도 보여주든가요……."

목소리는 뒤로 갈수록 작아졌다. 임산부들의 표정은 변화가 없었다. 마마의 얼굴은 차분했다. 고백의 시간이 아니라 멈춤의 시간 같았다. 임산부들의 기를 꺾으려고 이러는 건가, 하는 생각마저 들었다.

"초련 씨가 먼저 하죠."

초련이 원 안으로 들어왔다. 나는 엉거주춤 일어나 자리를 비켜주고는 잠깐 고민하다가 초련이 앉았던 자리로 갔다. 초련은 눈을 감고 가만히 있었다. 생각을 하는 것인지, 명상을 하는 것인지 모호했다. 잠들어버린 것이 아닐까, 하는 의심이 들 무렵 초련이 눈을 떴다.

"오늘은 가족에 대해서 고백하려고 해요. 저는 3녀 중 막내로 태어났어요. 할머니는 말끝마다 뭐 하나 달고 나오지, 라고 했는데 전 그 말이 참 듣기 싫었어요. 아버지는 술만 마시면 남들은 다 있다는 아들을 갖지 못한 분풀이를 엄마한테 해댔죠."

마마가 감정이라고는 없는 목소리로 물었다.

"초련 씨, 장녀 아니었어요? 그렇게 들은 거 같은데요."

초련은 거기서 입을 다물었다. 잠시 당황한 듯 보였지만 아무렇지 않게 고백을 이어나갔다.

"언니들은 있으나 마나 했어요. 존재감이 없었거든요. 제가 실질적인 장녀나 다름없었죠. 부모님도 그렇게 생각하실 거예요."

초련은 그렇게 말하고 마마의 눈치를 살폈다. 마마는 가만히 초련의 고백을 들어주었다.

"그런 가족들 때문이었던 거 같아요. 저는 남자가 되고 싶다는 생각을 많이 했어요. 남자는 급하면 골목 귀퉁이에서 볼일을 볼 수 있잖아요. 복잡한 전철에서 추행당할까 봐 전전긍긍할 필요도 없고, 화장실에 있는 작은 구멍 하나에 놀라는 일도 없겠죠. 기분 좋게 만취한 채로 마음껏 길거리를 배회할 수도 있고요."

"그렇겠네요."

마마가 자연스럽게 끼어들었다. 초련은 마마의 반응에 신이 나서 떠들었다.

"데이트 폭력을 당할까 봐 벌벌 떨지도 않을 거고, 옷차림 때문에 싫은 소리 들을 일도 없을 거예요. 헤프다는 둥 야하다는 둥 농담거리가 될 일도 없을 거고, 뚱뚱하다는 둥 못생겼다는 둥 놀림거리가 될 일도 없을 거예요. 여자라는 이유로 정직원이 되지 못하거나 임신했다고 잘릴 일도 없을 거고, 시부모 눈치를 보고 살 일도 없겠죠. 제가 여자가 아니라 남자라면요."

"그런 일반적인 거 말고 초련 씨가 직접 겪은 일을 말해보는 건 어때요?"

초련은 입술을 실룩였다. 마마는 차분하게 기다려주었다.

"며칠 전에도 등산하러 산에 갔던 여자가 알지도 못하는 남자한테 살해당했다는 뉴스 떴잖아요. 마마도 보셨죠?"

마마는 초련의 말에 대꾸하지 않았다.

"학교에 가던 여자아이는 교회 화장실로 끌려가서 성폭행을 당하고, 무직인 동거남을 먹여 살리던 여자는 불륜을 의심한 동거남에게 토막 살인을 당하고, 그 어떤 잘못도 없는데 술집 화장실에 갔다가 묻지 마 범죄의 표적이 되어 죽기도 하죠. 왜? 왜 그래야 하죠? 여자이기 때문이에요. 우리가 약한 여자이기 때문에 이런 끔찍한 일을 겪는 거라고요."

그때 가만히 듣고 있던 임산부가 끼어들었다.

"맞아요. 남자들은 진짜 나빠요. 힘센 남자들은 어떻게 못하니까 만만한 우리한테 그런 못된 짓을 한다고요."

봇물 터지듯이 임산부들이 말을 쏟아냈다.

"우리가 이렇게 된 것도 따지고 보면 다 남자들 때문이에요. 우리가 성모마리아도 아닌데 어떻게 혼자서 임신하겠어요. 안 그래요?"

"그래요. 우리를 손가락질할 게 아니라 여자를 임신시키고

나 몰라라 하는 놈들을 욕하는 게 맞아요."

"저는 남자한테 맞은 적이 있어요."

한 임산부의 고백에 다들 입을 다물었다.

"약속 시간에 늦었다고 머리를 한 대 쥐어박은 것이 시작이었어요."

"다들 그렇게 시작된다고 하잖아요. 티브이 보면요."

"초장에 버릇을 잡아야 했어요."

"손버릇은 죽을 때까지 못 고친대요."

"초기에 헤어지는 게 제일 좋은 방법이래요."

"맞아요. 여러분들이 하신 말씀이 다 맞아요. 하지만 저는, 그렇게 못 했어요. 알면서도 그렇게 할 수 없었어요. 전 그 남자를 사랑했어요. 변하게 할 수 있을 거라 생각했어요. 남자도 변하겠다고 했고요. 그러다 그 일이 벌어진 거예요. 사소한 오해로 남자가 이성을 잃었어요. 뺨 한두 대 맞는 정도가 아니었어요. 이렇게 맞다가는 죽을 수도 있겠구나, 라는 생각이 들었어요. 행거 모서리에 눈썹 쪽을 부딪쳤는데 피가 무섭게 쏟아지더라고요. 남자도 놀란 눈치였어요. 구급차를 불러서 응급실에 갔는데 눈썹 찢어진 게 문제가 아니었어요. 갈비뼈가 세 개나 금이 가고 흔들리는 치아도 있고 전신에 타박상을 입어서 2주나 입원해야 했어요. 퇴원하고 나서 헤어지자고 문자를 보냈어요. 진짜 악몽은 그때부터였어요. 절 보호해줄 사람이 아무도 없었어요. 남자가 완전히 돌아서 저를 괴롭히는데……, 다들 무서워서 참견도 안 하려고 했어요. 엄마

아빠한테는 절대 얘기 못 해요. 경찰요? 도움 안 돼요. 제가
죽은 후에나 조처하겠죠."

임신한 후에도 계속 맞았다고 했다.

"쉼터 들어오기 전날까지 맞았어요. 생명이라는 게 참 묘
하더라고요. 임산부들 보면 아기 잘못될까 봐 늘 조심하잖아
요. 근데 이 애는 엄청 강해요. 생명력이. 그렇게 맞는데도 붙
어 있는 게 신기했어요. 병원에 갔더니 또 엄청 튼튼하다는
거예요. 세상에 꼭 태어날 운명인가 봐요."

임산부들은 매를 맞았던 임산부를 위로했다. 그리고 자신
들이 당한 폭력에 대해서 말하기 시작했다. 아버지에게 머리
채를 잡힌 일, 선생에게 뺨을 맞은 일은 흔한 경우였다. 술 취
한 남자로부터 묻지 마 폭행을 당한 일도 있었다. 한 임산부
는 지하철 노약자석에 앉았다가 노인에게 폭행을 당했다고
했다.

"내 배를 툭툭 치면서 임신한 게 유세냐, 우리 때는 만삭 때
까지 일하다가 밭에서 애 낳고 그랬다, 라고 훈계를 하잖아
요. 그래서 할아버지 지금은 시대가 달라요, 라고 했더니 그
말 했다고 뒤통수를 갈겼어요."

임산부들은 노인에게 욕을 퍼부었다. 마마는 흐뭇한 표정
이 되어 임산부들을 지켜보고 있었다. 임산부들이 실컷 떠들
고 나자 마마가 해결 방법이 없겠냐고 물었다.

"머리를 짧게 자르고 남자 옷을 입고 다니면 좀 낫지 않을
까요?"

이 방법은 반응이 좋지 않았다.

"없는 것과 다름없는 사형 제도를 부활시켜서 여자들을 괴롭히는 나쁜 놈들은 전부 단두대로 보내버려야 해요."

동조하는 환호성이 터져 나왔다. 임산부들은 분노를 담은 말을 마구 쏟아냈다.

"주먹을 휘두르는 남자는 거시기를 잘라버려야 해요."

"날 임신시킨 남자의 거시기도 잘라버리고 싶어요."

"그러면 우리가 임신할 일도 없겠네요."

임산부들은 와하하 웃었다. 마마는 심판자라도 된 듯 그녀들을 지켜보았다.

"하리 양!"

마마가 목소리를 한 톤 높여서 불렀다.

"내 말 안 들려요?"

이제 내 차례다. 나는 가운데로 가서 앉았다. 초련처럼 눈을 감았다. 무슨 이야기를 하지? 초련이 한 이야기가 거짓말일 확률은 못해도 50퍼센트는 넘었다. 초련은 영악했다. 가족 이야기는 거짓이었지만 여성으로서 느낀 감정은 진짜였다. 그래서 임산부들이 호응할 수 있었던 것이다. 진짜 내 이야기를 할 생각은 처음부터 없었다. 이곳에서 나가면 두 번다시 볼 일 없는 사람들 앞에서 치부를 고백하라는 것은 과한 요구였다. 아니, 직권남용이었다.

"준비됐나요?"

초련은 말할 때까지 오래 기다려주더니, 나만 다그치는 마마가 원망스러웠다. 무슨 이야기를 할지 아직 결정하지 못했다. 내가 겪었을 법한 이야기를 만들어내야 했다. 그것도 당장.

"힘들면 도와줄게요."

무엇을 도와주겠다는 것인지 모르겠다. 내 머릿속에 있는 이야기를 내 입이 아닌 다른 방식으로 꺼낼 수 있다는 것일까.

"아기 아빠에 대해서 말해보세요. 첫 시간에는 다들 그 이야기를 합니다."

허락도 없이 자궁 속으로 기어들어온 괴물이 아기가 될 순 없다.

"아기 아빠는 어떤 사람이었어요?"

"……."

"무슨 일을 했죠?"

나는 한마디도 하고 싶지 않았다.

"몇 살이었어요?"

나는 입을 닫았다. 그 부분에 대해서는 말하지 않기로 결심을 굳힌 후였다.

"어디서 만났어요?"

"……."

"하리 양! 협조 안 할 겁니까?"

"말하지 않을 권리는 없나요?"

하리

어디선가 들어본 적 있는 말이었다. 말하고 나니 멋있는 말 같다는 생각이 들었다.

"하리 양을 위해서예요. 상처는 치료받아야 합니다. 몸에 난 상처는 쉽게 눈에 띄기 때문에 치료받죠. 하지만 마음에 난 상처는 보이지 않는다는 이유로 그냥 방치해요. 그러면 안 됩니다. 특히 여러분들은요. 상처를 치유하지 않으면 썩어 들어갈 겁니다. 결국 도려내야겠지요."

"어디를요? 어디를 도려내는데요?"

"여기."

마마는 왼쪽 가슴을 손가락으로 가리켰다.

"그게 더 확실한 방법일 수도 있잖아요. 저는 차라리 심장이 없었으면 좋겠어요."

마마는 말을 잇지 못했다.

"저는 마마가 질문한 부분에 대해서는 말하고 싶지 않아요."

이 짧은 시간 안에 아기 아빠에 관한 이야기를 꾸며내는 건 불가능한 일이었다. 일주일에 한 번 한다니까 다음 주에 고백할 내용은 일주일 동안 고민하면 될 것이다. 오늘만 넘기면 된다. 오늘 하루만.

"하리 양은 마음의 상처가 깊은 것 같아요. 시간이 필요한 고백도 있죠. 우리가 기다릴게요. 하리 양이 마음의 문을 열고 고백하는 날까지."

마마는 나를 보며 고개를 끄덕였다. 긍정의 표시로 나도 고

개를 끄덕였다. 오늘만 아니면 된다. 이야기는 얼마든지 꾸며
낼 수 있었다.

"다른 이야기를 해보세요. 가벼운 걸로."

무슨 이야기를 할까? 어떤 이야기든 해야 했다. 그러지 않
고는 끝날 것 같지 않았다. 마마의 집요함에 소름이 돋았다.
마마는 그냥 할머니가 아닌 것이 분명했다. 어리숙해 보이던
평소의 모습은 진짜가 아니었다. 가면이었다. 엉큼한 노인네.

"부모님 이야기도 좋고, 친구는 어때요? 학교 다닐 때 교우
관계는 좋았나요?"

친구 이야기라면 날조해낼 수 있었다. 왕따 이야기라면 드
라마, 영화, 책을 통해서도 많이 접했다. 그 이야기들을 각색
하기로 마음먹었다.

"중학생 때, 은근한 따돌림을 당한 적이 있어요."

나는 한 박자 쉬었다. 마마가 추임새라도 넣어주기를 기다
렸다. 마마는 아무 말도 하지 않았다.

"왕따보다 더 잔인한 게 은따예요. 선생님이나 부모님께
도와달라고 말할 수도 없어요. 그야말로 은밀하게 이루어지
니까요."

나는 중학교 때 독후감 숙제 때문에 우연히 읽게 된 《우아
한 거짓말》의 천지 이야기를 할 생각이었다.

"초등학교 때부터 친했던 친구의 행동이었기에 상처가 더
컸어요."

말을 하면서 뭔가 잘못되어간다는 것을 알았다. 내 이야기

를 한다기보다는 누구한테 들은 이야기를 전달하는 기분이었다. 나는 그만 입을 닫았다. 임산부들은 눈동자로 말했다. 어서 말해. 네가 숨기는 진짜 이야기를 고백해. 거짓말하지 말고 숨기고 있는 걸 말하라고. 빨리 말해. 네 안에서 어둠을 끌어내, 당장! 그렇게 외치는 소리가 들리는 듯했다.

"왕따가 나쁜 건 여기 있는 임산부들도 다 알아요. 왕따 이야기 말고 하리 양 이야기를 해요. 우리는 하리 양의 이야기가 듣고 싶어요."

죄를 지은 기분이었다. 내가 있으면 안 되는 자리에 와 있는 것 같았다. 이 자리가 불편해서 숨이 막혀왔다. 가슴이 두방망이질했다. 두꺼운 목도리를 목에 칭칭 감은 듯 답답했다. 당장 이 자리를 벗어나지 않으면 죽을 것 같았다.

"어서요."

도대체 무엇 때문에 이런 바보 같은 프로그램을 진행하는 것인지 모르겠다. 마마는 관음증 환자인지도 모른다.

"친구가 어떻게 은따를 시키던가요? 구체적으로 있었던 일을 이야기해보세요."

마마의 말을 들으니 뭔가 느껴지는 게 있었다. 문제는 디테일이었다. 소설 속의 에피소드를 꺼냈다.

"친구가 생일 파티를 한다고 중국집으로 불렀어요. 저는 친구의 검은 속도 모르고 친구가 갖고 싶다는 MP3를 사 들고 약속 시간에 맞춰서 중국집으로 갔어요."

"웃기고 있네. 요즘 누가 MP3를 써."

예나가 비웃었다. 예나는 종일 말 한 마디 안 하는 경우가 많았다. 그러던 애가 하필이면 내 고백에 태클을 건 것이다. 너는 얼마나 잘하나 두고 보자. 나는 마음을 다잡고 차분히 말했다.

"제가 도착했을 때는 생일 파티가 끝난 후였어요. 친구가 저한테 생일 파티 시간을 일부러 다르게 알려준 거였어요."

"상심이 컸겠네요. 그래서 어떻게 됐어요?"

"친구는 전혀 미안하지 않은 표정으로 이렇게 말했어요. 미안. 늦었지만 많이 먹어. 음식은 친구들이 먹다 남긴 찌꺼 기뿐이었어요. 친구가 왜 빨리 안 먹냐고, 축하하러 와놓고 분위기 다 망친다고 저를 몰아세웠어요."

내가 천지가 된 것처럼 마음이 착잡했다. 중학교 때 뒤에서 내 말을 하고 다니던 애가 불현듯 떠올랐다. 그 애는 있지도 않은 일을 사실인 양 떠벌렸다. 내가 수행평가에서 높은 점수를 받는 이유는 엄마의 치맛바람 때문이고, 코가 높은 이유는 성형했기 때문이고, 초등학교 때도 왕따였다는 것들이었다. 홍조가 있어서 사계절 내내 볼이 발그레하고 콧잔등 주변에 주근깨가 잔뜩 박혀 있던 그 아이는 내 욕을 하고 다니면서 왕따에서 벗어날 수 있었다.

"나쁜 년."

나도 모르게 욕이 튀어나왔다. 임산부들이 호기심 어린 눈빛으로 쳐다보았다.

"그런 일이 계속 있었어요?"

"잊을 만하면 한 번씩 그렇게 저를 골탕 먹였어요."

"끝까지 극복은 못 한 거네요."

"그런 셈이죠."

"친구는 어떻게 됐어요?"

"모르겠어요. 졸업할 즈음 우리 집이 이사를 했거든요."

더는 꾸며내는 게 버거워서 그렇게 말하고 말았다. 거짓말하는 것도 엄청나게 피곤한 일이었다.

"하리 양, 수고했어요. 첫 번째 고백의 시간이라 힘들었을 텐데 정말 잘해줬어요. 대견해요."

마마가 내게서 눈을 돌렸다. 이제 끝났다. 해방감에 환호성이라도 지르고 싶었다.

"하리 양이 어떻게 했으면 좋았을까요? 해결 방안을 한번 얘기해보죠."

"당연히 집이랑 학교에 알려서 학폭위를 열어야죠. 요즘은 경찰에 바로 신고하기도 한대요."

초련이 말했다.

"해결 방법은 모르겠지만, 집하고 학교에 알리는 건 최악의 방법이에요. 절대 하지 말아야 할 일이에요."

만삭인 임산부가 말했다.

"맞아요. 왕따는 해결 못 해요. 처음부터 따돌림당할 짓을 하지 말았어야죠."

그 말에는 비난이 실려 있었다. 남자친구한테 폭행을 당했다는 임산부가 이런 말을 하는 게 더 기분 나빴다. 맞을 만했으니까 맞았겠지, 라고 누군가 공격한다면 임산부는 어떤 표정을 지을까.

"궁금해서 묻는 건데 방금 전에 초련 씨가 말한 방법이 정말 효과가 없어요?"

마마가 물었다. 그때 임산부가 신음을 냈다. 남자친구한테 상습적으로 폭행을 당했다는 임산부였다. 임산부는 통증을 참지 못하고 드러누웠다. 조금 전까지만 해도 멀쩡하던 임산부는 곧 죽을 것처럼 인상을 구겼다.

"우야노. 알라 나올라는 갑다."

마마는 순식간에 평소의 모습으로 돌아왔다.

"예정일 멀었잖아요."

초련이었다.

"일찍 나올라는 갑다. 원장님도 안 계신데, 우야꼬? 초련이 니가 한번 말해봐라."

"마마, 진정하세요. 일단 원장님한테 전화해서 알리고요."

초련은 믿음직스러운 맏딸 같았다. 나머지 임산부들은 얼굴이 하얗게 질려서 가만히 있었다. 나는 수화기를 집어 들면서 물었다.

"119 부를까요?"

"구급차 오려면 한참 걸려요. 제가 운전할게요."

"그랄래? 그러면 초련이는 내하고 같이 가고. 예나하고 하리가 뒷정리 좀 해라. 니는 예정일이 얼마 안 남았으니까 일하지 말고 쉬고."

마마는 만삭인 임산부한테 쉬라고 신신당부했다. 그 임산
부는 예정일이 일주일이나 지났는데 아직 기별이 없어서 마
마가 걱정하고 있었다. 한바탕 난리를 피우고 마마와 초련이
진통이 시작된 임산부를 부축해서 나갔다.

허리케인이 쉼터를 휩쓸고 지나간 듯했다. 나는 소파에 널
브러지듯 앉았다. 바닥에 깔아놓았던 방석은 흐트러졌고, 찻
잔과 과일을 담은 접시는 아무렇게나 바닥을 굴러다녔다. 급
하게 갈아입느라 미처 치우지 못한 마마의 옷가지도 여기저
기 흩어져 있었다. 어수선해 보였지만 10분이면 다 치울 수
있었다. 예나는 제 방으로 들어가버렸다. 역시 싸가지라고는
없었다. 나는 마마의 옷을 개고 방석을 모았다. 예나는 나올
생각이 없어 보였다. 예나의 방에 대고 소리쳤다.
"야! 빨리 나와서 치워."
반응이 없었다.
"이게 진짜."
방문은 잠겨 있었다.
"문 열어."
방문을 두드렸다.
"문 열라는 말 안 들리니? 빨리 문 열어."
예고 없이 문이 열렸다. 나는 넘어질 듯 비틀거렸다.
"치워."
나는 거실을 가리켰다. 예나는 무슨 말인지 모르겠다는 표

정이었다.

"내 말 못 알아들어? 거실 치우라고. 옷이랑 방석은 내가 치웠으니까, 찻잔이랑 접시는 네가 치우라고."

"싫은데."

너무나 당당한 말투에 나는 할 말을 잃었다. 예나는 방으로 쏙 들어갔다. 나는 닫히는 문을 향해 발을 뻗었다. 문은 발등에 걸려 닫히지 않았다. 엄지발톱이 빠질 것처럼 욱신거렸다.

"마마 말 잊었니? 같이 하랬잖아. 나머지는 네가 해."

"그냥 둬. 마마가 갔다 와서 하겠지."

"이게 진짜."

나는 한 대 치려는 손동작을 하며 겁을 줬다.

"언니한테 한번 맞아볼래? 원장이랑 마마가 오냐오냐하니까 눈에 뵈는 게 없지? 임신이 무슨 벼슬이야?"

"임신은 나만 했어? 어디서 죽으려고."

이건 또 무슨 소린가. 정신이 번쩍 들었다. '어디서 죽으려고'는 내가 하려던 말이었다. 내가 사려고 찜해놓은 옷을 친구가 입고 나왔을 때보다 기분이 더 나빴다. 마마도 없겠다, 본때를 보여줄 때였다.

"이게 미쳤나? 내 손에 죽고 싶지."

예나는 말로 하지 않고 몸으로 보여줬다. 뺨을 연속해서 맞았더니 눈앞이 새까매졌다. 나는 정신을 못 차리고 휘청거렸다. 예나가 냅다 머리채를 잡고 흔들었다. 세상이 빙글빙글 돌았다. 예나는 힘이 장사였다. 나는 반격 한번 못 하고 일방적으로 머리를 뜯겼다. 예나는 배 위쪽만 공격했다. 배 쪽은 스치지도 않았다. 나중에 보니 뺨을 포함해서 맞은 흔적이 거의 없었다. 예나는 지능적으로 주먹을 휘두를 줄 아는 아이였다. 어른들의 눈을 피해서 이런 일을 한두 번 해본 솜씨가 아니었다. 나는 실컷 두들겨 맞고 바닥에 나동그라졌다. 한 대도 못 때렸다. 예나는 한심해하는 표정으로 나를 내려다보다가 방으로 들어갔다. 한쪽에서 훔쳐보고 있던 만삭의 임산부가 괜찮으냐고 물었다. 나는 쪽팔려서 그만 죽고 싶었다.

미스터 칙

미스터 칙은 카스 의자에 앉아 졸고 있었다. 초원슈퍼의 주인인 미스터 칙은 투레트 증후군을 앓고 있어서 말할 때 콧바람과 함께 칙칙, 소리를 반복적으로 냈다. 권투선수들이 시합 중에 내는 소리와 유사했다. 그래서 나는 할아버지에게 미스터 칙이라는 애칭을 붙여주었다. 마마를 비롯한 쉼터의 임산부들은 미스터 칙을 '슈퍼 할아버지'라고 불렀다. 사람들이 슈퍼 할아버지라고 부르면 그는 평범한 늙은이에 지나지 않지만, 내가 '미스터 칙' 하고 부르면 그는 영화 〈007〉 시리즈의 제임스 본드처럼 멋지게 변했다. 시도 때도 없이 방귀를 뀌지 않았고, 사람 얼굴에 대고 트림을 하지 않았다. 미스터 칙이라는 부름에 반쯤 나가 있던 넋이 돌아왔고 그때 그는

하리

완전히 자신을 찾았다. 미스터 칙은 시간 여행을 즐겼다. 햇살 좋은 날 카스 의자에 앉아 '서른 살 때로 돌아가야지' 하고 마음을 먹으면 영혼이 그 시절로 이동했다. 골방에 있는 것보다 시간 여행이 더 즐거워서 그는 하루의 대부분을 카스 의자에 앉아 시간을 보냈다.

"칙은 몇 살이에요?"

"몇 살처럼 보여?"

"매번 달라요."

"난 10대부터 80대의 얼굴을 자유자재로 만들 수 있어."

"어떻게요?"

"가만히 앉아서 그 시절의 나를 떠올리는 거야. 그러면 얼굴이 변해."

"시간 여행을 하는 것과 같은 방식이네요. 근데 칙은 100살처럼 보일 때가 제일 많아요."

"내 영혼이 아주 먼 곳에 가 있을 때 그렇게 보일 거다."

"먼 곳 어디요?"

"내가 처음으로 사랑에 빠졌을 때지."

미스터 칙은 로저 무어처럼 웃었다. 나는 제임스 본드를 연기한 배우 중에 로저 무어를 가장 좋아했다. 그는 유머를 아는 스파이였다. 미스터 칙은 해를 따라 카스 의자를 서쪽으로 움직였다. 그의 얼굴이 주정뱅이처럼 발그레해졌다.

"용용아, 너는 내가 몇 살이면 좋겠니?"

미스터 칙은 나를 용용이라고 불렀다. 하리가 내 이름이라고 아무리 말해줘도 소용없었다. 임신으로 몸이 망가지긴 했지만 사람이 아닌 동물을 닮았다니, 그것도 상상의 동물을. 하루가 다르게 몸이 부었다. 아침마다 단백뇨 검사 스틱에 소변을 묻혀 검사를 했다. 원장이 결과를 물을 때마다 정상이라고 거짓말을 했다. 두통과 어지럼증이 심해졌지만 참았다. 임신중독증이 심해지면 태아도 위험하다고 했다. 괴물이 견디지 못하고 그냥 사라져버렸으면 좋겠다.

"몇 살이면 좋겠냐고."

"소년이요. 나랑 또래였으면 좋겠어요."

"우리 용용이가 열여덟이라고 했지?"

"빨리 스무 살이 되면 좋겠어요. 왜 이렇게 시간이 안 가죠?"

"이런 깍쟁이."

미스터 칙이 내 코를 살짝 잡고 흔드는 시늉을 했다. 나는 입을 벌리고 활짝 웃었다.

"시간은 똑같이 흐르는 게 아니야."

"그러면요?"

"나이에 따라서 다르게 흐르기도 하고, 상황에 따라서도 달라지지."

"무슨 말인지 잘 모르겠어요."

"그러니까 원래 네 나이 때는 시간이 느리게 흘러가. 스무 살까지는 아주 느리지. 너무 느려서 나는 그때를 망가진 시계의 시간이라고 명명했단다. 일단 스무 살만 넘어가면 시간이 조금씩 빨리 가. 그러다가 쉰이 넘으면 그때부터는 정신없이 간단다. 그 속도가 얼마나 빠른지 폭포를 향해서 돌진하는 강물과 같아."

"상황은 시간과 무슨 관계예요?"

"힘들고 괴롭고 고통스러우면 시간이 느리게 흘러. 행복하고 즐겁고 재밌으면 금방 지나가고."

"맞아요. 그래서 요즘 시간이 안 갔던 거구나."

"용용이 너는 시간이 흐르지 않는 두 가지 경우에 걸린 거야. 이 시기를 잘 견뎌야 해."

"아야!"

나는 배를 잡고 몸을 숙였다. 괴물이 냅다 명치를 들이받았다. 괴물은 트램펄린을 뛰듯이 콩콩 뛰었다. 명치가 아파서 숨을 쉴 수가 없었다.

"왜 그러니?"

"이게 명치를 때려요."

미스터 칙이 배에 손을 올려놓았다. 배가 꿀렁거리자 미스터 칙은 놀라서 손을 뗐다.

"뚫고 나오는 건 아니겠지?"

웃음이 터져 나왔다. 나는 아픔과 웃음을 참으며 겨우 말했다.

"이건 그냥 태동이에요. 이게 괴물이긴 하지만 배를 뚫고 나오지는 못해요."

"그런 거니? 정상인 거야?"

"미스터 칙은 아이가 없어요?"

"결혼한 적도 없단다."

"왜요? 왜 결혼을 안 했어요? 안 한 거예요, 못 한 거예요?"

미스터 칙은 말이 없었다. 눈이 반쯤 풀린 채로 먼 산을 건너다보고 있었다. 그의 영혼이 또다시 먼 과거로 가버린 것이 분명했다. 괴물은 잠잠해졌다.

"미스터 칙은 지금 몇 살이에요?"

"열여덟."

"어디에 있어요?"

"학교."

미스터 칙은 그렇게 말하고 웃었다. 눈가에 주름이 자글자글했지만, 너무 해맑아서 소년처럼 보였다.

"지금부터 반말한다."

미스터 칙은 대답이 없었다.

"동갑이니까 반말할 거라고."

미스터 칙은 졸고 있었다. 마마는 미스터 칙이 죽을 때가 되어서 자꾸 잔다고 했다. 잠든 미스터 칙의 얼굴을 들여다보았다. 미스터 칙은 다시 슈퍼 할아버지가 되어 있었다. 미스터 칙의 주머니에서 담뱃갑을 꺼냈다. 담배를 한 모금 빨았다. 이대로 죽어도 좋을 만큼 행복해졌다. 담배 한 개비로 행복해질 수 있다는 게 신기했다.

10월 중순의 햇살은 졸음을 불러왔다. 까무룩 졸음이 쏟아

하리

졌다. 클랙슨 소리에 눈을 떴다. 운전자가 창밖으로 고개를 내밀고 있었다.

"이쪽으로 쭉 올라가면 생태공원 나오는 거 맞지?"

나는 남자의 얼굴을 멀뚱히 바라봤다. 남자는 내가 못 들었다고 생각했는지 더 큰 소리로 물었다. 그래도 내가 대꾸를 하지 않자 차에서 내렸다. 보조석에 앉아 있던 여자도 차에서 내리면서 기지개를 켰다. 오랫동안 차를 탄 모양이었다.

이곳에서 조금만 더 가면 길이 끊겼다. 생태공원은 없었다. 예정지가 있을 뿐이었다. 하지만 사람들은 종종 생태공원을 찾아서 이곳까지 왔다. 이정표 때문이었다. 생태공원이라고 표시되어 있는 이정표를 보고 길을 찾아온 관광객들은 이 근처에 와서야 갑자기 생태공원이 적힌 이정표에 엑스 표시가 된 걸 보고 당황해했다. 내비게이션은 직진하라고 하지만 길은 끊겨 있었고 길을 묻고 싶어도 근처에 인가가 없었다. 그렇게 해서 관광객들이 초원슈퍼를 찾아 들어왔다. 길을 묻기 위해서.

나는 초원슈퍼 안으로 들어갔다. 남자가 나를 따라 들어왔다. 슈퍼에는 물건이 그리 많지 않았다. 냉장고에 탄산음료와 이온음료, 진열대에 몇 가지 종류의 껌과 과자가 전부였다. 그래도 담배와 라면은 종류도 많고 넉넉한 편이었다. 제품을 만질 때마다 먼지가 폴폴 날렸다. 먼지떨이로 털면 고비사막의 모래 폭풍을 볼 수 있을지도 모른다.

"뭐 드려요?"

남자는 '얘가 무슨 소리를 하나' 하는 표정을 지었다. 여자
가 따라 들어왔다.

"콜라가 시원해요."

여자가 냉장고 문을 열었다.

"이게 다예요?"

"보시다시피 손님이 없어서요. 우리 슈퍼가 우리나라 최북
단에 있는 마지막 슈퍼예요."

"정말요?"

여자가 관심을 보였다. 정말인지 아닌지는 알 수 없다. 그
냥 그렇게 말하면 사람들이 좋아했다. 나는 사람들이 듣고 싶
어 하는 말을 해주고 물건을 팔면 그만이었다.

"사진 찍어드릴까요? 인스타에 올리시게요."

나는 사진을 찍어주고 담배와 콜라 두 캔과 껌 한 통을 팔
았다. 물건값을 정확히 알 수 없어서 마음대로 받았다. 서울
보다는 비싸게 팔았다. 물류비가 더 들었을 테니 당연했다.
남자와 여자는 차를 돌려서 나갔다. 나는 받은 돈을 주머니에
찔러 넣었다.

도로를 따라 걸었다. 돌멩이를 생각 없이 툭툭 찼다. 흰색
스니커즈의 코가 새까맸다. 열심히 털었지만 얼룩이 남았다.
물로 닦아야 할 것 같았다. 나는 신발이 더러워질까 봐 조심
조심 걸었다.

모텔 입구는 쇠사슬로 묶여 있었다. 손바닥으로 빛을 가리

고 모텔 안을 들여다봤다. 빨간색 카펫이 로비 전체에 깔려 있었다. 계산대 옆에 자판기가 여러 대 보였다. 벽에는 풍경화가 여러 점 걸려 있었다. 소파며 정수기며 테이블이며 그대로였다. 율마 화분은 바스러질 것처럼 말라 있었고, 파키라 나무는 잎이 한 장도 없었다. 영업 중에 주인이 잠시 자리를 비운 것처럼 보였다. 폐업한 지 1년이 넘었다는 말은 거짓일지도 몰랐다.

[오로라를 보러 로바니에미로 떠납니다. 언제 돌아올지 모르지만, 그때까지 건강하세요. 그동안 초원모텔을 사랑해주신 많은 분들 감사했습니다.]

펜이 있다면 이렇게 써서 유리문에 붙여놓고 싶었다.

고백의 시간(2)

분홍하마의 집에는 나를 포함해서 세 명의 임산부가 남았다. 고백의 시간에 진통이 시작됐던 임산부는 건강한 남자아이를 낳았다. 병원에서 이틀을 보내고 짐을 챙기러 쉼터에 왔었다. 홀가분하게 혼자였다. 여자는 짐을 챙긴 후 이곳에 잠시도 머물기 싫은지 마마가 끓여놓은 미역국에 손도 대지 않고 쌩하니 가버렸다.

예정일이 한참 지났다던 임산부는 결국 제왕절개수술로 여자아이를 낳았다. 그 임산부는 원장한테 30만 원밖에 못받았다. 병원비가 많이 들었기 때문이었다. 대신 쉼터에서 사흘을 더 머물게 해주었다. 수술 부위의 상처가 아무는 동안 여자는 꼼짝을 못 하고 누워만 있었다. 젖몸살을 앓던 여자의 신음 때문에 나는 새벽마다 잠이 깼다. 여자는 배에 난 상처보다 젖몸살이 더 아프다고 했다.

"왜 또 울어요?"

"여기가 아파서."

여자는 가슴을 가리켰다. 여자가 가리키는 것이 유방인지 마음인지 모르겠다. 울음소리 때문에 신경쇠약에 걸릴 지경이었다. 사흘을 내리 울던 여자가 떠난 후에도 여자 우는 소리는 한동안 계속 들려왔다.

"고백의 시간을 갖도록 하겠습니다."

마마가 엄숙하게 말했다. 무엇을 고백할지 일주일 내내 고민했다. 몇 가지 이야기를 만들어놓긴 했는데 어떤 것을 고백할지는 아직 결정을 내리지 못했다. 쉼터에 남은 우리 세 명은 각각 삼각형의 꼭짓점 자리에 앉았다.

"오늘은 누구부터 고백할까요?"

나는 마마의 눈길을 피해서 눈을 내리깔았다.

"지난주에 쉬었던 예나 양부터 하죠."

예나가 자리에서 일어났다. 싫어요, 저는 안 할래요, 라고 말할 줄 알았는데 의외로 고분고분했다. 분홍하마의 집 임산부라면 누구나 지켜야 할 세 가지 의무가 있었다. 정기검진 받기, 고백의 시간에 참여하기, 출산한 아기를 원장에게 맡기기.

마마는 예나가 고백할 때까지 참을성 있게 기다려주었다.

예나는 핸드폰이 없는 손을 어찌할 줄 모르고 비비거나 맞잡았다. 몹시 불안해 보였다. 텔레비전 리모컨이라도 손에 쥐여 주고 싶었다.

"새엄마한테 학대받은 기억이 나요."

아이템이 겹쳤다. 최근 들어 뉴스만 틀면 아동 학대 사건이 줄줄이 터져 나왔다. 그 엽기성과 잔혹성은 상상을 초월했다. 뉴스로 자주 접하다 보니 익숙해서 나도 고백의 시간에 말할 아이템으로 잡았는데, 실수였다.

"화장실에 갇혀서 하루에 한 끼만 먹고 살았어요. 새엄마가 기분 나쁘다고 때리고 락스를 뿌리기도 했어요."

그게 끝이었다. 예나가 조금 전에 고백한 이야기는 세간을 떠들썩하게 했던 아동 학대 사건이었다. 최근에 일심 재판 결과가 나오면서 다시 뜨거워진 사건이었다. 기사를 빌려서 쓸 거면 옛날 것을 쓰든가. 뉴스만 틀면 나오는 최근 사건을 가져다 그대로 쓰면 어쩌겠다는 것인지 모르겠다.

"고백을 시작했으면 끝을 내야지요."

예나는 말이 없었다.

"예나 양."

"그게 끝이라고요."

"아버지는 어땠어요. 말리지 않았어요?"

"몰라요. 아버지는 안 보여줬어요."

"화장실에 갇혀 있었다면서요. 볼일을 보거나 씻을 때 아버지가 화장실에 들어왔을 텐데요?"

예나의 얼굴에 당황한 기색이 역력했다.

"아버지는 그때 뭘 하고 있었죠?"

"......"

"새엄마가 락스를 끼얹고 때릴 때 아버지는 어디에 있었어요? 안방에 있었어요? 거실 소파에? 아니면 저녁을 먹던 중이었어요? 혹시 욕실에서 샤워하고 있진 않았나요? 예나 양이 학대를 당하는 그 욕실에서요."

"몰라요. 모른다고요. 그 술주정뱅이 개새끼가 뭘 했겠어요? 술 처마시고 있었겠죠. 안방에 있었냐고요? 거실, 부엌? 그딴 게 있었을 리가 없잖아요. 비만 오면 벽을 타고 물이 스며드는, 그래서 늘 곰팡이가 푸르뎅뎅하게 피어 있는 곳이 어떻게 집일 수 있겠어요. 움막도 거기보단 나아요. 썩은 나무 문짝이 위태롭게 덜렁거리던 공용 욕실에서 씻을 때면요, 이제 막 몽정을 시작했을 법한 애새끼들이 문틈으로 훔쳐보는 게 다 보여요. 갈비뼈가 드러나도록 비쩍 마른 늙은 놈이 걸쇠를 망가트리고 들이닥쳐서 덮쳐도 누구 하나 도와주는 사람이 없는 곳이라고요, 거기가. 작고 볼품없이 늘어진 늙은이의 성기보다 더 싫었던 건 입에서 풍기던 지독한 구취였어요. 하수구에 코를 박고 있는 기분이었다고요. 그런데 아버지란 놈은 아직 생리도 시작하지 않은 어린 딸을 덮친 그 파렴치한을 50만 원을 받고 용서해줬어요. 아버지는 그때 어디에 있었냐고요? 학대를 막아줄 아버지 따위는 처음부터 없었어요. 이제 마마가 말해보세요. 자식을 지옥으로 밀어버리는 부모를 가진 아이는 어떻게 해야 해요? 어떻게 살아야 하는 거냐고요?"

예나의 낯빛이 하얗게 질렸다. 곧 울음이 터질 듯한 얼굴을 하고 앉아 있었는데, 그 모습이 내 눈에도 애처로워 보였다. 마마도 당황해서 급하게 마무리를 지으려고 했다.

"예나 양에게 조언할 말이 있으면 하세요."

초련도 나도 말을 못 했다. 나는 예나를 쳐다볼 엄두가 나지 않았다. 분위기가 너무 무거워졌다고 생각했는지 마마는 10분만 쉬었다가 하자고 했다.

"예나 말이야, 진짜 자기 이야기 같지? 조금 전 그거."

초련이 화장실까지 따라 들어와서 물었다.

"볼일 좀 볼게요."

"봐. 난 괜찮아."

초련은 나갈 생각이 없는 듯했다. 초련은 온갖 억측을 다 해댔다. 나는 초련의 말을 듣기만 하고 한마디도 하지 않았다.

마마는 다음 고백자로 나를 지목했다.

"오늘은 아기 아빠에 관한 이야기를 들을 수 있을까요?"

"다음에요. 시간이 더 필요해요."

"좋습니다. 오늘은 어떤 고백을 할 건가요?"

고백의 시간이라는 프로그램보다 마마가 더 이상했다. 다중인격도 아니고 저녁 먹을 때까지만 해도 이것도 무라, 저것도 무라, 하면서 생선을 맨손으로 발라주더니 갑자기 돌변해

하리

서는 선생님처럼 무게 잡는 게 도저히 적응이 안 됐다.

"하리 양."

마마는 블라우스의 옷깃을 가다듬었다.

"아빠 이야기를 하려고요. 우리 아빠."

급하게 아이템을 바꿨다. 이야기를 여러 개 준비해놓은 게 다행이었다.

"좋습니다. 시작하세요."

"제 꿈은 가수였어요. 제 입으로 말하기는 뭐하지만 걸 그룹 연습생으로 발탁될 만큼 실력도 있었어요."

초련의 눈초리가 예사롭지 않았다. 다 안다는 듯이 비웃고 있는 게 기분이 나빴다.

"아빠는 제가 의사가 되어서 아빠의 병원을 이어받기를 바랐어요. 아빠는 피부과 의사셨거든요."

예나는 고개를 숙이고 있어서 표정이 보이지 않았고 마마는 무표정이었다. 초련은 내 말을 전혀 믿지 않는 듯했다. 내가 걸 그룹 연습생이고 아빠가 의사인 게 그렇게 이상한가. 이제 와서 고백을 접을 수는 없었다.

"아빠는 가수만은 절대 안 된다고 결사반대하셨어요. 매일같이 싸웠어요. 저는 가수를 절대 포기할 수 없었거든요."

"갈등이 컸겠네요."

"연습생으로 뽑히고 난 뒤부터는 거의 전쟁이었어요. 아빠가 하교 시간에 맞춰서 학교로 찾아왔을 정도니까요. 주말에는 외출 금지였고요. 기획사에서는 학교를 그만뒀으면 하는 눈치였어요. 연습생이 다섯이었는데 저와 예고를 다니는 한 친구를 빼고는 전부 학교를 그만둔 상태였거든요. 학교를 그만두고 연습에 매진하기는커녕 정규 연습 시간에도 빠지게 되니까 다른 연습생들을 따라갈 수가 없더라고요."

"힘들었겠어요. 그래서 어떻게 했나요?"

"가출밖에 방법이 없었어요."

한참 동안 말을 참았다. 마마는 다음 말을 차분히 기다렸다.

"아빠가 연습실로 찾아왔어요. 병원까지 팽개치고요. 아빠병원은 청담동에 있었는데 연예인이 찾아올 만큼 유명한 곳이었거든요. 아빠가 기획사 사장님한테 큰소리를 냈어요. 우리 하리는 의사가 될 아이라고요. 사장님이 아빠한테 말했어요. 하리는 노래에 소질이 있다고요. 두 분은 저를 두고 몇 시간을 다투셨어요."

"괴로웠겠네요."

"그 자리에서 딱 죽고 싶었어요. 아빠가 저한테 그러셨어요. 아빠하고 가수 중에 선택하라고요. 마음이 너무너무 아팠지만, 그때는 가수라고 대답할 수밖에 없었어요. 아빠한테 뺨을 맞았어요. 아빠는 저를 너무 사랑하셨기 때문에 장난으로도 때리지 않았어요. 아빠한테 처음으로 맞은 거죠. 저는 아프다고 말할 수도 없었어요. 아빠의 눈물을 봤으니까요. 아빠는 그대로 돌아서서 연습실을 나가셨어요."

"거짓말도 정도가 있지."

초련의 말 한마디에 분위기가 깨졌다.

"뭔데 끼어들어요."

"내가 참고 들으려고 했는데 도저히 못 들어주겠어. 거짓말을 해도 앞뒤가 맞게 해야 할 거 아냐, 하리야."

"초련 씨가 끼어들 때가 아닙니다."

마마가 초련을 제지했다.

"뭐가 안 맞는다는 거예요?"

"마마, 얘가 지금 거짓말하잖아요. 아빠가 피부과 의사 맞아? 진짜야? 네가 의대에 갈 만큼 머리가 좋았다고? 너처럼 성질이 뭣 같은 애가 뺨을 맞고도 가만히 있었다는 걸 지금 믿으라는 거야? 너랑 너무 다르잖아."

"우리 아빠가 진짜 의사면 어쩔 건데요?"

"뻥치시네."

"뻥 아니라니까. 진짜라고."

누가 먼저랄 것도 없이 자리를 박차고 일어났다. 초련과 나는 서로를 향해 손을 뻗었다.

"당장 그만 안 두나."

마마의 호통에 초련과 나는 떨어졌다.

"니들 도대체 와 그카노. 와 못 잡아 무가 난리고."

마마는 재킷을 벗고 블라우스의 단추를 풀었다. 고백의 시간은 그렇게 끝났다.

"니들은 내일 굶어라. 벌이다. 그라고 하리 니는 이틀 동안 슈퍼 내려가지 마라. 알겠나?"

"마마."

초련과 내가 동시에 마마를 부르는 소리가 비명처럼 들렸
다.

"듣기 실타 마. 그만 드가라. 꼴도 보기 실타."

마마는 내가 1층에 내려가는 것을 제일 좋아한다는 사실을
어떻게 알았을까. 이틀 동안 담배를 굶어야 한다는 생각만으
로 화가 치솟았다. 초련은 정말 나하고 궁합이 안 맞는다. 고
백의 시간이라는 이 이상한 프로그램도 두말할 것 없이 최악
이다.

굿바이 몬스터

"너는 돈이 많이 드는 아이구나."

입원 수속을 밟고 병실에 올라온 원장의 첫마디였다. 의사는 이 지경이 되도록 왜 병원에 오지 않았냐고 다그쳤다. 원장은 잘못이 없었다. 단백뇨 스틱으로 장난친 것은 나였다. 고통이 극심했을 텐데 어떻게 견뎠냐고 의사가 물었다. 나는 아프지 않았다고 대답했다. 의사는 참을성을 겨루는 올림픽 종목이 있다면 금메달감이라며 칭찬인지 비아냥거림인지 모를 말을 했다.

"아기는요?"

원장이 물었다.

"아직은 건강하니까 걱정 마세요."

정말이지 끈질긴 생명력이었다. 아픔을 참아왔던 게 수포로 돌아갔다. 원장은 의사에게 잘 부탁한다며 몇 번이고 고개를 숙였다.

"아기가 잘못됐으면 어쩔 뻔했니?"

원장이 다그쳤다.

"잘못되면 어떻게 되는데요?"

"뭣 되는 거지."

원장에게 태아는 아주 중요했다.

"제 밑으로 들어간 돈 회수 못 할까 봐요?"

"걱정 안 한다. 몸으로 때워도 되고."

몸으로 때운다는 게 무슨 뜻일까? 가만히 생각해봤지만 잘 모르겠다.

"쌍둥이였다면 좋았을 텐데, 안 그래요?"

원장은 못 들었는지 아니면 못 들은 척하는 것인지 조용했다.

"얼마 받아요?"

"뭘?"

"아기 넘기고 얼마 받느냐고요."

"알아서 뭐 하게."

"……."

"요즘 폐지 가격이 얼만 줄 아니?"

나는 외국인처럼 어깨를 으쓱해 보였다. 폐지 가격이 무슨 상관인지 모르겠다.

"킬로그램당 80원이다."

"……."

"3년 전만 해도 350원이던 것이. 돈 벌기가 얼마나 힘든지 아니?"

"밥 적게 먹을게요."

"밥값은 얼마 되지 않아. 근데 정말 열여덟 살이니?"

나는 유리창에 얼굴을 비춰보았다. 내 얼굴은 안 보이고 벽에 설치되어 있는 텔레비전과 6인실에 놓인 침대들이 비쳤다. 침대는 전부 비어 있었다. 1인실과 다름없었다.

"산모가 이렇게 없어서야. 저출산율이 정말 심각해."

"애들 값이 오르겠네요."

원장은 못 들은 척 헛기침을 했다.

"그만 가세요."

"그럴까?"

원장은 그러고도 10분을 더 있다가 돌아갔다.

다음 날은 마마가 임산부들을 죄다 데리고 병문안을 왔다. 그래봤자 초련과 예나뿐이지만. 원장은 마마와 임산부들을 병원에 데려다 놓고 급한 볼일이 있다며 가버렸다. 마마는 원장이 영업을 뛰느라 바쁠 거라고 했다. 임산부가 자동차도 아니고, 원장이 영업 사원도 아닌데, 영업이라니. 다시 생각해보니 맞는 말 같기도 하다. 차를 팔아 수당을 받는 것과 미혼모들이 낳은 아기를 팔아서 돈을 챙기는 것이 뭐가 다른가.

똑같다. 결국 다 같은 일이다.

　원장은 점심시간이 되도록 돌아오지 않았다. 12시 정각이 되자 간호사가 밥을 가져다줬다. 흰쌀밥에 뭇국, 고등어조림, 김치, 도시락 김이 식판에 담겨 있었다. 마마는 초련과 예나에게 점심을 먹고 오라며 돈을 줘 내보냈다. 오전 내내 빈 침대에서 책을 읽거나 스마트폰을 보며 뒹굴뒹굴하던 두 사람은 서둘러 나갔다.

　"마마는 점심 안 드세요? 저는 괜찮으니까 다녀오세요."

　"아이다. 내는 배 안 고프다."

　마마는 소매를 걷고 식판 앞에 다가앉아 고등어 가시도 발라주고 일일이 밥 위에 반찬을 올려주었다. 그러면서 내 입으로 잘 들어가는지 일일이 확인했다. 밥이 맛없기도 했지만, 마마 때문에 밥이 넘어가지 않았다. 나는 반도 먹지 못하고 수저를 내려놓았다.

　"와 안 묵노? 아플수록 더 묵어야지."

　"배불러요."

　"니가 배부를 때도 있나?"

　얼굴이 화끈거렸다. 내가 그렇게 많이 먹었던가, 하고 다시 한번 생각해보았다. 항상 밥을 남김없이 먹긴 했지만 그렇게 많이 먹지는 않았던 것 같은데.

　"진짜로 안 묵나? 쪼매만 더 묵지."

　"진짜 배불러요. 움직이지를 않으니까 소화가 안 돼서요."

　"아까바가 우야노."

마마가 식판을 보는 눈빛이 배가 고픈 것처럼 보였다. 아니, 남은 밥을 먹어치우고 싶어 했다.

"아까운 거 같아요."

"맞제?"

"마마가 드셔주시면 안 돼요?"

"그라면 그라까? 버리면 쓰레기 되잖아."

"네."

마마는 식판을 깨끗하게 비웠다. 밥을 먹었더니 담배가 간절했다. 그제부터 못 피웠더니 죽을 맛이었다. 입원할 줄 알았으면 초원슈퍼에서 한 갑 챙겨 왔을 텐데. 따로 돈을 챙겨 오지도 않았다. 마마한테 돈을 좀 받아내야겠다.

"마마."

"와?"

뭐라고 말을 해야 좋을지 모르겠다. 마마는 오늘따라 뭐 먹고 싶은 게 있냐고 묻지도 않았다. 분홍하마의 집에서는 수시로 묻고는 했는데.

"와 그라노. 말해봐라."

"돈 좀……."

"뭐 무꼬 싶은 거 있나?"

눈을 반짝이며 고개를 끄덕였다.

"뭔데? 지금 사 올게."

김빠지는 소리였다. 돈으로 달라고. 속으로 아우성을 쳤다.

"뭐 무꼬 싶노?"

"6시에 저녁 먹으면 다음 날 8시는 돼야지 아침 먹잖아요. 그사이에 배가 고파서."

"빵하고 바나나하고 쪼매 사다 노까?"

"아니."

나도 모르게 말이 짜증스럽게 나갔다.

"와?"

"돈 주면 제가 사 먹을게요."

"힘 안 들겠나?"

"엘리베이터 타면 금방이에요."

마마는 가방에서 지갑을 꺼냈다.

"얼마 주꼬?"

"한 장만요."

마마는 만 원짜리 지폐를 한 장 꺼냈다.

"이거 가꼬 되겠나?"

괜찮다고 했지만 마마는 두 장을 더 얹어주었다. 나는 속으로 만세를 불렀다. 임신만 하지 않았다면 춤을 췄을 것이다.

임산부들은 오후 내내 빈 침대에서 낮잠을 잤다. 마마는 병실 전체를 청소했다. 오후에 쓰레기통을 비우러 들어온 아주머니가 눈에 띄게 깨끗해진 병실을 보고 마마를 한껏 칭찬해주고 갔다. 마마는 화장실 청소까지 했다. 유리창을 닦을 때 쓰는 세제가 없다며 아쉬워했다. 원장은 5시가 다 되어 돌아왔다. 임산부를 구하러 영업을 다닌 것이 아니라 마사지라도 받고 왔는지 얼굴이 번지르르했다. 마마는 저녁을 차려 먹기

엔 시간이 늦었다면서 짜장면을 먹고 가자고 했다. 원장은 흔쾌히 좋다고 했다. 영업실적이 좋았던지 기분이 좋아 보였다.

"누가 온다나?"

"오겠다는 임산부가 있기는 한데, 입소 원서에 사인받기 전까진 모르지요."

영업 사원인 원장의 영업 실적 그래프가 한 뼘쯤 길어졌다. 이번 달 우수 사원은 원장이 따놓은 당상이었다.

나는 급하게 편의점으로 갔다. 엘리베이터 버튼을 누르려는데 눈앞이 뿌예졌다. 다행히 2, 3초 후에 멀쩡해졌다. 또다시 태동이 느껴졌다. 명치를 자꾸만 치받아서 숨쉬기가 불편했다. 겨우 엘리베이터에서 내려 편의점까지 걸어갔다. 당장 그 자리에 눕고 싶었지만 참았다. 아르바이트생은 신분증이 없는 사람에겐 담배를 팔 수 없다고 버텼다. 목소리 톤이 올라갔다. 나는 배를 한껏 내밀고 신분증을 못 가져왔다고 했다. 내 말은 먹히지 않았다. 아르바이트생은 차분했다. 약간의 언쟁은 있었지만 나는 제대로 싸워보지도 못하고 완패했다. 빈손으로 병실로 돌아가고 싶지 않아서 초콜릿이며 과자를 잔뜩 샀다. 아르바이트생이 한눈을 팔 때 팩 소주를 배에 숨겼다. 나는 의기양양하게 편의점을 나왔다.

이불 속에 숨어서 팩 소주를 마셨다. 담배가 피우고 싶어서 과자를 먹을 때는 손가락에 끼웠다가 입에 넣었다. 소리 내어 웃어보았다. 어색했다. 다시 소리 내어 웃었다. 웃음이 나오지 않았다. 손바닥으로 베개를 내리치면서 웃었다. 거짓으로 웃었는데, 어느 순간 진짜 웃겼다. 웃겨서 죽을 것만 같았다. 나는 깔깔거리면서 뒤로 넘어갔다. 옆 병실에서 누군가가 "시끄러워. 조용히 해"라고 소리쳤다. 입을 틀어막아도 웃음이 멈추지 않았다.

통증 때문에 눈이 떠졌다. 100미터 달리기를 했을 때처럼 심장이 뛰었다. 심장이 피부를 뚫고 나올 듯이 심하게 뛰어서 목과 배에까지 통증이 퍼졌다. 숨쉬기가 불편했다. 몸을 태아처럼 웅크렸다. 고통은 더 심해졌다. 으슬으슬 몸이 떨렸다. 겨우 침대에서 일어났다. 슬리퍼에 발이 들어가지 않았다. 발가락이 보이지 않을 정도로 발이 부어 있었다. 꼭 김장할 때 쓰는 무 같았다. 눈이 떠지지 않았다. 얼굴도 퉁퉁 부은 것이다. 병실을 가로질러 걸었다. 화장실이 지옥문만큼이나 멀게 느껴졌다. 현기증으로 그 자리에 주저앉았다. 구역질이 심하게 났는데 속에서 나오는 것은 없었다.
"도와주세요."
목소리에 힘이 들어가지 않았다. 악몽을 꿨을 때처럼 입만 뻐끔거려질 뿐 소리는 나오지 않았다. 살려주세요. 아직 죽고 싶지 않아요. 그 말이 하고 싶은데 말이 안 나왔다. 겨우 손끝이 출입문에 닿았다. 나는 생명 줄을 잡듯 출입문을 잡고 쓰러졌다. 의식이 눈앞에서 뱅글뱅글 춤을 췄다. 괴물은 잠잠했다. 명치를 머리로 치받지도, 배를 발로 차지도 않았다. 벌써

　　　　　　　　하리

죽어버렸는지도 모르겠다. 나는 살고 그것은 죽기를 바랐다. 하지만 괴물과 나는 살아도 같이 살고 죽어도 같이 죽는 운명 공동체였다.

의식이 왔다 갔다 했다. 잠깐 정신이 들었을 때 간호사는 괜찮을 거라고 했다. 10대 미혼모라고 대놓고 무시하던 간호사였다. 그러던 간호사가 갑자기 다정하게 굴자 나는 정말 죽는구나 싶었다. 간호사는 태동 검사를 먼저 할 거라고 했다. 나는 고개를 끄덕이다가 정신을 잃었다. 다시 정신이 들었을 때는 원장과 의사가 언쟁을 벌이고 있었다. 내 의식이 돌아온 것을 아는 사람은 아무도 없었다.

"꼭 수술해야 합니까?"

"의사로서 소견은 그렇습니다."

"다른 방법은요?"

"없어요."

"태동 검사에서 움직임이 미약했다면서요. 벌써 죽었을 수도 있잖아요."

"수술 안 하면 산모가 위험해요."

원장이 애처로웠다. 아기를 살릴 수 있다는 보장도 없는데, 돈을 쓰려니 얼마나 아까울까. 아기가 없으면 돈도 없다. 나는 원장에게 아무것도 아니다. 거기까지 생각하다가 또다시 의식을 잃었다.

지금껏 본 적 없는 강한 빛이 눈을 찔렀다. 밧줄에 묶인 것처럼 몸이 움직여지지 않았다. 간호사들은 시답잖은 대화를 했다. 애가 유치원에서 그려 온 그림 이야기나 가족 여행 중에 묵을 펜션 이야기였다.

"정신이 들어요?"

말이 안 나와서 눈을 깜박였다.

"수술할 거예요. 금방 끝나요."

산소마스크를 끼우며 간호사가 말했다. 끝난다고? 정말? 죽기 전에 끝나는 것은 아무것도 없다. 그냥 이대로 죽었으면 좋겠다.

"전신마취를 할 거예요. 자가 호흡을 인위적으로 멈추고 기계로 호흡할 거예요."

간호사가 약을 채운 주사기를 링거 줄에 꽂으며 "약 들어갑니다"라고 말했다. 약 냄새가 올라옴과 동시에 암흑으로 변했다. 꿈도 없는 깊은 잠이었다. 희망도, 절망도, 걱정도, 분노도 사라진 완벽한 잠이었다.

"환자분 숨 쉬세요."

간호사가 뺨을 쳤다. 숨이 쉬어지지 않았다. 가슴이 팽팽해지도록 숨을 들이마시기만 했다. 나는 숨이 막혀서 꺽꺽거렸다. 간호사가 어깨를 잡고 흔들며 숨을 쉬라고 소리쳤다. 나는 숨 쉬는 방법을 잊어버렸다.

"환자분 내 말 들려요? 숨을 뱉으세요. 들이쉬지만 말고 뱉어내라고요."

간호사가 등을 세게 내리쳤다. 그 순간 파, 하는 소리와 함께 숨이 밖으로 뱉어졌다. 나는 다시 살아나 숨을 쉴 수 있게 되었다.

"아기는요?"

간호사는 알 수 없는 표정을 지었다.

"자궁은 깨끗해요. 애는 또 가지면 돼요."

이 말을 들은 원장은 어떤 표정을 지었을까. 콧등이 간지러웠다. 콧등을 벅벅 긁었다.

괴물은 사라졌는데 배는 여전히 부풀어 있었다. 괴물이 사라졌다는 게 믿기지 않았다. 가끔씩 약한 태동을 느꼈다. 의사의 말대로 배에 가스가 찼을 수도, 단순한 착각일 수도 있지만, 분명히 괴물을 느낄 때가 있었다. 그럴 때면 괴물이 정말 영영 사라진 것이 맞는지 의심이 들었다. 의사는 끝까지 태아의 시체를 보여주지 않았다. 태아는 지극히 정상이었다고 했다. 믿기 어려운 말이었다. 임신부가 하면 안 되는 행동만 골라서 했는데 태아가 정상일 수는 없었다. 지식인에서 태아 시체는 어떻게 처리하나요? 라고 물었더니 태아 시체는 의료폐기물로 엄격하게 처리합니다, 라는 하나 마나 한 답변이 올라왔다. 죽은 괴물을 내 눈으로 직접 보지 못한 것이 두고두고 찜찜했다.

매일 병문안을 오던 쉼터 사람들이 수술 후에는 아무도 오지 않았다. 원장은 회복실에서 병실로 옮겼을 때 잠깐 얼굴을 본 것이 마지막이었다. 특별히 기다리는 것은 아니었지만 아무도 오지 않으니 기분이 좋지는 않았다. 병원에서의 하루는 느리게 흘렀다. 칙 아저씨의 논리에 따르자면 지금 나는 아주 힘든 시간을 보내는 것이다. 지금껏 한 번도 겪어보지 못한 고통을 당하는 중이다.

"이건 사기야."

거울을 보다가 나도 모르게 외쳤다. 출산만 하면 임신 전의 모습으로 돌아갈 수 있을 거라 생각했는데 착각이었다. 몸무게는 겨우 3킬로그램이 빠졌을 뿐이고 뱃살과 부기는 그대로였다.

간호사가 누워만 있으면 안 된다고 야단을 쳤다. 어쩔 수 없이 복도에 나갔다. 링거병을 끌고 복도를 왔다 갔다 하는 사람이 여럿 있었다. 페로몬을 따라 움직이는 개미 떼 같았다. 환자들은 꼬리에 꼬리를 물고 복도를 빙빙 돌았다. 그 뒤를 나도 따랐다.

엘리베이터에서 내리는 원장과 마주쳤다.

"몸은?"

"괜찮아요."

"갈 데는 있니?"

말문이 막혔다. 내가 갈 곳은 거리뿐이었다. 돈이 필요했다.

"몸조리는 어디서 할 거야?"

몸조리라는 말이 낯설었다. 세상에 그런 말이 있긴 한가. 아기를 낳은 것도 아닌데 몸조리가 왜 필요한지도 모르겠다. 뜨거운 물에 샤워하고 나면 멀쩡해질 것 같았다.

"철 지난 핫팬츠를 입고 오들오들 떨고 있던 너를 지나치지 않은 게 후회돼."

"돈이나 주세요."

"너한테는 한 푼도 못 줘. 오히려 내가 받아야 할 상황이야."

원장의 말이 다 맞았다. 나는 원장이 이렇게 나올 줄 진작부터 알았다. 병원에서는 오전 내로 퇴원 절차를 밟으라고 했는데 원장이 안 오면 어쩌나 걱정하고 있던 참이었다. 그렇다고 이대로 물러설 수는 없었다.

"약속했던 돈 주세요."

"입양이 성사되었을 때만 준다고 했을 텐데."

"반이라도 주세요."

"애를 낳기라도 했다면 장애가 있더라도 반은 줄 생각이었다. 너를 처음 본 날 알아봤지. 배 속의 아기가 정상이 아닐 거라는 걸 말이야. 내가 틀렸어. 아기는 지극히 정상이었어. 살아 있었다면 약속한 돈을 다 받았을 거야."

"제 밑으로 돈이 많이 들어갔는데도요?"

"혈색이 아주 좋았어. 두상도 예뻤고. 건강했다면 내가 손해 볼 일은 없었을 거야."

버스에 지갑을 두고 내린 것처럼 기분이 찝찝했다.

"10만 원이라도 주세요. 차비는 있어야 할 거 아니에요."

"싫다면?"

"신고할 거예요."

원장은 매우 웃긴 이야기를 들었을 때처럼 큰 소리로 웃었다. 웃음소리가 너무 커서 작위적이었다.

"협박이니?"

"부탁이에요. 10만 원만 주세요. 더는 바라지도 않아요."

"쉼터에 후원해준다면 주지. 한 달에 만 원이야. 그 정도는 낼 수 있지?"

개인 후원 신청서를 내밀며 원장이 말했다.

"자동이체를 신청해놓으면 편해."

후원금을 낼 생각은 처음부터 없었다. 자동이체는 말할 것도 없이 안 할 것이다.

"5만 원 주마. 나도 참 마음이 약해서 큰일이야."

원장의 눈을 보고 협상의 여지가 없음을 알았다.

"너는 정말이지 실속도 없이 돈만 많이 드는 아이야."

2부

——

겨
울

날짜와 요일을 잃어버린 나날들

"타."

스타렉스에 올라탔다. 원장은 말없이 운전했다. 나는 퇴원하고 나서 줄곧 터미널에 머물렀다. 갈 곳이 없었다. 아르바이트를 구하지 못했고 자연스럽게 노숙을 하게 되었다. 순서가 그랬다. 처음도 아니었고. 분홍하마의 집에 가던 첫날이 떠올랐다. 그날 인형 뽑기방에서 주웠던 강아지 인형은 새까맣게 때가 묻은 채로 캐리어에 매달려 있었다. 먼지를 털었지만 인형은 여전히 시커멨다. 빨아서 될 것 같지도 않았다. 나는 강아지 인형을 캐리어에서 떼어내 차창 밖으로 던져버렸다. 인형은 또 뽑으면 그만이었다.

나는 몸을 떨었다. 원장은 히터 온도를 높였다. 한기는 쉽게 가시지 않았다. 몸이 녹자 가렵기 시작했다. 재채기와 기침이 계속 나왔다. 원장이 화장지를 건네주었다. 비염이 심해지고 콧속이 헐어서 코를 풀 때마다 피가 섞여 나왔다. 콧물이 넘쳐났다. 풀어도 풀어도 계속 나왔다. 샘물 같았다. 원장이 사준 가을 외투는 지금 입기에는 얇았다. 흰색 스니커즈는 원래 무슨 색이었는지 모르게 변했다. 오른쪽 앞코는 접착 부분이 떨어져 걸을 때마다 발가락이 보였다. 신발 가게 주인의 말대로 털신을 샀더라면 좋았을 것이다. 하루에도 몇 번이나 후회했는지 모른다.

원장은 차의 속도를 줄였다. 좀 전까지 내린 눈 때문이었다. 발자국이 찍힐 정도로 눈이 쌓였다. 차를 타고 가나 걸어가나 별 차이가 없을 것 같았다.

"왜 집에 안 갔어?"

"원장님도 아셨잖아요. 제가 돌아갈 곳이 없다는 거. 그거 아시면서 터미널에 내려놓고 그냥 갔잖아요. 근데 이제 와서 왜 다시 온 거예요?"

눈길에 차가 휘청거렸다. 원장은 급하게 브레이크를 밟았다. 요란한 소리를 내며 속도가 줄었다. 도로에 차가 없었기에 망정이지 사고가 날 뻔한 상황이었다.

"똥차."

"곧 알게 되겠지만 분명히 밝혀둘게. 내가 널 데려가는 게 아니야. 가출 청소년은 관심 없거든. 마마의 부탁을 받았을 뿐이야."

"마마 가요? 이제 와서 왜?"

"분홍하마의 집은 이제 마마 거다. 임산부들도, 네가 똥차라고 하는 이 차도."

마마가 분홍하마의 집 운영권을 인수했다. 원장 없이 마마 혼자서 쉼터를 제대로 운영할 수 있을까. 마마는 뭔가를 운영하기에는 마음이 지나치게 여렸다. 물론 고백의 시간을 진행하는 모습을 보면 여리다고만은 할 수 없었다. 고백의 시간. 생각만 해도 가슴이 답답해졌다. 마마는 다른 건 몰라도 이 프로그램만은 절대 포기하지 않을 것이다. 고백의 시간을 마음껏 하려고 쉼터를 인수했는지도 모른다. 오늘이 무슨 요일이더라. 요일은커녕 날짜도 모르겠다. 거리에서는 월요일이든 일요일이든, 1일이든 31일이든 중요하지 않았다. 내가 잃어버린 것은 집이나 학교가 아니었다. 날짜와 요일이었다. 거리의 삶이란 그런 것이었다.

초원슈퍼의 불빛이 보였다. 빈 건물이 내는 바람 소리는 그 사이 더 커졌다. 터미널 근처와 확연히 다른 바람 소리 때문에 분홍하마의 집으로 돌아온 것을 실감했다. 원장은 스타렉스 차 열쇠를 내 손에 쥐여주고는 주차장에 세워져 있던 벤츠를 타고 떠났다. 그 후로 두 번 다시 원장을 보지 못했다.

초원슈퍼 문은 열려 있었다. 밤에는 문을 잠그라고 그렇게 말했건만. 나는 살며시 슈퍼 안으로 들어갔다. 방문을 소리 나지 않게 밀었다. 방 안은 어두웠다. 미스터 칙이 앉은 채로 잠들어 있었다. 미스터 칙은 초원슈퍼에 오기 전까지 아파트에서 경비 일을 했다. 10년 가까이 그 일을 하면서 앉아서 자는 습관이 들었다. 이제는 누워서는 잠이 오지 않았다. 어둠 속에서 빨간 전기장판 불빛이 보였다. 전기장판은 스물네 시간 켜져 있었다. 마마가 낮에는 꺼놓으라고 잔소리를 해도 듣지 않았다. 나는 담뱃갑을 집어 들었다. 꽁초만 피우다가 온전한 담배를 피우려니 황송한 마음마저 들었다. 좁은 슈퍼 안이 담배 연기로 가득 찰 때까지 몇 대고 피웠다.

현관문을 열기 전부터 삼겹살과 된장찌개 냄새를 맡았다. 입 안 가득 침이 고였다. 따끈한 밥에 된장찌개를 비벼 먹고 싶어서 안달이 났다. 노숙한 이후로 제대로 식사를 못 했다. 기껏해야 빵과 우유로 끼니를 때웠다. 빵과 우유도 여의치 않을 때는 쓰레기통을 뒤졌다. 굶는 게 일상인데 살이 빠지지 않는 이유를 모르겠다. 마마는 맨발로 현관까지 뛰어나왔다. 마마가 와락 껴안았을 때는 마음이 울컥했다. 마마는 미안하다는 말을 끝도 없이 반복했다. 오랫동안 씻지 않아 냄새가 심할 텐데도 마마는 개의치 않았다.

"우야꼬 이게 누꼬? 하리야, 참말로 니가 하리가?"

예나와 초련은 아직 그대로 있었다. 처음 보는 임산부가 있었다. 긴 생머리에 하얀 얼굴이 인상적이었다. 나이는 20대 중반쯤 되어 보였다. 주방에서 탄내가 났다. 마마는 호들갑을 떨며 주방으로 달려갔다. 삼겹살이 새카맣게 탔다. 마마는 끝까지 새카맣게 탄 삼겹살을 버리지 않았다.

"나는 탄 게 더 맛있다. 일부러 태워가 묵는데 걱정할 거 하나도 없다. 이 나이에 암 걸릴 일도 없다 아이가.”

마마가 한눈파는 사이에 초련이 삼겹살을 음식물 쓰레기 통에 버렸다.

“그거를 와 버리노? 아까바가 우야노.”

마마는 쓰레기통에서 삼겹살을 꺼냈다. 초련은 더 이상 못 말리겠다는 표정으로 주방을 나가면서 나에게도 한마디 던 졌다.

“좀 씻어. 냄새나서 머리가 깨질 것 같아.”

예나는 이어폰을 귀에 꽂고 소파에 앉아 있었다. 처음 보는 임산부는 마마를 도와서 삼겹살을 구웠다. 나는 마마의 옷을 챙겨 들고 욕실에 들어갔다.

“정말 노숙을 했어?”

초련의 질문에 답하지 않았다. 마마는 내가 불쌍하다며 머 리를 연신 쓰다듬었다.

“하리 너도 참 답 없다. 알바라도 구했어야지.”

초련이 뭐라고 떠들어대든 상관하지 않았다. 겪어보지 못 한 사람이 알 턱이 없다. 아무것도 모르니까 나오는 대로 지 껄이는 것이다. 나는 입이 미어지도록 쌈을 쑤셔 넣었다. 콧 물이 줄줄 흘렀다. 코를 풀어도 전혀 시원해지지 않았다. 코 를 풀 때마다 헐은 부분이 견디기 힘들게 아팠다. 임산부들 은 나 때문에 식욕을 잃은 것 같았다. 한 끼쯤 안 먹는다고 잘 못되지 않는다. 비위가 상해서 밥을 못 먹겠다는 것은 배부른

투정이다.

"임신했을 때보다 더 찐 거 같아. 노숙하면서 뭘 그렇게 잘 먹었니?"

나는 들은 체도 하지 않았다.

"군인들이 맛있는 거 많이 사준 모양이다."

초련은 의미심장하게 말했다.

"재주도 좋아요. 애 낳은 지 얼마나 됐다고, 그 몸을 하고."

"그만 좀 해요."

예나가 젓가락을 소리 나게 내려놓았다.

"깜짝이야. 왜 소리를 지르고 그래? 네가 언제부터 남의 일에 관심이 있었다고. 그리고 너희 둘 앙숙이잖아. 새삼스럽게 왜 이래."

예나는 초련을 말없이 노려보다가 자기 방으로 들어갔다.

"쟤는 불리하면 방에 숨더라."

"예나 말 틀린 거 하나 없다. 밥 묵는 애한테 고마해라. 그라고 살찐 거 아이다. 부기가 안 빠져가 그런 기다. 호박물이라도 해 먹여야 되겠다. 몸조리도 제대로 못 하고 한데서 잠을 잤으니 몸이 성한 데가 한 군데도 없을 끼다."

나는 초련이 뭐라든, 예나가 방으로 들어가든 말든 신경 쓰지 않고 밥을 먹었다.

"우야꼬 밥이 모자란다. 하리야 밥 더 하까?"

"다 먹었어요."

말은 그렇게 했지만 밥이 있었다면 더 먹었을 것이다. 노숙하면서 깨달은 것은 먹을 수 있을 때 최대한 많이 먹어두는 게 이득이라는 것이다. 내 위는 믿을 수 없을 만큼 커졌다가 놀랄 만큼 쪼그라들었다. 나는 남은 된장찌개를 보면서 입맛을 다셨다.

"저기……, 괜찮으면 제 밥 더 먹을래요?"

처음 보는 임산부였다. 악의 없는 선한 눈을 가진 여자였다. 나는 여자가 주는 밥을 받아서 된장찌개에 비볐다.

"아직 인사 안 했제? 여는 소희 씨. 그리고 이쪽은 하리라고 내를 도와가 쉼터 일을 할 끼다. 서로 인사해라."

그제야 내가 쉼터의 직원으로 취직이 됐다는 사실을 알게 되었다.

"반가워요. 잘 부탁해요. 편하게 소희 언니라고 불러요. 하리 씨라고 불러도 될까요?"

얄미울 만큼 예쁜 목소리였다. 나는 착한 척하는 사람은 질색이었다. 두 번째 노숙을 하면서 성격이 더 뾰족해졌다. 소희의 질문에 일부러 대답하지 않았다. 예고 없이 재채기가 나왔다. 입에 있던 밥풀이 식탁에 튀었다. 걱정할 것은 없었다. 음식은 거의 다 먹어치운 후였다.

"괜찮아요?"

소희가 물컵을 건네주었다. 나는 물컵을 받지 않고 밥공기에 물을 따라 마셨다.

캐리어를 끌고 마마의 방으로 들어갔다.

"와 안방에 안 가고?"

"이제 임산부 아니잖아요."

"그게 와?"

"임산부는 임산부들끼리 방 쓰는 게 좋잖아요."

"니 말도 맞네. 좁아도 우리 둘이 쓰자."

캐리어에는 여름옷밖에 없었기 때문에 나는 짐도 풀지 않고 박스가 쌓여 있는 한쪽 벽에 캐리어를 세워놓았다. 마마의 방에서는 여전히 이상한 냄새가 났다. 안성탕면, 초코파이, 새우깡 등 슈퍼에서 얻어다 쌓아둔 박스들은 전보다 더 낡아 보였다. 분홍하마의 집에 처음 왔던 날 마마와 나눴던 대화가 떠올랐다.

—이게 무슨 냄새예요?

—추억의 냄새 아이가.

—어디서 나는 건데요?

마마는 박스를 쌓아둔 벽을 가리켰다. 박스에 뭐가 들어 있냐고 물었더니, 마마는 기억이라고 답했다. 기억을 어떻게 박스에 담아둘 수 있냐고 묻고 싶었지만, 혹시나 꼬치꼬치 캐물으면 버릇없는 애라고 생각할까 봐 참았다. 그때는 어떻게든 마마에게 잘 보이고 싶었다. 하지만 나는 항상 내 본모습을 일주일 이상 감추지 못했다. 본성은 못 속이지. 피가 어디 가나. 이런 말은 주문이었다. 반복해서 듣다 보면 마력이 있어서 그대로 되고 만다.

마마의 기억이 들어 있다는 안성탕면 박스를 열어보고 싶

하리

었다. 박스의 입구는 테이프로 여러 번 감겨 있었다. 커터 칼이 없으면 열 수 없었다. 나는 금방 포기하고 이불에 들어갔다. 나는 지쳐 있었고 쉬고 싶었다. 천장을 보고 누웠다. 콧물 때문에 옆으로 누울 수 없었다. 목구멍으로 콧물이 넘어갔다. 목이 간질간질했다. 방바닥은 따뜻했다. 머리카락 한 올까지 풀어지는 기분이었다. 천국이 따로 있을 것 같지 않았다. 배부르게 먹을 수 있고 따뜻한 여기가 천국이었다.

　사람 몸이라는 것은 참 묘했다. 노숙하면서 수시로 굶었고, 밤에는 신문지로 버텼다. 감기와 비염으로 콧물을 달고 살았지만 특별히 아픈 곳은 없었다. 그런데 배불리 먹고 따뜻한 집에서 잠든 날 밤 병이 나고 말았다. 마마는 긴장이 풀어져서 아픈 거라고 했다. 열이 계속 올라 마마는 잠도 못 자고 내 병간호를 해야 했다. 다행히 독감은 아니었다. 마마는 임산부들에게 감기가 옮을까 봐 전전긍긍했다. 그러거나 말거나 나는 편하게 지냈다. 약 먹고 자고, 밥 먹고 자고, 또 잤다. 겨울잠을 자는 동물처럼 잠만 잤다.
　화장실이 급해서 깼다. 몸이 가뿐했다. 두통도 없고 목도 안 아팠다. 사흘 만에 몸이 좋아졌다. 식탁에 마마의 쪽지가 놓여 있었다. 임산부들과 산부인과에 정기검진을 다녀오겠다고 쓰여 있었다. 마마가 끓여놓은 죽을 데워서 먹었다. 식욕이 돌아와서 냄비에 있던 죽을 전부 먹어치웠다. 배가 부르니 담배 생각이 간절했다. 미스터 칙은 무엇을 하고 있을까.

그는 여느 날처럼 햇볕을 쬐고 있을 것이다. 보지 않아도 알 수 있었다. 내가 정말 궁금한 것은 그의 영혼이 어디를 여행하고 있느냐다.

마마의 유일한 겨울 외투인 패딩코트는 옷걸이에 없었다. 마마가 걸치고 나갔나 보다. 예나의 방에 들어갔다. 소녀의 방에서 날 법한 새콤달콤한 향기가 났다. 방향제를 따로 쓰는 것도 아닐 텐데 냄새가 어디서 나는지 궁금했다. 처음에는 외투만 슬쩍 빌려 입으려고 했는데 마음이 달라졌다. 나는 예나의 방을 구석구석 뒤졌다. 좋은 냄새의 출처는 화장품이었다. 화장품 방문 판매를 해도 될 만큼 많은 화장품이 서랍에서 나왔다. 갈라지고 피가 배어난 내 손에 핸드크림을 발랐다. 복숭아향이 방 안 가득 퍼졌다. 나는 코를 벌렁거리면서 냄새를 맡았다. 좋은 냄새는 맛있는 음식과 같아서 사람을 행복하게 만들었다. 핸드크림을 주머니에 넣었다. 하지만 곧 주머니에 넣었던 핸드크림을 꺼내 서랍에 도로 넣어놓았다. 여우 같은 예나가 핸드크림이 없어진 것을 모를 리 없었다. 아이섀도와 립스틱을 모아놓은 팔레트 밑에서 은행 봉투가 나왔다. 봉투 안에는 5만 원권과 만 원권이 여러 장 들어 있었다. 다 해서 28만 원이었다. 나는 초인적인 힘을 내어 봉투도 원래 있던 자리에 두고 나왔다.

예나의 외투를 걸치고 운동화를 신고 밖으로 나왔다. 걸을 때마다 터진 신발 사이로 감자알같이 생긴 발가락이 보였다

사라졌다. 털모자를 쓰고 햇볕을 쬐고 있는 미스터 칙이 보였다. 바람이 찼다. 나는 몸을 부르르 떨었다.

"미스터 칙."

미스터 칙이 고개를 돌렸다. 눈이 마주치자 미스터 칙이 환하게 웃었다. 이가 없어서 웃는 모습이 흉측했다. 웃지 마, 라고 따끔하게 말해주고 싶었다. 미스터 칙은 풍치로 40대부터 이가 빠지기 시작했다. 틀니를 왜 안 하냐고 물은 적이 있었다.

—다시 아기가 될 거야.

—노인이 어떻게 아기가 돼요?

—비밀인데 용용이한테만 말해줄게. 어디 가서 말하면 안돼. 약속.

미스터 칙은 목소리를 한껏 낮추었다.

—몸이 줄어들고 있어.

—근육이 빠지는 거예요. 그렇게 앉아만 있다가는 걷지 못하게 될 거예요.

겁을 잔뜩 줬다.

—곧 네 발로 걷게 될 거 같아.

—기는 거겠죠. 그러다가 걷는 방법을 아주 잊어버릴 거예요.

—용용아, 그러면 완벽한 아기가 되는 거야.

미스터 칙은 확실히 중증 치매 환자였다. 내게 마법을 부릴 힘이 있다면 미스터 칙을 아기로 되돌려줄 텐데. 그게 안 되니 미스터 칙은 하루라도 빨리 죽는 수밖에 없었다.

—용용이가 우리 엄마가 되어주면 안 돼?

날짜와 요일을 잃어버린 나날들 ····· 103

—아기라면 소름이 끼쳐요.

괴물을 잃고 터미널 거리를 배회하던 날들을 생각하면 여전히 소름이 끼쳤다. 나는 이가 달달 떨렸다. 외투를 입었는데도 추웠다. 담배를 빨리 피우고 방으로 돌아가야겠다.

"은선아."

은선이는 미스터 칙의 첫사랑이었다. 미스터 칙은 또 어디까지 시간을 거슬러 올라간 것일까. 나는 미스터 칙을 가만히 안아주었다. 그새 근육과 살이 빠졌는지 뼈가 더 도드라졌다.

"밥 많이 먹고 운동 많이 하라고 했는데 왜 말 안 들었어요."

"용용아, 어디 갔었어?"

"나 알아보겠어요?"

미스터 칙은 당연한 것을 왜 묻느냐는 듯한 표정으로 고개를 끄덕였다.

"용용, 나 보러 왜 안 왔어?"

"서울에 잠깐 다녀왔어요."

"서울은 왜?"

"오디션 보러요. 저 곧 가수로 데뷔할 거 같아요."

"아기는 어쨌어?"

미스터 칙은 괴물이 사라진 것을 어떻게 알았을까. 배는 여전히 부풀어 있는데.

"제가 누군지 알겠어요?"

"용용이잖아."

"땡. 틀렸어요. 하리잖아요. 하, 리. 해보세요."

"아니야. 넌 용용이야. 용용아 아기는 어디 있어?"

"없어요."

"담배를 너무 많이 피워서 죽은 거야?"

"아주 건강해요. 손가락 열 개, 발가락 열 개. 완전 정상이에요."

"예쁘겠다."

"혈색이 좋고 두상도 예뻐요."

"지금 어디에 있어? 나도 보여줘."

"입양 보냈어요. 양부모가 엄청 부자예요. 엄마는 소아과 의사고 아빠는 피부과 의사래요. 강남에 있는 주상 복합 아파트 펜트하우스에 살아요. 집이 100평이 넘어서 일하는 사람이 여럿이고 방이 열 개도 넘어요."

"잘됐다. 정말 잘됐어."

"잘되긴요. 그래봤자 애완동물인걸요. 털 날린다고, 대소변 못 가린다고 몰래 갖다 버릴지도 모르죠. 파양이라는 게 분리 수거보다 쉽거든요. 하긴 친부모한테도 버림받았는데, 할 말 없죠. 그래도 혹시 알아요. 우리 아기는 특별해서 대소변도 잘 가리고 꼬리도 잘 쳐서 나중에 그 재산 다 차지할지도 모르죠. 양부모보다 아기가 더 오래 살 거니까요."

"용용이는 좋겠다. 아기가 크면 용용이 찾아올 거잖아. 용용이가 친엄마니까 재산도 다 용용이 거 되겠다. 용용이 부자네."

"그 정도는 푼돈이에요. 저는 엄청난 돈을 모을 거예요. 칙,

가수가 돈을 얼마나 많이 버는지 알아요?"

"얼마나 버는데?"

"1년에 1000억이 넘는 돈을 버는 가수도 있어요."

"거짓말."

"⟨거짓말⟩을 불렀던 빅뱅은 진짜로 1년에 1000억을 벌었대요. 담배 한 대만 주세요. 가수 돼서 갚을게요."

미스터 칙은 담뱃갑을 내밀었다. 역시 담배는 배부를 때가 제일 맛있었다. 나는 담배 연기로 도넛을 만들었다.

"작은 도넛이 더 예뻐."

미스터 칙을 위해서 작은 도넛을 만들었다. 미스터 칙은 어린아이처럼 좋아했다. 연기가 진짜 도넛인 것처럼 우걱우걱 먹었다. 점점 바람이 차게 느껴졌다. 미스터 칙은 안으로 들어가려고 하지 않았다. 해가 떨어지기 전에는 들어가지 않을 것이다. 미스터 칙의 **뺨**과 코가 빨갰다.

쉼터에서 우산을 꺼내 왔다. 두 사람이 쓰고도 남을 만큼 큰 무지개색 우산이었다. 우산을 펴서 미스터 칙을 씌워주었다. 바람이 부는 방향으로 우산 머리를 돌렸다. 우산은 바람을 잘 막아주었다. 미스터 칙은 우산이 마음에 드는 눈치였다. 미스터 칙이 알록달록한 우산을 쓰고 하늘 높이 날아가는 모습을 상상했다. 미스터 칙은 지금 어떤 시간을 살고 있을까.

하리

마녀 아이린

아침부터 눈이 내렸다. 임산부 한 명이 새로 오기로 한 날이었다. 하고 많은 날 중 하필이면 이런 날씨에 임산부를 데리러 터미널까지 가야 한다는 게 싫었다. 마마는 눈길 안전 운전에 대한 잔소리를 끊임없이 해댔다. 마마와 내가 고용관계로 변하면서 달라진 점이 있다면, 마마가 나를 임산부들보다 막 대하는 경향이 생겼다는 것이다. 한 달에 겨우 50만 원 주면서 생색이 심하다고 생각했지만 나에겐 언제나 그랬듯이 선택의 여지가 없었다. 마마는 내가 스무 살이 되면 월급을 제대로 챙겨주겠다고 했지만, 돈이 좀 모이면 바로 이곳을 뜰 생각이다. 오래 걸리지는 않을 것이다. 두세 달쯤으로 예상하고 있다.

"그렇게 걱정되면 면허 있는 사람을 보내든가."

마마는 그제야 입을 닫았다. 언젠가부터 나는 마마에게 말을 놓았다. 시장에서 만나는 사람들은 나를 마마의 친손녀로 봤다.

도로는 생각보다 더 미끄러웠다. 2, 3센티 정도 쌓였을 뿐인데도 운전하는 게 장난이 아니었다. 분홍하마의 집이 산 중턱에 있어서 길이 가팔랐다. 초원슈퍼와 분홍하마의 집 말고는 인가가 없어서 제설 작업이 전혀 안 되는 지역이었다. 나는 천천히 운전했다. 내리막길이라 신경이 더 쓰였다. 놀이동산의 범퍼카를 모는 정도의 솜씨만 가지고서 스타렉스를 몰게 될 줄은 몰랐다. 눈이 안 왔을 때는 운전을 곧잘 해서 초련의 칭찬을 듣기도 했는데, 미끄러운 내리막길에서는 속수무책이었다. 내가 아는 건 속도를 줄이고 가는 방법뿐이었다.

약속한 시간보다 30분이 늦었다. 나는 사고 없이 터미널까지 왔다는 것이 중요했다. 차 안에서 터미널 주변을 훑어보았다. 터미널 주변은 한산했다. 군인들마저 보이지 않았다. 터미널 입구에 임산부로 보이는 여자가 서 있었다. 그 여자가 내가 태우고 갈 임산부임이 확실해 보였다. 그런데 여자의 행색이 좀 이상했다. 여자는 머리부터 발끝까지 새까맸다. 챙이 넓은 고깔모자도, 허벅지까지 내려오는 긴 망토도 검은색이었다. 구두도 아니고 운동화도 아닌, 앞코가 길게 꼬부라진 신발마저 검었다. 한 손에는 복주머니 모양의 여행 가방을 들고, 다른 손에는 낙엽을 쓸 때 쓰는 형광 초록색의 대빗자루

하리

를 쥐고 있었다. 핼러윈 파티의 마녀 복장이면 딱 맞았다. 핼러윈은 오래전에 끝났다. 나는 잠깐 고민했다. 그냥 차를 돌릴까. 길길이 날뛸 마마가 떠올라서 어쩔 수 없이 창문을 열고 임산부를 향해 손을 흔들었다. 임산부는 대빗자루를 가랑이 사이에 끼우고 뒤뚱거리면서 걸어왔다. 임산부가 가까이 왔을 때 나는 너무 놀라서 비명을 지를 뻔했다. 임산부의 코가 너무 흉측했다. 비정상적으로 큰 매부리코는 주먹으로 한 대 맞은 것처럼 찌그러져 있었다. 콧등에는 팥알만 한 사마귀까지 나 있었다.

"왜 이렇게 늦었어?"

초면에 대뜸 반말을 하니 기분이 나빴다. 여자는 마흔 살이 넘어 보였다. 저 나이에도 임신할 수 있구나. 나는 속으로 감탄했다. 미혼모 쉼터에 들어올 만한 임산부는 아니었다.

"쉼터에서 가르쳐준 번호로 전화를 얼마나 많이 했다고. 전화는 왜 안 받아?"

나는 전화가 오는지도 몰랐다. 핸드폰은 외투 주머니에 들어 있었고, 외투는 뒷자리에 있었다. 무엇보다 운전하느라 다른 일은 신경 쓸 수가 없었다. 임산부가 보조석 문을 벌컥 열었다. 깜짝 놀라 나도 모르게 몸을 뒤로 젖혔다. 임산부는 가방과 빗자루를 뒷자리에 던져놓고 보조석에 올라타 안전띠를 단단히 맸다. 가까이서 보니 임산부의 코는 진짜가 아닌 장난감 코였다.

임산부가 명함을 내밀었다. 나는 명함과 임산부를 번갈아

쳐다보았다. 임산부는 빨리 받으라는 듯이 명함을 흔들었다. 명함을 받아서 들여다봤다. 여자의 이름은 아이린이었다. 이름 앞에 마녀라고 쓰여 있었다. 타로, 사주, 궁합, 택일, 출장 가능, 이라는 문구가 눈에 띄었다. 임산부가 대뜸 물었다.

"너도 마녀야?"

나는 고개를 흔들었다.

"성격 참 지질맞다. 성격이 사주팔자지."

나는 못 참고 마마한테 혼날 짓을 저질렀다.

"그만 내려요. 당신 같은 사람 안 받아요."

"여기까지 온다고 얼마나 고생했는지 아니?"

당연히 알고 있다. 나도 그 길을 따라서 분홍하마의 집까지 왔다.

"임산부라면 누구나 언제나 환영합니다, 라고 전단에 광고 했잖아."

임산부는 전단을 내밀었다.

"그건 모르겠고요. 어제 마지막 임산부가 입소해서 자리가 없어요. 사정은 딱하게 됐는데 저도 어쩔 수 없어요."

"쪼그만 게 어디서 거짓말을 해. 중딩 주제에. 너도 임신했니?"

"중딩은 누가 중딩이에요. 스무 살이거든요."

임산부는 요것 봐라, 하는 표정이었다. 여기서 밀리면 끝장 이었다.

"제가 쉼터 책임자거든요. 진짜 자리 없어요. 요즘 후원금이 줄어서 임산부들 밥도 제대로 못 챙겨요. 그러니까 그만 가세요. 마녀라면서요. 마술이라도 부리시든가."

"성질 한번 지질맞다, 지질맞아. 신령님이 용광로보다 더 뜨겁단다. 산은 산인데 풀 한 포기 못 사는 황무지 산이란다. 가까이 있는 사람들 전부 다 불로 태워 죽일 수도 있는 팔자야. 오죽하면 친엄마가 버렸을꼬. 타고난 운명 바꾸고 싶으면 덕을 쌓아. 계속 그렇게 성질부리면 옆에 아무도 없을 테니까."

임산부가 무서운 목소리로 호통을 쳤다. 은근히 무서웠다. 무당한테 잘못했다가 안 좋은 일이라도 생기면 나만 손해였다.

"빨리 출발 안 하고 뭐 해. 해 떨어지겠어."

나는 군소리 없이 차를 출발시켰다.

30분 거리를 1시간이나 걸려서 도착했다. 눈이 조금이라도 더 왔다면 돌아오지 못했을 것이다. 나는 탈진 상태였다. 소희가 고생했다고 등을 두드려줬다. 싹수없는 예나나 재수 없는 초련과 달리 소희는 다정하고 따뜻한 사람이었다. 어떤 사연으로 여기까지 왔는지 모르지만 이곳에 어울리지 않는 사람인 건 분명했다.

마마가 새로 온 임산부의 손을 꼭 쥐고 환영 인사를 했다.

"오느라고 고생 많았십니더. 야가 면허가 없어가 운전이 시원찮은데 불편한 데는 없었는교?"

"면허가 없어요? 어쩐지 좀 위태위태하더라고요. 운전 못한다고 언니한테 진작 말하지."

언니 소리를 들을 나이는 지난 것 같은데, 특이한 사람인
건 분명했다.

"언니는 무슨 언니. 아줌마구먼."

마마가 냅다 뒤통수를 후려쳤나.

"가시나 못됐다. 언니한테."

"왜 때려."

"언니한테 말하는 꼬락서니가 그게 뭐꼬."

"저 얼굴 보고 언니라는 말이 나와?"

마마는 내 말에 대꾸하지 않고 임산부 배를 만지면서 물었
다.

"몇 달이나 됐는교? 만삭이 다 됐는 갑다."

"이제 여덟 달 됐어요. 그리고 어르신 말씀 편하게 놓으세
요."

"어르신은 무신. 그냥 마마라고 부르면 된다. 다들 그렇게
부른다 아이가."

"네, 마마."

"배가 많이 나왔구먼."

"제가 많이 먹어서요."

임산부는 호탕하게 웃었다. 나중에 안 사실이지만 그 말은
빈말이 아니었다. 아이린은 정말 많이 먹었다.

고백의 시간 (3)

마마는 쌓아두었던 박스들 가운데 하나를 꺼냈다. 박스 안에는 옷이 가득 들어 있었다. 평상복은 아니고 오래된 공연 의상이었다. 옷에서는 나프탈렌 냄새가 심하게 났다. 마마는 찾는 것이 없었는지 다른 박스를 꺼내서 열었다. 박스에서는 프로그램, 대본, 전문 서적들이 나왔다. 오래된 책에서는 책벌레가 나왔고 대본은 누리끼리하게 삭아가고 있었다. 또 다른 박스에서는 화장품이 잔뜩 나왔다. 공구함 크기의 메이크업 박스에는 처음 보는 분장 도구가 가득했다. 대부분이 딱딱하게 굳어서 쓸 수 없는 상태였다.

"도대체 뭘 찾는 거야?"

"가마있어봐라. 여기 어디 있지 싶다."

"고백의 시간 한다고 다들 기다리고 있어."

"쪼매만 더 기다리라 캐라."

마마가 찾던 물건은 네 번째 개봉한 박스에서 나왔다. 마마는 수녀복 밑에 깔려 있던 베이지색 트렌치코트를 꺼냈다. 트렌치코트는 심하게 구겨진 데다 좀이 슬어 있었다. 나프탈렌 냄새와 곰팡내 섞인 악취가 코를 찔렀다.

"입어라."

마마가 입기 쉽게 트렌치코트를 잡아주었다.

"싫어."

"와?"

"더럽고 냄새나잖아."

"괜찮다. 깨끗하게 안 털었나."

"그걸 왜 입어야 해?"

"하리야, 지금부터 내가 하는 말 잘 들어라. 오늘부터 고백의 시간은 니가 할 끼다. 내는 늙어가 너무 힘들다. 젊은 니가 고백의 시간을 이어받아가 임산부들 마음의 응어리를 풀어주고 열심히 살아야겠다는 의지를 심어줘야 된다. 내 말 알겠제?"

"마마가 뭐가 늙었어. 백 세 시대에."

"아이다. 나는 임산부들이 하는 소리를 못 알아듣겠다. 귀먹어가 그란 기 아이고 뭔 소린지 모르겠다. 임산부들이 하는 말에 공감을 못 하겠다 이 말이다. 세대가 다른 기다. 젊은 니가 해야 된다."

고백의 시간을 진행하라니. 거부감부터 들었다. 이러다가 쉼터 전체를 책임지라는 것은 아닌지 무서웠다. 무엇보다 고백의 시간이 왜 필요한지 수긍이 가지 않았다. 고백의 시간이 의미 없는 일이라고 생각하는 사람이 어떻게 책임을 지고 운영을 한단 말인가.

"몰라. 싫어. 내가 왜? 헛소리나 하는 그따위 프로그램, 없애버리면 그만이잖아."

"안 된다. 고백의 시간은 절대로 못 없앤다. 분홍하마의 집이 있는 한 고백의 시간은 계속 이어나가야 된다."

"그럼 계속 마마가 하면 되잖아."

"니 자꾸 이랄래. 고백의 시간 안 하면 월급 안 줄 끼다."

마마가 순진한 사람이라고 생각한 건 나의 착각이었다. 마마는 내가 간절히 원하는 것이 무엇인지 훤히 꿰고 있었다.

"싫어. 싫다고."

마지막 발악을 해보았지만 소용없었다. 하는 쪽으로 마음이 기울었다. 월급은 받아야 했다. 그래야 이곳을 벗어날 수 있었다. 일주일에 한 번 공인된 거짓말을 들어주면 되는 일이다. 몸을 쓰는 것도 아니고.

"입어라."

새우깡 박스에서 30년 가까이 좀과 동거한 나프탈렌 냄새가 나는 옷을 입을 마음이 도무지 들지 않았다.

"배우한테 의상이 얼마나 중요한지 아나. 왕 역할을 맡은 배우가 무대에 추리닝을 입고 올라가는 법은 없다. 알겠나?"

"마마가 연극에 대해서, 배우에 대해서 뭘 안다고 그래. 싫어. 안 입어."

"나도 한때는 배우였다."

이건 또 무슨 소리지? 박스 안의 물건들을 보면 허황된 말 같지는 않았다.

"사투리를 쓰는 배우가 어디 있어?"

"니 말이 맞다. 내는 사투리 못 고치가 무대에서 대사 한 마디 못 했다 아이가. 〈사의 찬미〉 할 때는 대사 없는 동네 아낙을 했고, 〈안토니와 클레오파트라〉에서는 클레오파트라의 말 못하는 몸종 역할을 한 게 전부다. 배우가 되고 싶어가 극단에 들어갔는데 배우는 못 하고 기획, 분장, 의상, 프롬프터까지 내가 도맡아가 안 했나. 15년 만에 극단을 뛰쳐나왔다. 그때 뭐가 제일 좋았는지 아나?"

"허무했을 거 같아."

"아이다. 하늘을 나는 것처럼 홀가분하고 좋더라. 사투리 마음대로 써도 된다 아이가. 사투리 쓴다고 뭐라는 사람 없다 아이가. 그게 그렇게 좋더라."

뭔지 모르게 마음이 찡했다.

"하리야, 열심히 한다고 되는 게 아이다. 세상이라는 게 그렇더라. 열심히 해도 안 되는 게 있다. 그래도 열심히 살아야 한데이. 우리가 할 수 있는 게 그것뿐인 기라."

"그래도 코트는 안 입을 거야."

"다음 주에는 깨끗하게 세탁해주구마. 오늘만 입어라. 나가가 인사만 하고 끝낼 기다. 10분만 입고 있어라. 알겠제?"

노숙 생활까지 한 주제에 뭐를 그렇게 가리노, 라며 마마가 몰아붙였다면 어떻게 됐을까. 나는 거리에서 냄새나는 트렌치코트보다 더 더럽게 살았었다.

"고백의 시간은 신성한 기다. 평소에 입던 거 입고 나가가 되는 기 아이다. 옷은 사람의 신분을 말해준다 아이가. 이 옷은 〈신의 아그네스〉라는 연극에서 주인공인 정신과 의사 마사 리빙스턴이 입었던 의상이다. 하리 니가 의사가 돼가 임산부들의 마음을 보듬어줘라. 저 모여 있는 여자들이 웃는다고 진짜 웃는 건 줄 아나. 묵는다고 배가 부를 줄 아나. 아무렇지 않은 척하지만 다 병자다. 내 말 틀리나? 저 여자들 심장은 돌멩이가 됐을 기다. 니도 안다 아이가. 니도 그랬다 아이가."

그때 알았다. 마마도 우리와 같은 고통을 겪었다는 것을. 같이 지내다 보면 말하지 않아도 저절로 알게 되는 게 있었다.

마사 리빙스턴의 의상을 입고 임산부들 앞에 섰다.

"고백의 시간의 새 호스트를 소개합니다. 호스트 하리입니다."

둥글게 모여 앉은 임산부들이 멀뚱하게 올려다보았다. 도대체 저 옷은 뭐야? 하는 표정들이었다.

"새 호스트가 됐는데 한마디 하세요."

마마의 말이 맞았다. 마사 리빙스턴의 코트를 걸친 순간, 나는 달라졌다. 지금 나는 학교를 뛰쳐나온 문제 학생도 아니고, 집을 나온 가출 청소년도 아니고, 원치 않은 임신을 한 미혼모도 아니다. 상처받은 사람들의 마음을 보듬어주는 정신과 의사 마사 리빙스턴이다.

"반갑습니다. 오늘부터 고백의 시간을 진행할 호스트 하리입니다. 고백의 시간은 여러분의 마음의 상처를 보듬는 시간입니다. 사람들은 상처를 받으면서 살아가야 하는 숙명을 지니고 태어난 존재들입니다. 좋은 기억도, 나쁜 기억도, 그것이 추악한 기억이라 할지라도 우리는 받아들여야 합니다. 기억은 버린다고 버릴 수 있는 것이 아닙니다. 지운다고 지울수 있는 것도 아닙니다. 하지만 치유는 할 수 있습니다. 아픈기억을 꺼내주세요. 슬펐던 기억을 꺼내주세요. 고통스러웠던 기억을 꺼내주세요. 마음의 평안을 얻을 것입니다. 그리고마지막으로 한 가지만 기억해주세요. 상처는 주홍 글씨가 아닙니다."

임산부들은 화산이 분출하는 광경을 직접 본 것처럼 눈이커졌다. 나는 멍해졌다. 지금 한 말이 내 입에서 나왔다는 게믿어지지 않았다. 어디서 들었던 말도 아니었다. 이런 말을들을 만한 곳은 가본 적이 없었다. 읽은 것도 아니었다. 그렇다면 이 말은 순수하게 내 안에서 나온 것이다. 내가 낳은 말이다. 지금껏 수없이 상처받아오면서 나 자신도 의식하지 못하는 사이 내 안에 이런 생각이 차곡차곡 쌓이고 있었던 것이다.

"잘한다. 우리 하리."

아이린이 먼저 손뼉을 쳤고 소희가 따라서 손뼉을 쳤다. 초련의 인상은 심하게 구겨져 있었다. 언제나 잘난 척하던 초련이 나의 명연설에 적잖이 놀란 모양이었다. 예나는 멍하게 앉아 있었는데 내가 한 말을 들었는지 못 들었는지 모르겠다. 그 애의 눈동자를 보니 딴생각을 하고 있는 게 분명했다. 마마가 마지막으로 한마디만 더 하고 끝내겠다고 했다.

"고백의 시간 동안에는 서로 존댓말을 쓰세요. 하리 양이 어리지만, 여러분을 이끄는 호스트라는 것을 잊지 마시고 예의를 갖춰주세요. 오늘은 늦었으니 이쯤에서 마칩니다."

고백의 시간은 그렇게 끝이 났다. 방에 들어왔는데 코트를 벗기가 싫었다. 내가 아주 중요한 사람이 된 것 같았다.

"냄새나가 죽겠는데 안 벗고 뭐 하노?"

마마는 "침착하게 잘했다"라고 칭찬해주면서 내게 노트 한 권을 내밀었다. 노트 표지에는 '기억의 창고'라고 쓰여 있었다.

"고백의 시간을 진행하고 노트를 정리하는 거까지가 니 일이다. 정리하는 방법은 따로 없고 니 편한 대로 하면 된다."

기억의 창고 노트는 그렇게 내 손에 들어왔다.

구멍 난 통장과 전과 14범

"이 카드로는 결제가 안 돼요."

마트 계산원이 말했다.

"그럴 리가 없을 텐데. 한 번만 더 해주세요."

"벌써 여러 번 긁었잖아요. 안 돼요."

계산을 기다리는 뒷사람들의 얼굴이 짜증으로 일그러졌다. 소희가 지갑에서 현금을 꺼내더니 "이걸로 먼저 계산해"라고 말했다. 급하게 계산을 마치고 자리를 비켜주었다. 마마가 쉼터를 인수한 뒤로 장을 보는 일은 내가 도맡아서 했다. 그동안 체크카드가 안 된 적은 한 번도 없었다. 마마에게 전화를 걸었다. 마마는 "그럴 리가 없다"라는 말만 반복했다.

하리

다음 날 마마를 데리고 은행에 갔다. 체크카드는 원장의 명의도 아니고 모르는 사람의 것이었다. 창구에서는 본인이 아니기 때문에 도와줄 수 없다고 했다. 통장 정리를 했다. 잔액이 26,760원이었다. 입금된 내역은 통장을 만들면서 넣은 50만 원이 전부였다. 나머지는 전부 출금 내역이었다.

"이 통장으로 기부금이 들어오는 게 맞아? 다른 통장 없어?"

마마는 반쯤 넋이 나가서 묻는 말에 대답을 못 했다. 질문의 뜻도 이해하지 못하는 것 같았다. 원장이 내게 쉼터 후원금을 내라고 했을 때, 자동이체를 신청해놓으면 편하다며 계좌번호가 적힌 쪽지를 준 적이 있었다. 그 쪽지는 벌써 오래전에 쓰레기통에 버렸다. 받는 사람의 이름까지는 기억나지 않지만, 성이 특이했다는 기억이 떠올랐다. 세상에 소씨 성을 가진 사람이 있다는 것도 그때 처음 알았다. 마마가 들고 있는 통장의 주인은 최씨였다.

"못해도 한 달에 300만 원은 들어올 끼라 했는데."

원장이 사기를 친 것 같았다. 기부금이 입금되는 통장인데 단돈 만 원도 입금된 적 없다. 더 확실한 건 통장이 보름 전에 만들어졌다는 것이다. 기부금을 받을 목적이 아니라 사기를 칠 목적으로 만든 대포 통장이 분명했다.

"전화해봐라."

"누구한테? 원장한테?"

"그래."

"받겠어?"

"일단 해봐라."

마마가 역정을 냈다. 나는 기대 없이 전화번호를 눌렀다. 지금 거신 번호는 없는 번호입니다, 라는 멘트가 나왔다. 나는 기대를 저버리지 않는 원장에게 저주를 퍼부었다. 마마는 현실을 받아들이지 못했다. 안내음을 직접 들려주었지만, 마마는 내가 번호를 잘못 눌렀다며 다시 걸라고 했다. 나는 마마가 원하는 만큼 전화를 걸었고 그때마다 같은 멘트가 흘러나왔다.

"가자."

마마가 벌떡 일어났다.

"어디를?"

"원장한테."

"벌써 튀었지. 아직 있으면 바보고."

마마가 나를 노려봤다. 그 눈빛이 섬뜩했다. 나는 마마의 뒤를 조용히 따라 걸었다. 마마는 원래 무릎이 좋지 않아서 빨리 못 걸었다. 그런데 오늘은 노인의 발걸음이라고 믿기지 않을 정도로 빨랐다. 마마는 딱 한 번 가본 적이 있다는 원장의 아파트를 한 번에 찾았다. 원장은 집에 없었다. 마마는 몇 시간째 원장 집 앞에 쪼그리고 앉아 있었다. 점심도 거르고, 화장실도 안 가고 버텼다. 나는 편의점에서 라면도 사 먹고, 관리 사무소에 있는 화장실도 두 번이나 다녀왔다. 해가 떨어지고 복도에 센서 등이 들어왔다. 중년 부부가 붕어빵을 나눠 먹으면서 엘리베이터에서 내렸다. 남자가 남의 집 앞에서 뭐 하는 거냐고 물었다. 부부는 얼마 전에 이 아파트로 이사를 왔다고 했다. 마마는 원장이 어디로 이사했는지 아느냐고 물었다. 부부는 아무것도 몰랐다. 남자는 그만 돌아가라는 말을 남기고 안으로 들어갔다. 마마는 한참을 더 그 자리에 주저앉아 있었다.

"가자."

"집에?"

"어데. 경찰서에 가야 안 되겠나."

해가 들지 않는 인도에는 며칠 전 내린 눈이 그대로 쌓여 있었다. 마치 오솔길처럼 한 사람이 겨우 걸어 다닐 수 있을 정도로만 눈이 치워져 있었고, 인도 양쪽으로 모인 눈은 꽁꽁 얼어 있었다. 마마는 빙판이 있을지도 모르는 길을 급하게 걸었다. 말려도 소용이 없었다. 걷는 모습만 봐서는 앞으로 30년은 끄떡없을 것 같았다. 결국 우려하던 일이 벌어지고 말았다. 마마가 빙판에 미끄러져 넘어졌다. 골반이 보도블록을 치면서 뼈가 으스러지는 소리가 났다. 고통이 상당한지 마마는 비명조차 내지 못했다. 어딘가 부러진 것이 분명했다. 한참이 지나서야 부축을 받고 겨우 일어설 수 있게 된 마마는 당장 정형외과에 가자고 해도 경찰서에 먼저 가겠다고 고집을 부렸다.

"경찰서 가도 원장 못 찾아."

"그걸 니가 우예 아노?"

"아직 모르겠어? 우리 사기당한 거잖아."

"아이다. 그랄 리가 없다. 경찰서 가면 원장 찾아줄 끼다. 빨리 가자."

마마는 내 팔에 매달려서 절뚝거리며 걸었다. 얼마 못 가 마마는 그 자리에 주저앉았다. 병원에 가자고 했지만 마마는 잠시 쉬면 좋아질 거라고 고집을 부렸다. 시간이 지나고 마마는 기운을 차렸다. 다리를 절기는 했지만 부축해주면 걸을 수는 있게 되었다.

경찰도 원장을 찾고 있었다. 원장이 전과 14범의 사기꾼이라는 사실을 알게 되었다. 원장은 기획부동산, 불법 대출, 사기 결혼까지 다양하게 사기를 치고 다녔다. 우리로 인해 원장의 죄목이 하나 더 늘어났다. 마마가 작성하는 피해 조서를 옆에서 보고 있다가 사기당한 금액이 3000만 원이라는 사실을 알았다. 20년 넘게 주방 보조로 일하며 모은 마마의 전 재산이었다.

밤이 늦어서야 경찰서를 나왔다. 마마는 임산부들 밥을 걱정했다.

"지금 밥이 문제야?"

마마는 밥이 문제라고 했다. 쉼터에 전화해서 밥은 챙겨 먹었는지 물어보라고 했다. 나는 마마에게 핸드폰을 주며 직접 하라고 했다. 아이린이 전화를 받았다. 귀가 어두운 마마 때문에 볼륨을 한껏 올렸더니 전화기 너머로 아이린의 목소리가 다 들렸다. 소희가 라면을 끓여서 먹은 모양이었다. 마마

는 왜 라면을 먹었냐며 걱정을 했다. 아이린은 라면 국물에
밥까지 말아 먹어서 든든하다며 웃었다. 셰프 못지않은 요리
실력을 자랑하던 아이린은 뭐 하고, 쉼터의 최장기 멤버 초련
은 또 뭐 하고, 유리 손인 소희를 시켰단 말인가. 살림이라고
는 해본 적 없는 소희가 밥을 했으니 메뉴가 라면일 수밖에
없었다.

"병원 가."

"문 닫았다 아이가."

"응급실 있잖아."

"응급실 가면 돈이 얼만데. 됐다. 아무치도 않다."

마마는 죽어도 병원에 가지 않겠다고 고집을 부렸다. 뜨거
운 수건으로 찜질하고 전기장판에 지지고 나면 싹 나을 거라
며 집에 가겠다고 했다. 내가 아무리 설득해도 귀를 막고 듣
지를 않았다. 이만한 일로 병원을 가는 사람이 어디 있냐며
펄쩍 뛰는데 방법이 없었다.

"약이라도 사."

"돈이 어디 있노?"

마마가 버럭 화를 냈다. 나는 마마의 손을 뿌리치고 약국으
로 달려갔다.

마마를 스타렉스 뒷자리에 앉혀놓고 진통제부터 먹게 했
다. 어디를 다쳤는지 정확히 몰라서 허리와 골반 쪽에 파스
세 장을 넓게 붙였다. 다친 부위가 많이 부어오르기도 했고
멍이 퍼진 상태를 보아하니 생각보다 심각한 상황이었다.

"돈이 어디서 나가 약을 다 샀노?"

"파스가 얼마나 한다고."

"영감쟁이 돈 많이 꼬불친나?"

"뭔 소리야."

"얼매나 빼돌렸노?"

마마는 다 안다는 표정을 지었다.

"그런 거 아니거든."

"아이기는 뭐가 아이고. 많이 꼬불쳤으면 내도 좀 주고. 앞으로 뭐 먹고 살지 걱정이다."

월급은 영영 못 받을 거 같았다. 그동안 일한 2주 치의 보수를 챙겨달라고 하면 줄까. 바로 나가는 건 너무 속 보인다 싶었다. 며칠만 더 있다가 분위기 봐서 쉼터를 떠나야겠다.

하리

벽지라도 드세요

먹는 게 제일 먼저 부실해졌다. 식단은 채소 위주로 바뀌었다. 과일은 냉장고에서 사라졌다. 마마는 임산부들에게 미안했던지 고용량 비타민을 먹었다.

"전기 쪼매 아끼면 큰일 나나."

마마는 켜져 있는 욕실 불을 끄며 중얼거렸다. 마마는 낮에 보일러를 꺼놓았다. 임산부들이 춥다고 입을 모았다. 마마는 깔고 자던 전기장판을 거실로 옮겼다. 임산부들은 전기장판으로 모여들었다. 예나는 옷을 겹겹이 껴입고 방에서 나오지 않았다.

저녁을 먹고 임산부들이 전기장판에 앉아 텔레비전을 보고 있는데 마마가 방에서 기어 나왔다. 마마는 빙판에 미끄러진 이후로 다리를 못 썼다. 며칠 동안 고열이 나면서 다리가 통통 부어올랐는데 무슨 고집인지 병원에 안 가고 버텼다. 며칠이 지나자 열이 떨어지고 부기도 빠졌다. 그런데 무슨 이유에서인지 일어서지를 못했다. 마마는 등긁이를 입에 물고 있었다.

"마마, 등 가려워요? 긁어드려요?"

아이린이 마마가 물고 있는 등긁이를 잡았다.

"부르면 우리가 들어가서 긁어드렸을 텐데 왜 힘들게 나오셨어요."

"손 치아라. 내가 등도 못 긁는 병신이가. 그거 내놔라."

마마는 돌려받은 등긁이를 입에 물고 큰방으로 기어가더니 등긁이를 이용해 아무도 없는 방의 불을 껐고, 다시 거실로 기어 나와 리모컨을 집어 들고 텔레비전 전원을 꺼버렸다. 그러고는 자기 방으로 들어가 등긁이를 이용해 소리 나게 문을 닫았다. 임산부들은 가만히 마마의 행동을 지켜보고 있었다.

"왜 저래?"

아이린은 황당해했다.

"전기세가 아까워서 그러는 거죠. 이제 텔레비전도 못 보게 생겼어."

초련은 분통을 터뜨렸다.

"마마 사주를 보면 노년 운이 너무 안 좋아. 두고 봐 앞으로 더 어려워질 거니까. 쉼터가 어려워진 것도 마마 사주가 안 좋기 때문이야."

"원장 있을 때가 더 좋았어요."

"원장 사기꾼이었다면서?"

"전혀 몰랐죠. 우리한테 피해 준 게 없었으니까요. 하여튼 원장은 쉼터를 이렇게 인색하게 운영하진 않았어요."

"소희 너는 어떻게 생각해?"

"사기당한 사람은 마마잖아요. 속이 속이겠어요."

"그래서 계속 이렇게 살자고요?"

초련은 소희가 잘못한 것처럼 물고 늘어졌다.

"그건 아니지만 다른 방법이 없잖아요. 우리가 이해해야죠."

그날 이후로 저녁 8시 30분부터 10시까지만 텔레비전을 볼 수 있었다. 마마는 8시 30분에 하는 일일드라마에 열광했다. 뉴스는 임산부들도 볼 권리가 있다고 생각했는지 9시 뉴스가 끝날 때까지 전원을 끄지 않았다. 마마는 뉴스를 보면서 꼭 졸았는데, 임산부들이 채널을 바꾸면 귀신같이 알아채고는 안 졸았다고 똥고집을 피웠다. 쉼터에는 와이파이가 터지지 않았기 때문에 데이터를 아껴야 했다. 임산부들은 모여서 디엠비를 시청했다. 지상파 드라마를 볼 것인지 케이블 드라마를 볼 것인지를 두고 임산부들은 자주 다퉜다.

나는 틈만 나면 슈퍼에 내려갔다. 미스터 칙은 해가 좋은 날에도 밖에 나가지 않았다. 날씨가 너무 추워졌기 때문이다. 짓다 만 건물들이 내는 바람 소리는 공포영화의 배경음악 같았다. 샤워 직후의 추위를 견디기가 어려워 점점 씻는 걸 게 을리하게 되었다. 나는 가려워서 견딜 수 없을 때까지 참다가 날을 잡아서 씻었다. 볕이 제일 많이 들어오는 오후 시간에 맞춰 주전자에 물을 데워 씻었다. 따뜻한 물은 늘 부족했다. 머리를 대충 말리고 1층으로 내려가 전기장판으로 파고들었다. 3년 동안 한 번도 빨지 않은 운동화에서나 날 법한 냄새를 풍기는 이불을 끌어당겨 몸을 덮었다.

"은선아."

"은선이 아니고 하리요."

"누구?"

"용용이요."

"용용이가 누구야?"

미스터 칙은 점점 더 과거를 여행하는 시간이 길어졌다. 언젠가는 현재로 돌아오는 길을 영영 잃어버리고 말 것이다.

"배고파."

마마가 미스터 칙에게 밥을 주지 않은 지 한참이 지났다. 밥을 먹고 싶으면 돈을 내라고 했지만, 미스터 칙은 돈이 없었다.

"라면 끓여 먹을까요?"

미스터 칙이 좋다고 했다. 라면을 두 개 끓여서 머리를 맞대고 나눠 먹었다. 국물은 미스터 칙에게 양보했다. 나는 아침과 점심을 먹었고 저녁도 곧 먹을 테지만 미스터 칙은 어제 오후부터 아무것도 먹지 못했다.

슈퍼의 미닫이문이 요란한 소리를 내면서 열렸다. 나는 밖으로 튀어 나갔다. 오랜만에 손님이 왔다. 낯이 익은 남자와 처음 보는 여자 두 명이 슈퍼 안으로 들어왔다. 여자들은 추워서 귀가 떨어질 것 같다며 발을 동동 굴렀다.

"어르신은?"

남자가 물었다. 읍내에서 부동산을 운영한다는 남자는 땅을 사겠다는 사람을 데리고 몇 번 온 적이 있었다.

"주무세요."

여자들은 슈퍼를 두리번거렸다. 물건은 줄고 먼지는 더 쌓였다. 여자들은 난로가 없는 것을 아쉬워했다. 한 여자는 어묵 국물이 생각난다고 했고 다른 여자는 아메리카노가 마시고 싶다고 했다.

"커피믹스라도 한 잔씩 드려요?"

여자들이 좋다고 했다. 나는 종이컵에 커피를 석 잔 탔다.

"투자한다면 여기처럼 좋은 데 찾기 힘듭니다. 지금 경기가 안 좋아서 값도 많이 내려갔어요. 한창 올랐을 때에 비하면 20프로가 빠졌다니까요."

"그렇게 많이요. 더 빠지는 거 아니에요? 생태공원 안 생기면 꽝이잖아요. 내가 여기 와서 살 것도 아니고."

"정권만 바뀌면 보세요. 대박 납니다. 통일은 대박 아닙니까."

남자와 여자들은 요란하게 웃었다.

"아저씨."

커피를 마시던 남자가 나를 쳐다보았다.

"이 슈퍼요, 팔면 얼마나 받을 수 있을까요?"

"왜, 어르신이 판대?"

"네. 요즘 할아버지가 몸이 많이 안 좋으세요."

"너 누구니?"

"네?"

"어르신이랑 관계가 어떻게 되냐고?"

"손녀인데요."

남자의 안색이 갑자기 확 바뀌었다.

"맹랑한 것 보게. 어디서 거짓말이야."

여자들은 호기심 가득한 얼굴로 왜 그러냐고 남자에게 물었다.

"너 3층 사는 미혼모지?"

"아닌데요."

"배 나온 거 보니까 미혼모 맞는데."

남자의 말을 들은 여자들의 눈빛이 달라졌다.

"어머, 웬일이니. 나이도 어린 게."

"부모는 뭐 하는 사람이래."

여자들은 작게 말했지만 다 들렸다. 서울에 있을 때 많이 듣던 말이었다. 10대 미혼모를 비하하는 말을 가르치는 학원이 있는지도 모른다. 사람들이 앵무새처럼 똑같은 말을 하는 걸 보면 그런 생각이 들었다.

"이 건물은 개인 게 아니고 공익 재단 거야. 3층도 공짜로 쓰고 있는 거고. 어르신이 순진해서 당하신 거지. 그러게 건물을 매매하려면 부동산을 끼고 했어야지. 수수료 몇 푼 아낀다고 직거래하다가 저 꼴 난 거 아냐."

왜들 이렇게 사기를 쉽게 당하는지……, 한심해서 말도 안 나온다. 3층 전체를 공익 재단에서 무상 임대 받아 쓰고 있다고 했던 원장의 말이 떠올랐다. 나는 왜 그 말을 듣고도 슈퍼가 당연히 미스터 칙의 소유라고 생각한 것일까. 이렇게 단순한 사실을 어째서 착각했는지 모르겠다.

"생태공원 만들어지고 테마파크 들어서면 어르신은 빈손으로 떠야 하는 거야. 알겠니?"

남자는 빈 종이컵을 쓰레기통에 던져 넣었다. 여자들은 뻑뻑한 미닫이문을 잡고 낑낑거렸다. 남자는 "제가 하겠습니다"라며 나섰다.

"9000원이요."

미닫이문이 열리면서 바람이 들이쳤다. 바람이 좁은 틈을 지나면서 회오리 모양의 소리를 냈다.

"뭐?"

"커피요. 한 잔에 3000원씩, 9000원이라고요."

"인스턴트커피 한 잔에 3000원이라니. 심하다."

"맥심이잖아요."

남자는 만 원짜리 한 장을 지갑에서 꺼냈다.

"잔돈 없어요. 껌 한 통 가져가세요."

남자는 껌을 두 통 들고 나갔다. 남자와 여자들이 탄 차가

시야에서 사라졌다. 나는 방문을 열어젖혔다. 미스터 칙은 벽지를 뜯어서 입에 넣었다가 뱉어냈다.

"은선아, 배고파."

한쪽 벽의 벽지가 쥐가 파먹은 것처럼 찢어져 있었다.

"등신."

미스터 칙의 엉덩이를 냅다 걷어찼다.

"전기장판에서 당장 내려와. 칙은 따뜻한 데 있을 자격도 없어. 평생 모은 돈을 등신처럼 사기나 당하고."

"추워."

미스터 칙을 전기장판 밖으로 밀어냈다. 미스터 칙은 뼈만 남아서 내가 마음만 먹으면 번쩍 안아 올릴 수도 있을 만큼 가벼웠다. 나는 이불을 뒤집어썼다가 숨이 막혀서 얼른 다시 젖혔다. 냄새가 얼마나 지독한지 질식할 뻔했다. 누군가를 죽여야 할 일이 있다면 나는 칼을 쓰지 않을 것이다. 독을 쓰지도, 목을 조르지도 않을 것이다. 냄새로 죽일 것이다. 이 냄새는 사람을 죽일 수도 있었다.

마마는 싱크대를 다 뒤집어놓았다. 뭔가를 찾고 있는 듯했다.

"어디 갔다 왔노?"

마마의 얼굴이 무서워서 나는 말을 못 하고 손으로 현관을 가리켰다.

"누룽지 영감쟁이 갖다 줬나?"

"뭔 누룽지?"

마마는 식은 밥으로 누룽지를 만들어놓았다가 푹 끓여 먹기도 했고 입이 궁금하면 오독오독 씹어 먹기도 했다. 누룽지는 마마의 유일한 간식거리였다.

탐정놀이가 시작되었다. 마마는 임산부들을 거실로 불러냈다. 마마는 누룽지를 훔쳐 먹은 사람을 밝혀내고야 말겠다고 했다. 마마는 자신이 이렇게 행동하는 이유를 우리 탓으로 돌렸다.

"누룽지를 묵었다고 이라는 게 아이다. 와 거짓말을 하노, 이 말이다. 거짓말을 하는 게 문제다. 바늘 도둑이 소도둑 된다 안 카나. 이래가 우째 같이 살겠노."

마마가 눈을 감으라고 했다. 눈을 뜨는 사람이 범인이라고 했다. 어디서 많이 듣던 소리였다.

"누가 그랬노? 손 들어라. 아무한테도 말 안 하고 내만 알끼다. 걱정 말고 손 들어라."

미치고 팔짝 뛸 노릇이었다. 초등학교 교실도 아니고 이게 무슨 일인지 모르겠다. 손을 든 사람이 없었는지 마마는 불같이 화를 내면서 오늘은 꼭 범인을 잡겠다고 목청을 높였다.

"마마가 먹은 거 아냐?"

"뭐라꼬?"

"요즘 마마 건망증 심하잖아. 마마가 먹고는 잊은 거 아니냐고. 우리가 누룽지를 왜 훔치겠어."

"내가 없는 말 지어낸다는 기가?"

"그렇잖아. 누룽지가 금덩어리도 아니고 뭣 때문에 훔쳐."

"내가 치매라꼬?"

"누가 치매 걸렸대. 먹고 잊어버렸을 수도 있다는 거잖아."

"나가라."

나는 외국어를 들은 것처럼 말뜻을 이해하지 못했다.

"여서 당장 나가라."

3000만 원 사기당한 유세를 해도 너무 한다. 솔직히 마마 자신이 부주의하고 멍청해서 당한 사건데 왜 애먼 사람을 잡는지 모르겠다. 나는 그대로 집을 나왔다.

"그래 가시나야, 나가라. 나가가 그냥 얼어 죽어라. 세상에 저 가시나처럼 독하고 못돼 처먹은 기도 없을 기라."

마마는 내 뒤통수에 대고 고래고래 소리를 질렀다. 나가라고 해서 나오기는 했는데 막막했다. 사실 마마가 잡을 줄 알았다. 그런데 마마는 잡기는커녕 악담을 퍼부었다. 칼바람이 사정없이 뺨을 때렸다. 분해서 눈물이 다 났다. 나는 얇은 카디건만 걸치고 있었다. 이럴 줄 알았으면 외투라도 챙겨 입는 건데. 쉼터에 두고 나온 안감이 양털인 인조 무스탕은 마마가 사준 것이었다. 지금 입고 있는 옷도 마마가 사줬다. 속옷까지 전부. 마마가 내가 사준 옷 벗어놓고 나가라, 라고 했다면 나는 알몸으로 나왔어야 했다.

초원슈퍼 문은 언제나 그랬듯이 열려 있었다. 마음만 먹으면 당장이라도 들어갈 수 있었지만 나는 오기로 버텼다. 오늘 밤 이 자리에서 얼어 죽기로 한 것이다. 그러면 마마는 자신의 행동을 후회할 것이다. 그런데 추워도 너무 추웠다. 꼭 얼어 죽을 필요는 없었다. 오늘 죽어야 하는 것도 아니고. 냄새를 맡고 죽어야겠다. 나는 냉큼 슈퍼 안으로 들어갔다.

나는 마른 장미 꽃잎처럼 바싹 말라서 죽어야겠다고 결심했다. 체내에 있는 수분을 쏟아내기에는 눈물만큼 좋은 게 없었다. 나는 있는 대로 악을 쓰면서 울었다. 미스터 칙이 가만히 머리를 쓰다듬어주었다.

"울어. 울 수 있을 때 마음껏 울어."

"칙이에요?"

나는 꺽꺽 넘어가는 소리로 물었다.

"그래. 용용아."

미스터 칙의 품으로 파고들었다. 마음껏 울기에는 사람의 품만큼 좋은 게 없었다. 혼자 우는 것보다 달래주는 사람이 있을 때 더 신명 나게 울 수 있는 법이다.

"나도 너처럼 울고 싶은데 안 돼. 우는 법을 잊어버린 거 같아. 울고 싶어도 울지를 못해서 병이 생겼어. 속상한 일이 있어도 울지를 못하니까 폭삭 늙더라고. 한 번만 더 울고 싶은데 어떻게 울어야 하는지 모르겠어."

"이대로 죽어버렸으면 좋겠어요. 저를 죽여주시면 안 돼요?"

"집에 돌아가."

집이라면 어디를 말하는 거지. 분홍하마의 집일까, 아니면 생활기록부에 적어놓은 주소지를 말하는 걸까. 나는 초등학교 입학 전까지 살았던 시설을 '우리 집'이라고 불렀다. 수녀님을 엄마로 알고 따르던 때가 내 인생에서 가장 행복한 시절이었다. 좋은 집으로 입양 간다고 축복해주시던 수녀님에게 파양되었다는 사실을 알리고 싶지 않았다. 미스터 칙이 말하는 집이 어디든 지금은 돌아가고 싶지 않았다.

"배고파."

미스터 칙은 다시 과거로 갔다. 그는 행복한 듯 미소 지었다.

"은선아, 배고파. 밥 좀 줘."

"벽지라도 뜯어 드세요."

나는 지독한 냄새를 풍기는 베개에 얼굴을 묻고 마저 울었다.

기척에 잠이 깼다. 누군가가 흐느끼는 소리가 들렸다. 눈이 부어서 떠지지 않았다. 눈꺼풀을 풀로 붙여놓은 것 같았다. 바람 소리는 잠잠해졌다. 멀리서 이름 모를 새가 우는 소리가 들렸다. 작은 창문으로 달빛이 비쳐 들었다. 내 손을 꼭 쥐고 있는 사람은 마마였다. 마마는 소리 죽여 흐느끼고 있었다. 그 울음은 목구멍에서 나는 소리가 아니었다. 상처를 입은 맹수가 깊은 동굴에 들어가서 내는 신음이었다. 나는 마마의 상처를 핥아주고 싶었지만 어떻게 해야 할지 몰라서 가만히 있었다. 나는 몸을 뒤척이고 싶은 것을 참고 자는 척했다. 눈이 자꾸만 떠지려고 했다. 눈꺼풀에 힘을 주고 가만히 있었다. 마마는 한참을 울다가 조용히 나갔다. 마마가 3층까지 기어서 올라갈 것을 생각하니 가만히 있을 수가 없었다. 마마를

따라 밖으로 나갔다. 마마는 슈퍼 문을 열지 못해 버둥거리고
있었다. 마마를 부축해서 일으켜 세웠다. 우리는 말없이 서로
한참을 안고 있었다.

고백의 시간(4)

아이린이 고백을 시작했다.

"엄마가 밥만 주는 거예요. 나는 과일도 먹고 싶고, 치킨도 먹고 싶고, 족발도 먹고 싶고, 회도 먹고 싶은데. 그래야 키가 쑥쑥 자랄 텐데. 엄마는 돈이 없다고 했어요. 밥으로 만족하라고 했어요. 저는 너무너무 슬펐어요."

"아이린 씨는 키가 크잖아요."

"어렸을 때 제대로 먹었으면 모델이 됐을 거예요. 우리 집은 짜장면도 한 그릇 못 사줄 만큼 가난했어요."

"아이린 씨 어머니는 유명한 무당이었다고 했잖아요."

"엄마가 사기를 당했거든요. 멍청하게 3000만 원이라는 큰돈을요."

아이린은 대놓고 마마를 비난했다. 지금 아이린이 하는 고백이 우리의 이야기라는 것을 모르는 사람은 없을 것이다. 아이린은 고백의 시간을 통해서 불만을 드러내기로 작정한 듯 싶었다. 임산부들은 평균적으로 식욕이 왕성한 편인데 아이린은 왕성하다는 말로는 부족했다. 식탐이 대단했다. 나도 임신했을 때 식탐이 있었지만 아이린만은 못했다. 아이린은 다른 임산부들의 음식을 뺏어 먹기도 했다. 새벽에 냉장고를 뒤지는 아이린과 마주친 적도 있었다. 아이린이 하는 고백이 거짓말인지 뻔히 알면서 들어주려니 열통이 터졌다. 입을 냅다 한 대 치고 싶었다. 적은 돈으로 임산부들을 먹여 살리느라 마마와 내가 얼마나 고생하는지 뻔히 알면서 저런 소리를 한다는 것이 용서가 안 됐다. 어제도 아이린은 먹는 거로 불만을 늘어놓았다.

─배가 고파서 잠이 안 와.

아이린은 울상이 되어 푸념을 늘어놓았다.

─솔직히 임산부가 잘 먹어야 태아가 건강하잖아. 이건 사기야. 원장이 이메일로 보내준 식단표는 이렇지 않았다고.

아이린은 정말 대단했다. 원장한테 식단표를 보내달라고 했던 모양이다. 아이린은 원장이 작업해서 데려온 마지막 임산부였다. 마마는 더는 임산부를 받지 않았다.

─쉼터가 마음에 안 들면 나가면 되잖아요. 요술 빗자루 타고 날아가세요.

─왜 남의 직업을 비하해.

아이린은 얼굴이 벌게져서 화를 냈다. 대학가 사주 카페에서 일하던 아이린은 손님이 없어서 고생하다가 마녀 콘셉트를 생각해냈다. 대박이 날 거란 아이린의 예상이 적중해서 손님이 늘었고 방송까지 탔다. 과장이 섞이기는 했지만 여기까지는 사실인 것 같았다. 이해가 안 가는 부분은 잘되던 사주 카페를 왜 닫았냐는 것이다. 그것도 신용 불량자가 될 만큼 많은 빚까지 지고서.

고백을 가장해서 불만을 늘어놓던 아이린이 갑자기 질문을 던졌다.

"호스트님, 궁금한 게 있어요. 사기는 엄마가 당했는데 왜 죄 없는 우리가 피해를 봐야 하는 거예요?"

고백의 시간을 진행하면서 한 번도 질문을 받은 적이 없었기에 당황했다. 내가 대답을 못 하자 아이린이 다시 말을 시작했다.

"밥만 주는 경우가 어디 있어요?"

요즘 식단이 엉망인 건 나도 인정한다. 마마가 가지고 있던 얼마 안 되는 비상금마저 바닥이 드러났다. 나도 임산부들도 쉽게 쉼터를 떠나지 못했다. 마음 같아서는 당장 떠나고 싶었지만, 상황이 여의치 않았다.

"샤부샤부도 먹고 싶고, 참치도 먹고 싶고, 냉모밀도 먹고 싶고, 꽃등심도 먹고 싶고, 낙지볶음도 먹고 싶고, 카스텔라도 먹고 싶고……."

아이린은 어릴 때 먹고 싶었던 음식이라며 나열하기 시작했다. 초등학생이 좋아할 만한 메뉴는 아니었다. 아이린의 입을 휴지로 틀어막고 싶었다. 자꾸 먹는 이야기를 하니까 나까지 침이 고였다. 김치, 콩자반, 마늘장아찌를 제외하고 뭐든 먹고 싶었다.

"아이린 씨, 그만하셔도 좋습니다."

"아니요. 아직 남았어요."

아이린은 내 말을 무시하고 할 말을 계속했다.

"초련 씨, 고백하세요."

"호스트님, 저 아직 덜 했어요."

"시간은 충분히 드렸습니다. 아이린 씨 혼자만의 시간이 아니잖아요."

"해결 방안을 듣고 싶어요."

아이린은 규칙을 걸고넘어졌다. 규칙까지는 나도 어쩔 수 없었다.

"어떤 해결 방법이 있을까요? 한마디씩 해주세요."

"어렸을 때 못 먹었던 음식을 지금이라도 먹으면 치유가 되지 않을까요?"

초련은 기다렸다는 듯이 말했다. 두 사람이 짠 게 아닌가, 의심이 들었다. 예나는 평소처럼 몸만 앉아 있었고, 소희는 자리가 불편한 듯 몸을 뒤틀었다.

"더 하실 말씀들 없으세요?"

아이린과 초련이 소희를 빤히 쳐다봤다. 두 사람의 얼굴에 답답해하는 표정이 드러났다. 소희가 해야 할 말이 있는 모양이었다.

"없으시면 초련 씨로 넘어가겠습니다."

"잠깐만요. 저는 소희 씨 조언도 듣고 싶어요."

아이린이었다. 세 사람이 모여서 일을 꾸민 게 분명했다.

"저는…… 아이린 언니의 엄마가 나쁘다고 생각해요. 밥만 준 건 너무했어요. 그러니까, 그게, 저도 초련 씨하고 같은 생각이에요. 아이린 언니가 어렸을 때 못 먹었던 거 지금이라도 먹었으면 좋겠어요."

누구 머리에서 나왔는지는 모르지만 다들 맛있는 것이 먹고 싶긴 한 모양이었다. 나는 소파에 누워 있는 마마를 쳐다보았다. 마마는 다친 다리에 뜨거운 수건을 올려놓고 있었다. 수건은 이미 싸늘하게 식었다. 가는귀가 먹은 마마가 우리 이야기를 들었는지는 알 수 없었다. 마마는 텔레비전에 빠져서 이쪽은 쳐다보지도 않았다. 벽시계를 쳐다봤다. 8시 45분이 넘어가고 있었다. 드라마가 클라이맥스를 향해 치달았다. 결국 결론은 내가 내려야 했다.

"아이린 씨는 어떤 음식이 드시고 싶으세요?"

"짜장면이요."

나는 웃음이 나오려는 것을 억지로 참았다.

"그거면 되겠어요?"

"치유가 되기에는 부족하지만 괜찮아요. 쉼터도 어렵잖아요."

아이린이 변명처럼 말했다.

"좋습니다. 내일 다 같이 중국집에 가도록 해요. 아이린 씨는 곱빼기를 드세요."

임산부들이 환호성을 질렀다. 마마는 무슨 일인가, 하는 표정으로 이쪽을 쳐다보았다. 마마, 미안. 나는 속으로 말했다.

초련은 난방에 관해 이야기했다.

"겨울에는 난방비가 많이 나온다고 보일러를 안 틀어줬어요. 춥다고 하면 옷을 더 껴입으라고 하고, 전기장판은 2단계 이상 올리지 못하게 했어요."

쉼터에서는 가스레인지는 LPG를 썼고 난방은 등유로 했다. 등유는 도시가스에 비하면 단가가 셌다. 마마는 전기보다 기름을 몇 배는 더 아꼈다. 초련은 아주 작정하고 덤벼들었다. 초련의 입에서 나오는 말은 다 맞는 말이었다. 하지만 돈이 없는데 뭘 어쩌라는 건지 모르겠다. 오늘 임산부들을 제대로 잡아놓지 않으면 고백의 시간이 있는 금요일마다 지옥의 날이 될 성싶었다. 바로잡을 일은 바로잡아야 했다. 나는 결심을 굳혔다.

"초련 씨와 아이린 씨, 두 분은 이쪽으로 나오세요."

나는 두 번 다시 이런 황당한 일을 못 꾸미게끔 두 사람을 단단히 혼내줄 생각이었다. 아이린과 초련이 동시에 일어났다.

"아시다시피 쉼터의 상황이 좋지 않습니다. 두 분 모두 어린 시절의 상처가 큰 것은 알겠지만 소원을 다 들어드릴 수는 없습니다."

여기까지 말하고 나서 잠시 뜸을 들였다.

"두 분 중 한 분의 소원만 들어드릴 겁니다."

"누구요?"

아이린이 물었다.

"게임에서 이기는 사람이요."

"일방적으로 한 사람에게 유리한 게임이라면 저는 하지 않겠습니다."

초련은 단호했다.

"그 점은 걱정하지 않으셔도 됩니다."

나는 아이린과 초련에게 즉흥연기를 시켜서 이기는 사람의 소원을 들어줄 거라고 했다.

내가 즉흥연기에 관심을 가지게 된 계기는 남아도는 시간 때문이었다. 쉼터에는 오락거리가 없어서 하루가 길게만 느껴졌다. 쉼터 주변을 배회하는 일은 한 시간을 넘기지 못했고, 슈퍼를 지키는 일도 손님이 없어서 지루했다. 낮잠을 잔 날이면 밤에 잠이 안 와서 괴로웠다. 나는 지루함을 견디지 못하고 마마가 박스에 모아두었던 연극 자료를 꺼내서 읽기 시작했다. 처음에는 프로그램북을 잡지 보듯 넘기며 훑었다. 배우들 사진을 보는 것이 재미있었다. 그러다가 '연출의 글'을 읽었고, 자연스럽게 줄거리를 읽게 됐다. 또 줄거리를 읽다 보니 작가가 궁금해서 작가 소개 글을 읽었다. 프로그램북을 다 보고 나서는 대본을 읽었다. 지문과 대사만으로 이루어진 대본은 쉽게 읽혔지만 이해하기가 어려웠다. 그래서 읽었던 대본을 다음 날 또 읽었다. 오전에 읽었던 대본을 오후에 다시 읽었다. 어떤 날은 뒤에서부터 읽었다. 중간부터 읽다가 지겨워지면 앞뒤를 왔다 갔다 하며 읽었다. 덕분에 대사가 자연스럽게 암기되었다. 나는 혼자서 대사를 읊었다. 〈신의 아그네스〉에서 아그네스가 하는 대사를 자주 외웠다.

　잔디밭에 누워 하늘을 보는데 해가 구름으로 변하더니 다시 그 여자 분이 돼서는 내게 할 말이 있다고 했어요, 보니까 발에서 막 피를 흘리고 손이랑 옆구리에도 구멍이 나있길래 난 하늘에서 떨어지는 피를 손으로 받으려고 했는데 앞이 더 이상 보이지 않았어요, 눈앞에 검은 점들이 있어서 눈이 너무 아팠으니까. 그리고는 나한테 막 얘기 같은 걸 하는데 지금 마리! 마리! 이러면서 막 울어요. 근데 전 그게 무슨 말인지 모르겠어요. 그리고 날 통해서 노래해요. 마치 그 여자분이 공중에 커다란 갈고리를 던지자 그게 내 갈비뼈에 걸리고 그걸로 날 끌어올리려는데 난 꼼짝도 안 하는 것 같아요, 엄마가 내 발을 잡고 있으니까. 난 그 여자분 목소리로 노래하는 수밖에 없어요, 하느님은 당신을 사랑해요! 하느님은 당신을 사랑해요.[2]

2　존 필미어, 《신의 아그네스》, 홍서희 옮김, 한울, 2020, 36쪽.

대사를 외우고 있으면 임산부들은 이상한 눈으로 쳐다보았다. 나는 아무도 없는 곳에서만 대사를 읊었다. 대본만 봐도 신물이 넘어올 것처럼 지겨워진 다음에야 이론서를 읽기 시작했다. 이론서는 프로그램북이나 대본처럼 쉽게 읽히지 않았다. 읽다가 자주 막혔다. 뭔 소린지 모를 글자들의 나열을 읽다 보면 내게 난독증이 있는 것은 아닐까, 생각되었다. 책은 수면제 역할을 곧잘 해서 읽다가 자주 졸았다. 무슨 말인지 모르던 책도 읽고 또 읽었더니 대충이나마 이해가 갔다. 그것이 재미있어서 읽는 것을 멈추지 못했다.

즉흥연기를 위해 아이린과 초련을 마주 보고 서게 했다. 그러고는 아이린의 귀에 대고 작은 소리로 속삭였다.

"아이린 씨의 목표는 초련 씨의 입에서 '언니, 그냥 짜장면 먹어요'라는 말이 나오게 만드는 것입니다."

초련의 귀에도 작게 속삭였다.

"초련 씨의 목표는 아이린 씨의 입에서 '짜장면 안 먹어'라는 말이 나오게 만드는 것입니다."

두 사람에게 몇 가지 주의 사항을 알려주었다. 상대의 몸은 절대 터치하지 말 것, 욕하지 말 것, 거실을 벗어나지 말 것. 오로지 말만으로 목표를 달성해야 했다.

"목표를 먼저 완수하는 사람이 이기는 게임입니다. 제가 멈추라고 할 때까지 계속 진행하세요."

처음에 아이린과 초련은 무엇을, 어떻게 해야 할지 모르겠는지 자꾸만 질문을 했다. 나는 어떤 질문도 받지 않겠다고 대답했다. 아이린과 초련은 게임에 집중하지 못했다. 감정을 고조시켜줄 필요가 있었다. 욕실에서 수건을 한 장 꺼내 왔다. 수건의 양쪽 끝을 두 임산부가 잡게 했다.

"지금부터 줄다리기를 할 건데, 상대방의 단점을 말한 다음에 수건을 한 번 당기면 됩니다. 예를 들면 초련 씨가 '아이린 씨는 먹는 것을 너무 밝혀요'라고 말한 다음에 수건을 당기면 아이린 씨는 '초련 씨는 말투가 얄미워요'라고 말한 다음에 수건을 당기는 거예요. 알겠죠?"

두 사람은 건성으로 말하고 건성으로 수건을 잡아당겼다. 단점이라고 말하는 것도 방 청소를 잘 안 한다, 욕실을 오래 쓴다, 머리카락이 많이 빠진다 같은 상대의 기분을 상하게 하는 것은 아니었다. 시간이 지나면서 단점으로 말할 거리가 줄어들었다. 그러자 조금씩 본심이 드러났다.

"아이린 언니는 이가 너무 누레요."

"초련 씨는 자다가 구린 방귀를 많이 뀌어요."

"아이린 언니는 역겹게 먹는 걸 밝혀요."

'역겹게'에서 아이린의 얼굴이 사색이 되었다.

"초련 씨는 쥐뿔도 모르면서 너무 아는 척해요. 재수 없게."

아이린이 수건을 세게 잡아당기는 바람에 초련이 한두 발짝 끌려갔다. 이때부터 싸움에 불이 붙었다. 숨기고 있던 두 사람의 마음속 이야기가 봇물 터지듯 튀어나왔다. 수건을 잡아당길 때마다 상대 임산부가 휘청거렸다.

"나이도 어린 게 어디서 언니한테 대들어."

"나이만 먹으면 다예요? 나잇값을 하세요."

나는 수건을 뺏고 두 사람을 말렸다. 흥분은 쉽게 가라앉지 않았다. 눈을 감고 100에서 3씩 빼면서 숫자를 세도록 했다. 임산부들은 통제를 받으려 하지 않았다.

"소원은 없던 걸로 해도 되죠?"

두 사람은 조용히 눈을 감고 3을 뺀 숫자를 말했다. 아이린이 먼저 눈을 떴고 한참 뒤에 초련이 눈을 떴다.

"아까 제가 말해준 목표를 기억하시고 다시 시작해볼까요? 아시겠지만 아까 제가 귓속말로 한 말을 상대방이 하게 만들어야 이기는 겁니다. 말싸움을 하는 게 아니고요."

초련이 먼저 입을 열었다.

"아이린 언니는 지금도 과체중인데 짜장면을 꼭 먹어야겠어요?"

초련은 핵심을 찔렀다. 생각지도 못했던 말로 제대로 한 방 맞은 아이린은 어리둥절해했다. 초련이 계속 밀어붙였다.

"제가 짜파게티 사다가 끓여줄게요. 두 봉지."

아이린은 쉽게 공격하지 못했다.

"생각해보세요. 짜장면은 한 그릇 먹고 나면 끝이지만 난방은 겨울 내내 따뜻하게 지낼 수 있잖아요. 뭐가 더 이득이에요?"

아이린이 어떻게 나올지가 몹시 궁금했다.

"초련이 너 이러자고 나랑 소희 꼬드겼니?"

"네?"

초련은 아이린이 무슨 말을 하려는지 눈치챈 것 같았다. 당황한 표정이 역력했다. 하지만 나머지 사람들은 아이린이 무슨 말을 하는지 알지 못했다.

"하지 마요."

"뭘? 뭘 하지 말라는 거야? 혹시 다 네가 꾸민 일이라는 거, 그거 말하지 말라는 거니?"

"지금 뭐 하자는 거예요?"

"너야말로 뭐 하자는 거야?"

"다 같이 죽자는 거예요, 뭐예요?"

"두 분, 진정하세요. 아이린 씨는 상대에게 예의를 갖추시기 바랍니다. 목표에 집중하시고 전략이 통하지 않으면 즉시 바꾸셔도 됩니다."

내 말은 더는 먹히지 않았다.

"초련 씨는 고백의 시간을 사적으로 이용했습니다."

"아이린 씨는 저한테 얘기하지 마시고 상대에게 집중하세요."

"아이린 언니, 진정하세요. 제가 잘못했어요. 언니가 제 약점을 마구 쏟아내니까 화가 나서 나도 모르게 튀어나온 말이에요."

초련은 두 손을 맞잡고 비는 동작을 취했다. 아이린은 화가 많이 났지만 초련이 약하게 나오자 서서히 진정되어갔다.

"짜장면은 제가 따로 사줄게요. 그러니까 '짜장면 안 먹어'

라고 한마디만 해주세요."

역시 초련은 여우였다. 머리도 비상하고. 초련이 내민 카드를 아이린이 거절할 이유가 없었다.

"초련이 네 목표가 그거였구나."

"……."

"그 말만 안 하면 되는 거네."

"탕수육도 살게요."

왠지 초련이 몰리는 것 같았다.

"초련 씨 말이 맞아. 과체중인 사람한테 짜장면은 좋지 않지."

아이린은 가미가제 특공대처럼 짜장면을 안고 난방을 날려버렸다. 아이린은 오늘 했던 고백은 전부 거짓말이었다고 고백했다. 초련의 머리에서 모든 생각이 나왔고 아이린은 적극적으로 동참했으며 소희는 꼭두각시처럼 마지못해 따랐다.

"소희는 아무 잘못 없어요."

아이린이 말했다.

"우리를 말리려고 했어요."

고백의 시간에 거짓말하면 하루 동안 금식하는 벌칙이 있었다. 아이린은 소희가 벌칙을 받지 않게 하려고 했지만, 규칙은 아이린도 나도 어쩔 수 없었다. 규칙은 오래전 마마가 만든 것이었는데 여간해서는 걸리지 않았다. 여기가 수사기관도 아니고 본인이 그렇다면 사실 여부를 확인할 길이 없었다. 마마도 나도 거짓말인 줄 알면서도 그냥 넘어갔었다. 그러니 이번은 특수한 경우인 셈이었다. 마마는 뉴스 소리를 들으며 잠들어 있었다. 규칙을 어길 수는 없었다. 그건 내 권한 밖의 일이었다. 초련과 아이린과 소희는 내일 하루 금식 벌칙을 받게 될 것이다. 10시가 넘어 고백의 시간이 끝나자, 예나는 자리에서 일어나 방에 들어가려고 했다.

방에 들어가는 예나를 잡아 세우고 방을 바꿔달라고 부탁한 것은 초련이었다. 어느새 아이린도 둘에게 다가갔다. 두 임산부는 환상의 복식조가 되어 예나를 향해 탁구공을 마구 날렸다. 예나는 두 임산부의 말에 콧방귀도 뀌지 않고 방으로 들어갔다. 예나는 쉼터에 들어올 때 원장에게 딱 한 가지를 요구했는데, 방을 혼자 쓰게 해달라는 것이었다. 원장이 사라진 지금도 약속은 유효했고 우리 중 누구도 예나의 방으로 함부로 밀고 들어가지 못했다. 바보처럼 원장에게 아무것도 요구하지 않은 임산부는 나뿐인 것 같았다.

"족제비 관상을 가진 너랑 엮이는 게 아니었어."

"제 관상이 어디가 어때서요?"

"인중이 짧고 흐릿한 관상은 보통 악상이야. 거기에다 눈 밑은 꺼졌고 광대가 도드라지기까지 했으니 복도 없지."

"언니!"

"왜? 귀청 떨어지겠어."

"두 분 그만하세요."

소희가 임산부들을 진정시키려고 했지만 쉽지 않았다. 아이린과 초련의 비극은 짜장면을 못 먹는 것도, 난방을 충분히 못 하는 것도, 하루 금식을 해야 하는 것도 아니었다. 둘이 같은 방을 써야 한다는 것이었다. 나는 차례로 안방으로 들어가는 둘의 모습을 지켜보았다. 아이린이 이겼다면 좋았을 것이다. 짜장면을 먹을 생각에 나도 잠시나마 설렜으니까.

하리

기억을 팝니다

초련이 딸을 낳았다. 출산한 지 이틀 만에 갓난아기를 데리고 쉼터에 돌아왔다. 지금껏 출산한 미혼모가 아기를 데리고 쉼터에 돌아온 건 처음이었다. 산모들은 퇴원하면서 아기와 헤어졌고 원장이 아기를 어디로 데려가는지는 아무도 몰랐다. 산모가 직접 짐을 챙기러 쉼터에 들러 남아 있는 사람들과 작별 인사를 나누는 경우도 거의 없었다. 대부분은 마마가 챙겨주는 짐을 원장이 병원으로 가져다주었다. 산모들은 아기와 함께 쉼터에서 보낸 시간도 버렸다. 기억이라는 것이 버린다고 버려질지는 모르지만 말이다.

초련의 아기를 품에 안은 마마는 다시 예전의 마음씨 좋은 할머니로 돌아갔다. 소희는 신기한 듯 아기를 빤히 쳐다봤다.

아이린은 온갖 호들갑을 떨며 자는 아기를 깨우려 했다. 마마는 아이린을 호되게 야단쳤다. 초련은 딸에게 눈길도 주지 않았다. 며칠 사이에 10년쯤 더 늙어 있었다. 원장이 있었다면 돈을 챙겨서 여기를 떠났을 것이다. 딸을 보면 속이 뒤틀리는지 초련은 한숨만 쉬었다. 초련은 이제 어떻게 되는 것일까. 선택의 수는 많지 않았다. 딸을 호적에 올리고 입양을 보내는 방법, 딸을 호적에 올리고 직접 기르는 방법, 딸을 친부에게 보내는 방법. 친부와 연락이 닿는지는 모르겠다. 하여튼 선택의 폭이 좁은 것만은 사실이었다.

"원장님이랑 연락 안 돼?"

사기 치고 도망갔는데 연락이 될 턱이 없었다. 불법 입양을 어떻게 하는지 방법만 알면 내가 직접 하고 싶었다. 분홍하마의 집보다 열 배쯤 큰 미혼모 쉼터를 만들어서 전국에 흩어져 있는 갈 곳 없는 미혼모들을 죄다 모을 것이다. 아기를 원하는 사람에게 호적이 없는 건강한 아이를 입양 보내고, 미혼모는 출산의 흔적을 말끔히 지워서 꽃처럼 순결한 여자로 되돌려주고 싶었다. 그 대가로 돈을 좀 챙기는 게 큰 죄는 아닐 것이다.

초련의 눈에는 살기가 서려 있었는데 그게 누구를 향한 것인지 모르겠다. 열 달 동안 배 속에 있던 딸을 향한 것인지, 약속을 어기고 뒤처리를 해주지 않은 원장을 향한 것인지, 초련과 같은 크기의 잘못이 있지만 전혀 책임을 지지 않는 아기의 아빠를 향한 것인지, 오로지 자신을 향한 것인지.

하리

잠에서 깬 아기가 울기 시작했다. 마마는 기저귀를 먼저 확인하고 새것으로 갈아주었다. 아기의 울음소리는 너무 가냘파서 밖에서 불어오는 바람 소리에 묻힐 정도였다. 초련은 더운지 걸치고 있던 카디건을 벗었다. 마마는 얼른 카디건을 도로 둘러주면서 산모는 몸을 따뜻하게 해야 한다고 강조했다. 마마는 초련이 온다고 보일러까지 빵빵하게 틀어놓았다.

"배고픈 거 아니에요?"

아까부터 아기를 빤히 보던 소희가 말했다.

"배고픈 거 맞는 갑다. 젖 좀 물려봐라."

마마의 말에 초련은 화들짝 놀라며 몸을 움츠렸다. 초련은 젖을 물리기를 완강하게 거부했다. 아기는 지지직 소리를 내며 울어댔다. 라디오 소음 같았다.

"그라면 우야노?"

소희가 분유를 먹이자고 했다. 병원에서 받아 온 커다란 종이 가방에 유아용품 샘플이 들어 있었다. 한 번 먹을 분량으로 소포장해놓은 분유가 한 박스, 젖병이 두 개, 기저귀와 가제 손수건, 배냇저고리까지 들어 있었다. 분유 타는 데 30분이나 걸렸다. 다들 처음이었기 때문에 우왕좌왕하느라 시간이 그렇게 걸린 것이다. 젖병을 물리자 아기는 배가 고팠던지 급하게 빨았다.

"분유도 기저귀도 턱없이 부족해요."

유아용품을 정리하던 소희가 한숨을 쉬었다.

"진짜 여기서 기르게 할 거야?"

나는 마마한테 따지듯 물었다. 임산부만으로도 힘들었다. 언제 쉼터가 문을 닫을지 정확하게 알 수 없지만, 최대한 빨리 닫는 것이 마마를 위해서도 최선이었다.

"키워야지 우야겠노."

마마는 아기가 귀여운지 눈을 못 뗐다.

"돈 줘."

"돈이 어디 있노?"

마마는 내가 무슨 말만 하면 돈이 어디 있노, 라고 대꾸했다. 말은 전염력이 강했다. 임산부들이 뭔가를 요구할 때마다 나도 돈이 어디 있어요? 라고 되받아쳤다.

"분유랑 기저귀는 있어야 할 거 아냐. 아기한테 밥 먹일까? 기저귀 대신에 수건 깔 거야? 미혼모들 입으로 들어가는 밥도 아까워하면서 무슨 애를 키운다고. 애 하나 키우는 데 돈이 얼마나 드는지 알아?"

"알라 키워봤나? 누가 들으면 애 서넛은 키운 줄 알겠다. 아기 갈 데 생길 때까지만 기르면 된다 아이가."

"얘가 갈 데가 어디 있어? 보육원에 보내려고 해도 호적이 없잖아."

"화장실에 버리든, 베이비 박스에 넣든, 내 애는 내가 알아서 해. 피해 안 줄 거니까 걱정들 마세요."

가만히 듣고 있던 초련이 소리를 꽥 질렀다. 초련은 마마가 안고 있던 아기를 빼앗다시피 해서 방으로 들어갔다. 아기가 빨고 있던 젖병이 떨어져서 소파 쪽으로 굴러갔다. 젖병에는 분유가 한 방울도 남아 있지 않았다. 마마가 나를 따로 불렀다. 마마는 기어서 방으로 갔다. 주방 쪽에 서 있던 예나와 눈이 마주쳤다. 쟤가 언제부터 저기 서 있었는지 모르겠다. 예나는 보리차를 들고 쌩하니 방으로 들어갔다.

나는 방에 들어가자마자 마마에게 잔소리를 마구 퍼부었다.

"도대체 어쩌려고 그래. 쌀도 얼마 없고, 아침에 보일러 통 확인했더니 바닥이야. 어쩔 거야?"

"하리야 돈 꼬불치둔 거 없나? 맨날 슈퍼 들락거렸다 아이가."

"없어. 칙한테 밥도 안 주면서 무슨 염치로 돈을 달래."

"그동안 마이 줬다 아이가."

"없어. 월급이나 내놔. 나 당장 나갈 거야."

마마는 약지에 끼고 있던 쌍가락지를 빼 줬다. 얼마나 오랫동안 끼고 있었던지 그 부분만 새하얘서 반지를 뺐는데도 끼고 있는 것처럼 보였다.

"이거 팔아가 급한 거부터 사라."

결국 현금이 떨어진 것이다. 돈이 들어올 데는 없고 임산부들은 그대로고 이제 아기까지 책임져야 한다. 마마는 왜 임산부들을 내보내지 못하는 것일까. 돈이 다 떨어졌으니 마마의 오기가 꺾일 날도 멀지 않았다. 임산부들은 모두 뿔뿔이 흩어질 것이다.

터미널에 들어섰다. 30분 뒤에 있는 버스를 타고 이곳을 떠날 생각이었다. 한 달 월급도 안 되는 돈이 주머니에 들어 있었다. 반지를 판 돈과 슈퍼를 들락거리면서 모은 현금으로 고시원은 얻을 수 있지 않을까. 나는 처음 터미널에 왔던 그 날처럼 자판기에서 커피를 뽑아 들고 의자에 앉았다. 사람들은 내게 관심이 없었다. 내 안의 괴물이 없어졌기 때문이었다. 나는 허리를 곧추세웠다. 떠나면 모든 게 끝이다. 다리가 시려서 내려다봤더니 바지와 양말 사이로 맨살이 보였다. 찬 바람이 술술 들어왔다.

"시간 있어요?"

나는 무표정한 얼굴로 군인을 올려다보았다. 스물이나 되었을까 싶은 앳된 얼굴이었다. 나는 서른이나 마흔쯤 훌쩍 나이가 든 기분이었다. 코가 간질거려서 재채기를 연속으로 했다. 군인이 손수건을 내밀었다. 깨끗하게 빨아서 다림질한 손수건이었다. 나는 손수건이 신기한 물건이나 되는 것처럼 들여다보았다.

여인숙 안은 더웠다. 이불 한 채가 바닥에 깔려 있었고 비타민 음료 두 병과 칫솔, 콘돔이 담긴 쟁반이 텔레비전 위에 놓여 있었다. 군인이 물었다.

"어디 가던 길이었어요? 버스표 들고 있던 거 같은데."

나는 성의 없이 고개를 끄덕였다. 대화는 거기서 끝났다. 아무도 없는 것처럼 조용해졌다. 군인은 자리가 어색한지 자꾸 헛기침을 했다. 그러더니 생수병을 열어 입에 대고 절반을 마셨다.

하리

"티브이라도 틀까요? 아니면 음료수라도 드실래요?"

군인이 비타민 음료의 뚜껑을 비틀어 따서 내 쪽으로 내밀며 말했다. 나는 음료수를 받지 않았다.

"몇 살이에요?"

"몇 살처럼 보여요?"

"스물다섯?"

나는 킥킥 웃었다. 군인이 어색하게 따라 웃었다.

"아니에요? 그럼, 스물아홉? 서른은 안 넘었죠? 제가 사람 나이를 못 봐요."

"200살."

비타민 음료를 마시던 군인이 묘한 눈으로 나를 쳐다보았다. 나는 이불을 들추고 발을 밀어 넣었다. 방바닥이 뜨끈뜨끈했다. 이대로 드러누워 자고 싶었다. 군인은 만 원짜리를 한 장 꺼내더니 내 앞에 내밀었다. 나는 돈을 빤히 내려다보았다.

"적어요? 저도 처음이라……. 얼마면 될까요?"

"아저씨는 얼만데요?"

군인은 눈만 끔뻑거렸다. 나는 주머니에 들어 있는 돈을 전부 꺼냈다. 지폐를 주머니마다 나누어 넣어놔서 돈을 다 꺼내는 데 시간이 걸렸다. 나는 돈을 전부 군인의 손에 쥐여주었다.

"이 돈 다 드릴게요. 제 기억 좀 사 가세요."

군인은 그대로 방 밖으로 뛰쳐나갔다. 아무리 불러도 뒤를 돌아보지 않았다.

　나는 욕조에 뜨거운 물을 받아놓고 목욕을 했다. 탕수육 소
짜에 짜장면 두 그릇이 나오는 탕수육 세트를 배달시켜서 혼
자 다 먹었다. 몸이 노곤하게 풀어졌다. 이불 속으로 파고들
어 모로 누웠다. 리모컨으로 텔레비전 채널을 이리저리 돌렸
다. 출발 시간이 지나버린 서울행 버스표는 주머니에 그대로
있었다.

하리

집회

면사무소로 집회를 나가기로 했다. 집회 이야기를 맨 처음 꺼낸 사람은 초련이었다. 초련은 우리는 대한민국의 국민인데다 약자이기 때문에 국가에서 책임을 지는 건 당연한 일이라고 했다. 여자들은 면사무소 방문을 반겼다. 다들 춥고 배고팠다.

분홍하마의 집 여자들 모두가 스타렉스에 올라탔다. 아이린은 소희가 밤새워 만든 피켓을 차에 실었다. 초련은 아기를 데리고 따라나섰다. 마마가 쉼터에서 쉬라고 했지만 초련은 마마의 말을 듣지 않았다. 아이린이 체인을 감아야 하지 않겠냐고 했다. 이 지역은 기온이 낮아서인지 눈이 잘 녹지 않았다. 체인을 감아놓으면 도로에 눈이 좀 쌓여 있더라도 수월하게 운전할 수 있을 듯했다. 나는 인터넷을 찾아보면서 체인을 감았다. 아이린은 진작 해놓지 않았다고 나를 비난했다. 초련은 입으로 체인을 감는지 쉬지 않고 참견을 했다. 마마는 체인 감는 데 무슨 시간이 이렇게 오래 걸리느냐고 잔소리를 했다. 마음에 안 들면 직접 감으시든가요. 까칠하게 나갔더니 다들 조용해졌다. 욕이 나올 만큼 힘들었다. 우여곡절 끝에 마무리했을 때는 감격스럽기까지 했다.

면장실이 있는 3층까지 가는 동안은 우리가 승자였다. 마마는 면사무소에 비치된 휠체어에 앉아서 이동했다. 초련은 포대기에 아기를 싸 안았고 아이린은 있는 대로 배를 내밀고 걸었다. 그 뒤를 예나와 소희가 따랐다. 사람들은 임산부와 부딪치지 않게 길을 터줬고 엘리베이터에서는 휠체어가 탈 수 있게 양보를 해주었다. 젊은 여자는 "몇 층까지 가세요?"라고 물어보고는 친절하게 버튼까지 눌러주었다. 3층에 도착하자 중년 남자가 휠체어와 임산부들이 내릴 수 있게 에스코트까지 해주었다.

"기분 최곤데."

아이린이 큰 소리로 말하며 웃었다.

"조용히 해요. 없어 보이게 웃지 좀 말고요."

초련이 한마디 했다. 아이린과 초련은 고백의 시간 이후로 급격히 사이가 나빠졌다.

"그 괴상망측한 옷 입지 말랬잖아요. 빗자루는 차에 두고 내리라니까. 왜 말을 안 들어요."

"내가 뭘 입든 네가 뭔 상관?"

"모자라도 벗어요. 우스꽝스럽잖아요."

"마녀 모자가 왜? 모자는 절대 못 벗지. 모자는 내 상징물이야. 아기 감기 걸린다고 집에 있으랬더니 말 안 듣고 따라나선 이유가 날 갈굴 목적이었어?"

아이린은 빗자루를 흔들며 짜증을 냈다. 마마가 "애기 있는 데서 뭐 하노?"라고 아이린을 야단쳤다. 빗자루를 가랑이 사이에 끼고 걷는 아이린은 거대한 올챙이 같았다.

면장은 자리에 없었다. 외근 중이라고 했다. 비서가 약속이 되어 있느냐고 물었다. 초련이 아니라고 대답하니 비서는 약속을 잡고 다시 방문해달라고 정중하게 말했다. 소희가 면장과 약속을 잡아달라고 했더니 비서는 약속을 잡으려면 면장님과 직접 얘기하라고 해서 우리를 혼란스럽게 했다. 아이린은 막무가내로 면장을 만나게 해달라며 분위기를 험악하게 끌고 나갔다. 비서는 난처해서 어쩔 줄을 몰라 했다. 아이린은 복지 직무 유기, 청와대 청원 등 입에서 나오는 대로 지껄였는데 맞는 말을 하는 것인지는 알 수 없었다.

"혹시 무슨 일로 방문했는지 알 수 있을까요?"

"미혼모나 한 부모 가정을 지원해주는 제도가 있다면 지원을 좀 받고 싶어서요."

소희가 차분히 말했다.

"그 부분은 전문적인 내용이라 저는 몰라요. 담당자를 직접 만나서 물어보시는 게 더 **빠를** 거예요."

소희는 복지 담당자를 지금 만날 수 있냐고 정중하게 물었다. 비서가 복지 담당자에게 전화를 걸어 상황을 대충 실명하고 약속을 잡았다. 비서는 5층에 있는 회의실에 올라가서 기다리라고 했다.

담당자는 5분도 지나지 않아 나타났다. 흰머리가 한두 가닥씩 나기 시작한 마흔 살 전후의 남자였다.

"마실 거라도 드릴까요?"

인사를 마친 남자가 물었다.

"뭐가 있어요?"

아이린이 빗자루를 흔들면서 물었다.

"커피하고 녹차가 있습니다."

아이린이 인상을 쓰고 배를 있는 대로 내밀었다. 담당자는 그제야 실수를 깨닫고 어색하게 웃었다.

"우리가 웃겨요?"

아이린이 발끈했다. 담당자는 죄송하다며 허리를 숙였다. 소희가 아이린을 진정시켰다.

"오렌지주스하고 두유하고……, 율무차도 있고요. 뭐로 준비할까요?"

"아깐 커피하고 녹차만 말했잖아요. 우리를 속인 거예요?"

"아닙니다. 절대 그런 거 아닙니다. 민원인들에게 지급되는 음료는 커피하고 녹차뿐이고요. 다른 건 제가 개인적으로 사다 놓고 먹는 것들이라서……."

"그래요? 염치없지만 다 마시면 안 될까요?"

초련이 아이린을 보고 곱게 눈을 흘겼다. 담당자는 잠시만 기다려달라며 양해를 구하고 자리를 떴다. 아이린과 초련은 조금 전의 일을 가지고 입씨름을 했다. 담당자는 마실 것을 쟁반에 들고 왔다. 한 번에 다 못 들고 와서 두 번을 더 날랐다. 아이린은 두유를 집어 들고 빨대를 꽂더니 바닥을 긁는 소리가 날 때까지 빨아댔다. 그 시간이 불과 10초도 되지 않았다. 다른 여자들은 음료에 손도 대지 않았다. 담당자를 뚫어지게 쳐다볼 뿐이었다. 율무차를 불어가면서 마시던 아이린이 담당자에게 말을 걸었다.

"아저씨, 인상 참 좋으시네요. 초년이랑 중년까지는 그저 그런데 마흔 이후부터 운이 풀리겠어요. 손 한번 줘보세요."

담당자는 어리둥절해하며 시키는 대로 손을 줬다. 아이린은 담당자의 손금을 뚫어지게 봤다. 초련이 아이린을 찔렀다.

"뭐 하는 거예요?"

아이린은 아랑곳하지 않았다.

"어릴 때 공부 잘하셨겠네요. 머리가 아주 좋아요. 리더십도 있고, 반장 같은 것 많이 하셨겠네."

"아이린 언니!"

소희의 표정이 좋지 않았다. 아이린은 멋쩍게 웃더니 "고마워서. 난 공짜 싫어하잖아"라고 말하며 오렌지주스 병을 소리 나게 땄다.

"아저씨, 하여튼 앞으로는 승승장구할 운이니까 걱정하지 말아요."

담당자는 자세를 고쳐 앉더니 "누가 대표세요?"라고 조심스럽게 물었다. 대표 같은 게 있을 리 없었다. 약속이라도 한 것처럼 여자들이 나를 쳐다보았다. 담당자는 나를 대표라고 마음대로 생각하고 말을 시작했다. 담당자가 했던 말을 그대로 기억의 창고에 적을 능력이 내게는 없다. 그가 했던 말의 절반은 숫자였다. 면에서 쓸 수 있는 1년 복지예산이 얼마고, 그 예산으로 지원하고 있는 수많은 단체와 지원 액수를 끊임없이 나열했다. 나는 담당자의 입술을 쳐다보며 딴생각을 하고 있었다. 담당자의 월급은 300만 원이 넘을까. 결혼은 했겠지. 애도 있을까. 있다면 둘이겠지. 집은 자가일까, 전세일까. 월세는 아닐 것이다. 한 번 마트에 갈 때마다 얼마를 쓸까. 3만 원. 너무 적다. 소불고기를 한 근 사면 끝이다. 5만 원. 과일까지는 못 사는 돈이다. 10만 원. 너무 크다. 공무원이 고소득자는 아니니까. 이런 말도 안 되는 생각을 하고 있었다.

"그러니까 한 푼도 못 준다는 거예요, 지금?"

초련의 목소리가 얼마나 컸던지 아기가 깨어나 울었다. 새끼 고양이가 가르랑거리는 소리 같았다. 분유를 하루에 600밀리씩 먹어치우는데 울음소리가 왜 저렇게 힘이 없는지 모르겠다.

"아저씨, 얘가 왜 우는지 아세요? 배가 고파서 우는 거예요. 애가 배고파서 우는데 엄마라는 사람은 분유 살 돈이 없어요. 아저씨는 애도 안 키워요?"

아저씨는 애도 안 키워요, 라는 말은 안 하는 게 좋았을 텐데. 드라마에도 자주 등장하는 이 말은 식상하고 참담했다.

"저도 도와드리고 싶지만 방법이 없다는 얘길 하는 겁니다. 죄송합니다."

"그럼 우리는 어떻게 해요?"

소희가 가세했다.

"그렇게 나오면 우리도 다 생각이 있어요. 면사무소 앞에서 집회를 할 거예요. 준비 다 해 왔다고요."

아이린은 말을 마치고 율무차를 마저 마셨다.

"도움을 못 드려서 죄송합니다."

"굶어 죽으니 그냥 여기서 목이나 매달아야겠다."

나는 담당자를 협박할 생각으로 말했다. 담당자는 화들짝 놀라서 의자를 테이블 가까이 끌어당겼다.

"조금 전에 뭐라고 하셨어요?"

"이래 죽으나 저래 죽으나 죽는 건 같잖아요."

"절대 그런 극단적인 생각을 해서는 안 됩니다. 뭔가 방법이 있을 거예요. 제가 한번 찾아볼 테니까 오늘은 그만 돌아가세요. 그리고 목을 어쩌고 그런 생각은 절대 하시면 안 됩니다."

담당자의 태도가 '방법이 없다'에서 '한번 찾아보겠다'로 바뀐 것으로 오늘은 만족해야 했다. 마마와 임산부들은 돌아가서 기다리기만 하면 동아줄이 내려올 것으로 여겼다. 나는 그렇게 생각하지 않았다. 없던 방법이 갑자기 생긴다는 것은 임신한 적도 없이 출산한다는 것과 마찬가지로 헛소리였다. 담당자는 방법을 찾아내지 못할 것이다. 면장을 만나야 했다. 그럴 수 없다면 집회라도 해서 시민들에게 복지제도의 실상을 알려야 했다.

여자들은 그냥 집에 돌아가자고 했다. 나는 기왕 나왔으니 피켓을 들고 집회를 해야 한다고 주장했다. 우리 눈에는 보이지 않지만 창문 뒤에 숨어서 우리를 주시하는 사람이 있을 것이다. 담당자일 수도 있고 비서일 수도 있고 면장일 수도 있었다. 그 사람들에게 우리의 결심을 보여줄 필요가 있었다. 주차장에서 피켓을 들고 구호를 외쳤다. 초련이 선창을 하면 여자들이 따라 했다.

"미혼모의 생존권을 보장하라!"

"보장하라, 보장하라."

"미혼모 쉼터를 지원해달라!

"지원해달라, 지원해달라."

칼바람은 인정사정 봐주지 않고 불어왔다. 장갑을 뚫고 스며든 찬 바람에 손이 곱아 피켓을 제대로 들고 있을 수가 없었다. 영하의 날씨라 지나다니는 사람이 거의 없었다. 집회를 시작한 지 10분도 지나지 않아서 다들 못 하겠다고 했다.

"집회를 꼭 야외에서 해야 한다는 법이 있어요?"

소희의 말이 맞았다. 우리는 냉큼 면사무소 안으로 들어갔다. 따뜻한 섬으로 휴양 온 듯했다. 아이린이 가방에서 두유와 오렌지주스를 꺼냈다. 아이린은 초련의 눈총을 받으며 회의실에 남아 있던 음료수를 가방에 챙겨 담았다. 아까워서, 라며 우리가 마시지 않은 율무차까지 기어이 다 마셨다. 아이린이 오렌지주스를 마마의 손에 쥐여주었다.

"추워 죽겠는데 됐다마. 니나 마이 무라."

마마는 다친 다리를 주무르고 있었다. 소희가 면사무소 한쪽에 설치된 정수기에서 따뜻한 물을 가져와 마마에게 주었다.

"여긴 왜 이렇게 난방을 많이 해. 이거 다 우리 세금인데 이렇게 막 써도 되는 거야?"

"아이린 언니, 무식한 소리 좀 하지 마요. 관공서 냉난방 온도는 법으로 정해져 있어요. 난방은 18도 이하로 유지해야 한다고요."

"그래? 근데 나 지금 엄청 따뜻한데."

"추운 데서 들어왔잖아요. 그러니까 따뜻하죠. 그리고 그동안 너무 춥게 지내서 그래요. 몸은 환경에 금방 적응하거든요."

"시끄럽다마."

마마는 아이린과 초련의 말이 듣기 거북했던 모양이었다. 두 사람의 대화가 마마를 비난하는 것처럼 들릴 수도 있었다. 창밖으로 편의점이 보였다. 나는 뭐에 쓴 것처럼 면사무소를 나와서 2차선 도로를 건너 편의점으로 들어갔다. 종업원과 물건을 고르는 손님 두 명, 도시락을 먹고 있는 손님이 또 한

명 있었다.

"버지니아 슬림 한 갑 주세요."

나도 모르게 말이 나왔다. 종업원이 담배를 계산대 위에 올려놓았다. 종업원은 신분증을 요구하지 않았다. 나는 주머니에 손을 넣었다. 동전이 만져졌다. 종업원과 눈이 마주쳤다. 종업원은 싱긋이 웃었다.

"금연 중이세요?"

"네에?"

"요즘 손님 같은 분들 많거든요. 금연 중인데 못 참고 오셔서 담배 달랬다가 고민 많이 하시더라고요."

담배 한 개비만 줘라. 피우고 싶어서 미칠 것 같아. 종업원에게 눈으로 말했다.

"웬만하면 참으세요. 그동안 참은 게 아깝잖아요."

종업원은 담배를 있던 자리에 올려놓았다. 담배는 왜 진열대에 있지 않고 계산대에서만 꺼낼 수 있는 것일까. 편의점을 그냥 나왔다. 다시 2차선 도로를 건너 면사무소로 돌아왔다. 민원실에 모여 앉아 있던 여자들이 내 주위로 몰려들었다.

"뭐 샀어?"

아이린이 간식이라도 사 왔을까 기대하며 물었다. 나는 오른손 주먹을 펼쳐 보였다. 후라보노 껌 한 통이 나왔다.

"겨우 껌 한 통."

껌은 여섯 개가 들어 있었다. 여자들도 여섯 명. 우리는 껌을 나눠 씹었다.

면사무소 로비에서 시위를 시작했다. 피켓을 꺼내 들었다. 초련은 아기 핑계를 대며 빠져나갔다. 소희는 선창은 못 하겠다며 울먹였다. 내가 선창하기로 했다. 우리 목소리는 주차장에서보다 절반 이하로 줄어들었다. 공무원들과 민원인들의 눈이 동시에 우리에게 모였다. 사람들은 가만히 앉아서 우리가 하는 행동을 지켜보기만 했다. 좋다 나쁘다 말 한마디가 없었다. 그저 가만히 쳐다보기만 했다. 여자들의 목소리는 점점 줄어들다가 어느 순간 멈춰버렸다. 나는 부끄러웠다. 지금껏 살아오면서 오늘처럼 부끄러웠던 적이 없었다. 경비원이 왔을 때 우리는 아무 말도 하지 않고 따라 나갔다.

차 안에서 여자들은 단 한 마디도 하지 않았다. 참담함에 진저리를 치면서 오늘의 기억을 지우려 안간힘을 쓰는 것처럼 보였다.

"하리야, 짜장면이라도 먹고 가자."

아이린이 말했다. 운전하면서 시계를 봤다. 저녁 먹을 시간이었다. 그럼에도 불구하고 아이린은 돼지가 분명했다. 자존심도 없고 생각도 없는 돼지. 뇌가 없는 기형 돼지 말이다. 여자들은 경멸에 찬 시선으로 아이린을 쳐다보았다.

"마마, 저녁 먹고 들어가야 하지 않아요?"

마마는 대꾸가 없었다. 마마가 무일푼이라는 사실을 아는 사람은 아직 없다. 아이린은 거기서 멈췄어야 했다. 하긴 눈치라고는 쥐똥만큼도 없고, 있는 거라고는 텅 비어 있는 위뿐인 아이린이 멈추기를 바라는 건 욕심이었다. 아이린은 소희에게 배고프지 않냐고 물었다. 소희는 대답하지 않았다.

"아이린 언니는 배 많이 고플 거예요. 음료수를 그렇게 마셨으니."

초련이 비꼬았다. 아이린은 초련의 말을 무시하고 예나에게 물었다.

"예나야, 배고프지?"

예나는 이어폰을 귀에 꽂고 있었다. 아이린이 하는 말을 못 들었는지 듣고도 못 들은 척하는 것인지는 예나만이 알 수 있었다. 아이린이 예나의 이어폰을 잡아 뽑았다. 그러지 말았어야 했다는 것을 아이린만 모르고 있었다.

"넌 뭐 한다고 이걸 매일 꽂고 있어."

"아이씨, 이어폰을 왜 뽑고 지랄이야. 네가 뭔데?"

예나가 분노했다. 면사무소 방문과 집회를 견딘 것만으로 예나의 인내력은 바닥을 쳤다. 아이린이 이어폰을 다시 예나의 귀에 꽂아주려고 했다. 예나는 자신의 몸에 손대지 말라며 길길이 날뛰었다. 고마해라, 라는 마마의 말도 예나의 귀에는 들리지 않았다. 아이린은 완전히 기가 죽어서 조용해졌다. 하지만 배고픔은 잠잠해지지 않았는지 내 귀에 대고 작게 말했다.

"하리야, 언니 배고프다."

입김이 귀에 닿아서 기분이 나빴다.

"돈 있어요?"

"어?"

"돈 있냐고요. 짜장면을 먹으려면 돈이 있어야 할 거 아니에요."

아이린은 입을 닫았다. 주유 경고등에 불이 들어온 지 오래였다. 언제 멈춰도 이상할 것이 없었다. 나는 주유소 입구에 차를 세웠다.

"기름 없어요. 이대로는 쉼터까지 못 가요."

차 안은 조용했다. 나는 잠시 가만히 있었다.

"기름값도 없어?"

"쌀하고 분유 사느라 다 썼잖아요."

"한 푼도 없어?"

아이린은 자신의 목소리가 지나치게 컸다는 것을 뒤늦게 깨달았는지 목소리를 점점 줄였다.

"마마, 돈 없어요?"

아이린이 마마에게 대놓고 물었다. 그 질문이 마마의 마음에 어떤 상처를 남길지 상상도 못 하고.

"그동안 쓴 돈이 다 마마 돈이잖아요. 아이린 언니는 만 원이라도 낸 적 있어요?"

나는 이렇게 말하고서 곁눈질로 마마를 봤다. 마마의 얼굴은 비통함으로 일그러져 있었다.

"기름은 내가 넣어줄게."

소희가 지갑에서 5만 원짜리 한 장을 꺼내서 내밀었다. 나는 돈을 받으면서 아이린과 초련을 쳐다보았다. 두 사람은 나하고 눈을 안 마주치려고 고개를 옆으로 돌렸다.

"소희 언니, 고마워요."

나는 시동을 걸면서 초련에게 말을 걸었다.

"분유가 얼마 안 남았어요. 어쩔 거예요?"

초련은 가만히 있는데 아이린이 끼어들었다.

"분유가 비싸도 진짜 너무 비싸."

초련의 안색이 바뀌었다. 아이린은 이때다 싶었는지 하고 싶은 말을 마음껏 했다.

"기저귀는 또 어떻고. 임산부들 먹을 것도 부족한데 갓난 애한테 너무 들어가. 예방접종도 해야 할 거 아냐. 그 많은 돈 다 어떻게 충당할 거야? 분홍하마의 집이 언제부터 모자 보호 쉼터가 됐나 몰라."

주유소 아저씨가 다가왔다. 나는 창문을 열고 "5만 원이요"라고 외쳤다.

"어쩔 거야?"

아이린이 초련을 몰아세웠다. 소희가 아이린을 말리며 나섰다.

"시민 단체랑 유아용품 만드는 기업체에 이메일 보냈어요. 비품 지원해줄 수 있냐고요. 조금 더 기다리면 답이 올 거예요."

아이린은 소희의 그런 행동이 마음에 안 드는 모양이었다.

"소희 너는 가만있어."

마마가 나설 만도 한데 반응이 없었다. 마마는 하염없이 창

밖만 바라보았다. 아이린 때문에 기가 죽은 소희가 작은 소리
로 말했다.

"초련 씨, 출생신고를 해야죠. 한 달 안에 하지 않으면 벌금
나와요. 일단 이름부터 지어야 할 텐데, 혹시 생각해둔 이름
있어요?"

"호적에 올릴 생각도 없는데 이름은 무슨."

"아이린 언니는 무슨 말을 그렇게 해요."

초련이 결심이 선 듯 말했다.

"다음 주 안으로 나가줄 테니까 걱정 마요. 더는 피해 안 줘
요."

주유소 아저씨가 주유를 끝냈다고 차를 툭툭 쳤다. 시동을
걸면서 백미러로 초련을 보았다. 초련의 결심은 확고해 보였
다.

제인 구달을 닮은 할머니

미스터 칙이 누워 있는 방에서 구린내가 진동했다. 나는 도로 방문을 닫았다.

"엄마."

미스터 칙이 부르는 소리가 들렸다. 미스터 칙은 한동안 마마처럼 네 발로 기어 다녔다. 그러더니 결국 똥까지 싸며 갓난아기가 되었다. 아기가 되고 싶다던 소원을 성취한 미스터 칙을 위해 파티라도 열어주고 싶은 심정이었지만 냄새가 심해서 안 되겠다. 슈퍼 내부는 온기라고는 없었다. 없는 것이 온기만은 아니었다. 있는 것을 말하는 게 빠를 만큼 슈퍼는 비어 있었다. 라면이 가장 먼저 떨어졌다. 다음은 담배, 과자, 음료수 순이었다. 남은 건 껌뿐이었다. 나는 껌을 여러 통 주

하리

머니에 찔러 넣고 밖으로 나왔다.

　나는 미스터 칙이 그랬던 것처럼 햇볕이 잘 드는 자리에 카스 의자를 놓고 앉았다. 바람은 찬데 봄날처럼 햇볕이 따뜻했다. 회초리 바람이 허공을 가르면서 내는 소리가 섬뜩했다. 바람이 뺨을 가를 때마다 나는 매를 맞는 것처럼 몸을 떨었다. 우산을 펼쳐 들었다. 바람은 우산을 피해서 파고들었다. 바닥에 조약돌처럼 떨어져 있는 담배꽁초를 집어 들었다. 바람을 등지고 겨우 꽁초에 불을 붙였다. 꽁초는 한 번씩밖에 못 빨았다. 배에서 꼬르륵거리는 소리가 방귀 소리만큼 크게 났다. 나는 단맛이 빠지고 오징어처럼 질겨진 껌을 뱉고 새 껌을 씹었다.

　차 한 대가 터널을 빠져나와 초원슈퍼 앞에 멈췄다. 부동산업자가 부부인 듯 보이는 두 노인을 데리고 차에서 내렸다. 할아버지가 할머니의 목도리를 여며주었다. 부동산업자는 녹음기를 틀어놓은 것처럼 지난번과 똑같은 말을 늘어놓았다. 부동산업자의 헛소리를 듣고 땅을 사는 바보가 있을지 의문이었다. 부동산업자가 굶어 죽지 않는 것을 보면 땅을 사는 바보가 있긴 한 모양이었다. 부동산업자가 노인들에게 따뜻한 커피라도 한 잔 마시겠냐고 물었다. 노인들은 반색하며 좋아했다.

　"비도 안 오는데 웬 우산이야."

　"그러게요."

　노인들이 대화를 나누면서 다가왔다.

"추운데 왜 나와 있어요?"

제인 구달처럼 흰머리가 잘 어울리는 할머니가 물었다. 자기보다 어린 사람에게 존댓말을 쓰는 사람은 대개 관대한 경우가 많았다. 할머니는 한평생 고생이라고는 모르고 살아온 사람처럼 인자한 인상이었다.

"여기가 더 따뜻해요. 보일러 기름이 떨어졌거든요."

밖이 더 따뜻하다는 것은 거짓말이었다. 난방을 안 해도 집 안이 훨씬 따뜻했다. 나는 한껏 불쌍한 표정을 지었다. 노부인은 저런, 이라며 안타까워했다. 부동산업자가 물었다.

"할아버지는?"

"돌아가셨어요."

"언제?"

"며칠 됐어요."

부동산업자는 무척 놀라는 눈치였다.

"어쩌다가?"

"죽을 때가 됐으니까요. 석 잔 드려요?"

나는 슈퍼 안으로 들어가서 전기주전자에 물을 끓였다. 슈퍼 안으로 들어서던 세 사람은 코를 틀어쥐면서 밖으로 나갔다. 냄새가 심하긴 했다. 종이컵에 끓는 물을 담아서 쟁반에 받쳐 들고 밖으로 나갔다. 바람이 얼마나 센지 종이컵이 넘어질 듯 흔들렸다.

"이게 뭐야?"

"커피가 떨어졌어요."

부동산업자는 황당해하면서 펄쩍 뛰었다. 하지만 노부부가 뜨거운 물을 잘 마셨기 때문에 입을 닫았다. 노부부는 따뜻한 게 속으로 들어가니까 좋다며 행복해했다. 부동산업자도 뜨거운 물을 천천히 마셨다.

"3000원이요."

"뭐?"

"한 잔에 1000원씩 3000원이라고요."

"너 사기꾼이야?"

부동산업자가 폭발해서 따지고 들었다. 나는 부동산업자가 뭐라고 하든 듣지 않고 속으로 노래를 불렀다. 제인 구달 할머니가 만 원짜리 한 장을 손에 쥐여주었다.

"잔돈은 됐어요."

나는 감사하다며 고개를 숙였다. 부동산업자는 노부부 때문에 화를 더 못 내고 차를 타고 떠났다.

해를 가리고 모텔 안을 들여다보았다. 어제와 달라진 것은 없었다. 모텔은 여전히 시간이 멈춘 듯 신비한 느낌이었다. 주머니에서 종이와 펜을 꺼냈다.

[모론다바로 바오바브나무를 보러 떠납니다. 다시 뵙는 그날까지 안녕히.]

'세상에서 가장 행복한 동물 쿼카를 만나러 가요'라고 적은 종이를 떼어내고 방금 적은 종이를 새로 붙였다.

버려진 공사장으로 갔다. 인부들이 급하게 떠난 것처럼 연장들이 여기저기 흩어져 있었다. 털신 앞코로 바닥을 찼다. 검은색 외피에 갈색 털이 가득 들어 있는 털신은 따뜻하고 튼튼했다. 내가 아무리 바닥을 차도 멀쩡했다. 신발 가게 아저씨가 강력 추천할 만한 신발이었다. 뼈대만 올라가 있는 건물의 계단을 올라갔다. 사방에서 바람이 불어와 메두사의 머리처럼 머리카락이 날렸다. 돌풍이 한 번씩 불 때마다 몸이 휘청거렸다. 나는 10층 높이의 건물 꼭대기에 섰다. 초원슈퍼 건물이며 초원모텔, 짓다 버려진 건물들이 눈 아래 펼쳐졌다. 눈이 스티로폼 가루 날리듯 내렸다. 바람에 날리는 눈을 손뼉을 쳐서 잡았다. 눈은 형체를 확인할 틈도 없이 녹아버렸다.

나는 야호, 하고 소리를 질렀다. 내 목소리가 가서 닿기를 바라는 곳은 없었다. 아이린이 사주 풀이를 해주면서 그랬다. 나는 평생을 외롭게 살 팔자라고. 기가 너무 세. 결혼하면 남편하고 자식의 좋은 운을 네가 다 빨아가. 주변 사람들을 불행하게 만드는 거지. 그러니까 너는 결혼하지 말고 혼자 살아. 봉사하고 베푸는 삶을 살아야 해. 나는 누가 결혼한다고 했냐고 아이린한테 따지고 들었다.

혓바닥을 길게 내밀었다. 눈이 바람에 날리다가 혀에 떨어졌다. 눈은 무맛이었다. 주머니에 손을 넣고 지폐를 만지작거렸다. 차 열쇠만 있으면 당장 시내로 나가서 맛있는 것을 사먹고 싶었다. 마마는 기름을 아낀다고 차 열쇠를 뺏었다. 마음대로 외출할 수도 없는 처지가 되었다. 해는 아직 서산으로 넘어가지 않았는데 벌써 배가 고팠다. 저녁을 하러 가야겠다.

된장찌개와 김치뿐인 밥상이지만 식사 시간이 기다려졌다.

구급차가 터널을 빠져나왔다. 구급차는 초원슈퍼 앞에 멈춰 섰다. 구급대원들이 들것을 들고 슈퍼로 들어간 지 얼마 지나지 않아 미스터 칙이 들것에 실려 나왔다. 구급대원들은 미스터 칙을 싣고 급하게 떠났다.

불법 입양

    소희가 메일을 보낸 기업 중 몇 곳에서 긍정적인 답변이 왔다. 하지만 절차상의 문제로 봄이나 되어야 물품을 받을 수 있었다. 시민사회 단체는 분홍하마의 집이 비인가 단체여서 도와주기 힘들다고 했다. 면사무소의 복지 담당자로부터 연락이 왔는데, 당장 도움을 주기는 어렵고 추경 예산을 잡도록 노력해보겠다는 답변이었다. 아기를 호적에 올리기만 하면 도움 받을 곳이 많은데 초련은 아기를 호적에 올릴 생각이 없었다. 초련이 무슨 생각을 하는지 아무도 몰랐다. 아이린은 당장 집회하러 가자고 했지만 아무도 나서지 않았다. 임신이 죄가 아닌데, 어떤 임신은 죄가 되는 건지도 모르겠다.

    "우리가 스스로를 부끄러워하는 게 진짜 쪽팔린 거야."

하리

아이린의 절규에 대답하는 사람은 없었다.

"아이린 언니는 안 부끄러워요?"

소희가 물었다.

"부끄러워."

"근데 왜?"

"살려고. 살고 싶어서. 내가 분홍하마의 집에 왜 왔겠니. 살려고 온 거잖아. 우리는 도움이 필요해."

아이린의 설득에도 집회에 나가겠다는 여자는 없었다.

"배가 덜 고팠어."

나는 아이린의 말에 100퍼센트 공감했다.

초련은 흥분 상태였다. 드디어 아기를 입양할 부부와 약속을 잡은 것이다. 오랜 기간 불임 치료를 받다가 포기하고 아무도 모르게 입양을 준비하는 부부였다. '비밀 입양'이라는 제목의 인터넷 게시글을 올리자마자 브로커한테 연락이 왔다. 입양특례법이 생기면서 호적이 없는 신생아를 찾는 데 브로커들은 혈안이 되었다. 한국 사회는 아직 보수적이었고 입양했다는 흔적이 서류에 남는 것을 꺼렸다. 혈액형과 출산예정일까지 맞추는 경우도 있었다. 초련은 브로커를 통해서는 절대 아기를 입양 보내지 않겠다고 했다. 처음에는 아기를 위해서인 줄 알았는데 알고 봤더니 돈 때문이었다. 시장에서 채소를 팔듯이 인터넷상에서 아기를 두고 흥정하는 게 충격이었다.

초련은 아기를 씻기고 깨끗한 옷으로 갈아입혔다. 그 손길이 평범한 엄마처럼 부드러웠다. 초련은 지금껏 아기에게 직접 분유를 먹인 적이 없었다. 그런데 아기를 어르며 분유를 직접 먹이고 있었다. 게다가 환하게 웃기까지 하는 모습이 낯설다 못해 무서웠다.

"하리야, 어서 나가자. 늦겠어."

초련은 평소와 다르게 다정했다. 차가운 목소리도 싫었지만, 버터를 입 안 가득 문 듯한 느끼한 목소리는 더 싫었다. 초련이 운전을 해주면 10만 원을 주겠다고 해서 나도 같이 나가기로 했다. 초련은 싱글벙글하며 아기를 포대기에 싸서 먼저 나갔다. 나는 마마한테 차 열쇠를 받아서 급하게 따라갔다. 초련은 얼마를 받기로 했는지 아무한테도 털어놓지 않았다. 도대체 얼마를 받기로 했기에 기분이 저렇게 좋은 것일까. 궁금해서 죽을 것만 같았다.

읍내에서 유일한 프랜차이즈 커피 전문점에서 부부를 만났다. 남편은 머리가 새하얬고, 아내는 눈가에 주름이 가득했다. 부부는 아기를 가지려고 노력하느라 젊은 시절을 다 보냈다고 했다. 초련이 졸업증명서를 부부 앞에 내놓았다. 나는 그제야 초련이 엄청 좋은 대학을 졸업했다는 사실을 알았다.

"근본도 모르는 미혼모가 아니라서 얼마나 다행인지 모르겠어요."

남편은 초련의 졸업증명서를 흐뭇한 눈으로 쳐다보았다.

하리

아내는 아기를 보고 싶어 했다. 초련이 포대기에 싸인 아기를 아내에게 넘겨주었다. 아내가 떨리는 손으로 포대기를 젖혔다. 아내의 표정이 심하게 일그러졌다. 그러고는 아기를 얼른 남편의 품으로 미뤘다.

"사진이랑 다르게 생긴 것 같아요."

아내가 따졌다. 아기를 들여다보던 남편이 물었다.

"애가 어디 아파요?"

초련은 아내의 질문에는 잘 시간인데 데리고 나오는 바람에 심통이 나서 그렇다고, 웃으면 예쁘다고 대답했고, 남편의 질문에는 찬 바람을 쏘여서 감기 기운이 좀 있다고 했다. 물론 감기가 심한 건 아니라고 초련은 부부를 안심시켰다. 부부는 아기가 마음에 들지 않는 것이 분명했다. 아내는 계속 사진과 다르다고 트집을 잡았다. 남편은 아기가 기운이 없어 보이는 데다 숨소리도 이상한 거 같다고 지적했다.

"데려갔는데 며칠 만에 죽는 건 아니겠죠?"

"무슨 말씀인지. 당황스럽네요. 우리 애는 아주 건강해요."

"강아지를 산 적이 있는데 사흘 만에 죽었거든요. 알고 봤더니 병든 강아지를 팔았지 뭐예요."

"그러니까 아저씨 말씀은 제가 지금 병든 애를 팔려고 한다는 거예요?"

"약속했던 돈을 다 주기는 어렵겠어요. 애가 아프잖아요."

남편은 잔뜩 인상을 썼다.

"얼굴도 사진이랑 너무 다르고요."

"300만 원, 어때요?"

"아저씨, 반으로 후려치는 게 어디 있어요?"

나는 초련이 받기로 한 돈이 600만 원이었다는 사실을 알게 되었다.

"못생긴 건 그렇다 치더라도 아프잖아요. 잘못되기라도 하면 저희는 그냥 돈 날리는 거예요."

"그럼 다른 데서 찾아보세요."

초련은 강하게 나갔다.

"입양하겠다는 사람이 줄을 섰어요. 제 조건 어떤지 아시잖아요."

"명문대 졸업했다고 해서 저희도 많이 생각해서 드린 거예요. 저희한테도 큰돈이에요."

"그럼 브로커 통해서 하세요. 근데 이거 하나는 기억해두세요. 브로커 통해서 구하는 아기는 다 이런 애가 낳은 거예요."

초련이 나를 가리켰다. 캐러멜마키아토가 기도로 잘못 넘어가서 나는 심하게 기침을 했다.

"고등학교도 졸업 못 한 날라리들이 낳은 근본도 모르는 애를 입양하고 싶다면 그렇게 하세요. 참고로 말하는데 애 아빠는 서울대예요."

부부는 귓속말로 이야기를 나눴다. 남편은 입양을 포기하자고 했고 아내는 아까워하는 듯했다.

"350."

"열 달 동안 먹은 밥값만 해도 얼만데, 정말 너무들 하시네요."

"400. 진짜 더는 안 돼요."

그렇게 흥정은 끝났다. 아기는 아내의 품으로 넘어갔다. 남편이 돈 봉투를 테이블에 내려놓았다. 초련은 돈 봉투를 흘깃 들여다보고 헤아리지는 않았다. 부부가 인사를 하고 먼저 자리에서 일어났다. 엄마를 떠나는 것을 아는지 아기가 작게 울었다. 아기는 한 번도 크게 운 적이 없었다. 귀 기울이기 전에는 들리지도 않을 만큼 울음소리가 작았다.

초련은 커피를 벌컥벌컥 마셨다.

"잘한 거지?"

잘못한 거지? 라고 묻는 것 같았다.

"당연하죠. 언니는 좋겠어요."

아기가 이 정도로 비싼 줄 알았다면 유산시키려고 그렇게 고생하지 않았을 것이다. 초련이 급하게 자리에서 일어났다. 테이블에 놓여 있던 돈 봉투를 집어 들더니 밖으로 뛰어나갔다. 나는 초련을 따라서 뛰었다. 초련은 차도를 가로질렀다. 차량이 많지 않았지만 위험해 보였다. 클랙슨 소리가 여기저기서 들렸다. 나는 건널목으로 도로를 건넜다. 초련과 부부가 실랑이를 벌이고 있었다. 남편에게 돈 봉투를 던진 초련이 아내가 안고 있던 아기를 막무가내로 뺏었다. 부부가 초련을 향해서 악담을 퍼부었다. 초련은 뒤도 돌아보지 않고 스타렉스를 주차해놓은 곳으로 걸었다.

"지금이라도 데려다주고 돈 받아 와요."

나는 지갑을 잃어버리기나 한 것처럼 아까워서 발을 동동 굴렀다.

"출발해."

"정신 차려요. 당장 분유도 없는데 뭘 어쩌자는 거예요?"

초련의 얼굴은 차분했다. 무슨 생각을 하는지 도저히 알 수 없었다.

"후회할 거예요."

"이건 아닌 거 같아. 이렇게 보내는 건 아니지 싶어."

나는 기를 거냐고 물으려다가 말았다. 내가 상관할 일이 아니었다. 10만 원이 날아간 것이 아까울 뿐이었다.

고백의 시간(5)

마사 리빙스턴의 코트를 입고 임산부들 앞에 섰다. 오늘 고백의 시간은 마음을 치유하는 시간이 아니었다. 마마에게는 1000원짜리 한 장 남지 않았다. 마마는 완벽하게 파산했다. 이제 돈이 나올 곳은 임산부들 주머니뿐이었다. 자발적으로 나서주면 좋을 텐데, 여자들은 지독한 수전노였다. 나는 어떻게 하면 여자들의 주머니를 털 수 있을까 며칠을 궁리했다.

"고백의 시간을 시작하겠습니다. 오늘은 예나 양부터 시작할까요."

예나의 고백이 귀에 들어오지 않았다. 내 머릿속은 오로지 여자들한테서 돈을 받아내야겠다는 생각뿐이었다. 끼니때마다 어마어마한 양의 밥이 여자들의 입으로 사라졌다. 20킬로그램 쌀 한 포대로 보름을 버티기가 어려웠다. 나는 얻을 것 하나 없이 책임져야 할 일들만 남은 이곳을 왜 못 떠나고 있는지 오래 고민했다. 돈이 없어서다. 다른 이유는 없다. 무슨 일이 있어도 내일은 떠나고야 말겠다. 나는 〈유리 동물원〉의 톰의 대사가 입 밖으로 튀어나오는 것을 참았다.

어머니는 내가 그놈의 창고에 환장한 줄 아세요? 내가 그 양화점을 좋아하는 줄 아세요? 어머니는 내가 거기서 평생을 살 거라고 생각하세요? 베니다판과 형광등만이 달린 그 창고 속에서? 제 말 좀 들으세요. 난 아침마다 그곳으로 출근하는 게 넌덜머리가 나요. 차라리 쇠망치로 내 골통을 박살내주면 속이 후련하겠어요. 하지만 난 출근을 하죠. 매일 아침 어머니가 내 방에 와서 '일어나서 세수해라! 일어나서 세수해!' 소리칠 때마다 난 혼자 속으로 '죽은 사람은 얼마나 행복할까'라고 말해요. 그렇지만 난 자리에서 일어나 출근을 합니다. 한 달에 65달러를 받기 위해서 내가 원하는 모든 꿈을 포기하면서. 그런데도 어머닌 내가 나밖에 모르는 애라고요? 저 좀 보세요. 나 자신만을 생각한다면 난 벌써 아버지가 계신 곳에 가 있을 거예요. 닥치는 대로 아무거나 잡아타고 말예요. 이젠 절 붙잡지 마세요.[3]

---

3 테네시 윌리엄스, 〈유리 동물원〉, 최형인 엮음, 《백세개의 모노로그》, 청하, 1990, 169쪽.

얼마 전부터 희곡 대사가 말에 섞여 나왔다. 하루의 대부분을 희곡을 읽으며 보내면서부터다. 읽다 보면 이상하게 쓰고 싶다는 생각이 들었다. 기억의 창고를 쓰는 데에 많은 시간을 투자했다. 임산부들이 고백한 내용과 쉼터에서의 일을 희곡의 형식을 빌려서 조금씩 써 내려갔다.

예나가 고백을 마쳤다. 그 아이는 늘 남의 이야기를 티 나게 했다. 나는 여자들에게 해결 방안을 물어보지도 않고 서둘러 정리했다.

나는 나 자신에게 즉흥연기의 주제를 던져주었다. 여자들의 돈을 가능한 한 많이 뜯어내라. 욕을 해도 좋고, 규칙을 어겨도 좋다. 수단과 방법을 총동원해라. 마음의 상처를 치유하기 전에 배부터 채우는 게 맞았다.

"모두 일어나세요."

임산부들은 서로 눈치를 보며 일어났다. 예나는 짜증 나게 별걸 다 시키네, 라는 생각을 온몸으로 표현했다.

"천천히 걸으세요. 제자리걸음을 해도 좋고 거실을 넓게 걸어도 좋습니다. 걸으세요. 걸어요. 계속 걸어요."

"이건 또 뭐 하는 거야?"

아이린이 발끈했다.

"상처를 치유하는 시간이에요. 다들 지시에 따라주세요. 잡담은 금물입니다. 잡담하는 사람에겐 하루 금식 벌칙을 내리겠어요."

나는 내 편의에 따라 벌칙을 정했다. 마마는 쉼터의 일에 더 이상 관여하지 않았고 시간이 지날수록 나의 입지는 공고해졌다.

"걸으면서 제 말을 들으세요. 예나 양, 멈추면 안 돼요. 계속 몸을 움직여요. 좋습니다. 계속 걸으세요. 앞으로, 옆으로. 제 말에 귀 기울이세요. 쉼터의 운영이 어렵습니다. 마마와 저의 힘만으로 더는 운영할 수 없을 지경입니다. 초련 씨, 멈추지 말고 계속 걸어요. 계속. 여러분의 도움이 절실하게 필요합니다."

나는 여기까지 말하고 입을 닫았다. 여자들은 계속 움직였다. 몸을 움직이게 하는 게 중요했다. 나는 다음 말을 하지 않고 여자들을 가만히 지켜보았다. 여자들은 도대체 이게 뭐 하는 짓인가, 하는 표정이었다.

"답답해서 못 하겠네. 이게 뭐 하자는 거야?"

아이린이 걸음을 멈추더니 내게 막 퍼부었다. 아이린은 내가 예상한 그대로 행동했다.

"돈이 필요하면 그냥 돈을 달라고 해. 이게 뭐 하는 짓이야?"

나는 마사 리빙스턴 코트의 깃을 세웠다. 사냥감이 덫에 걸려들었다. 나는 가만히 서 있는 아이린의 주위를 빙글빙글 돌았다.

"다른 분들은 지금 그 자리에서 벽을 보고 앉으세요. 이쪽으로 몸을 돌릴 필요 없어요. 지금 그 자리에 그대로 앉아요. 저한테 등을 보이고요."

"하리, 뭐 하는 거냐고?"

"고백의 시간에는 예의를 지켜주세요. 분홍하마의 집에 있는 임산부는 누구나 고백의 시간에 참여해야 합니다. 의무니까요. 그게 싫다면 지금 당장 여기서 나가세요."

아이린은 조용해졌다. 이 추위에 노숙할 용기는 홀몸인 사람에게도 없었다. 더구나 여기는 시내에서도 멀리 떨어진 외진 곳이었다. 쉼터가 어려워지면서, 더 정확히는 마마의 주머니가 텅 빈 다음부터 쉼터의 실질적 운영자는 나였다. 밥주걱이 내 손에 있는 이상 임산부들은 어리다고 나를 무시할 수 없게 되었다. 내가 쫓아내겠다고 하면 말릴 사람은 아무도 없었다. 임산부들은 내가 자신들을 쫓아낼 수 있다고 믿었다. 믿는 게 중요했다.

"아이린 씨는 쉼터에 얼마를 내놓으실 거예요?"

내놓을 수 있느냐 없느냐가 아니다. 돈이 있느냐는 질문도 건너뛰었다. 이미 알고 있는 사실은 질문할 필요가 없다. 굳이 질문한다면 그것은 강조의 뜻을 내포했다. 질문을 어떻게 하느냐에 따라서 답의 폭이 정해졌다. 이 질문 한 줄을 만들기 위해서 내 머릿속은 지진이 났다. 이제 아이린은 자신이 내놓을 수 있는 최소 단위의 금액을 말할 것이다.

"10만 원밖에 없어."

아이린이 공을 자연스럽게 내게 넘겼다. 예상을 벗어난 대답이라 나는 살짝 당황했다. 아이린의 대답에서 가장 중요한 단어는 '밖에'였다. 10만 원밖에 없다는데 10만 원을 다 내놓으라고 하면 나는 야박한 사람이 되는 것이다. 나는 얼마가 적당할까를 계산했다. 다른 여자들도 생각해야 했다. 아이린이 내놓는 돈이 기준이 될 것이다. 예나와 초련은 그 금액보다 적게 소희는 더 많이 낼 것이다. 이렇게 되면 나도 계획을 바꿔야 한다. 여자들의 돈을 야금야금 걷겠다는 계획을 한 번에 뜯어내는 것으로 급하게 변경했다.

"5만 원만 주세요. 대신 돈이 더 있는 게 발각되면 전부 압수할 거예요."

'만'과 '압수'에 악센트를 줬다. 아이린의 눈동자가 지진이 난 것처럼 흔들렸다. 나는 아이린의 대답을 강요했다. 꼭 들어야 할 대답이었다. 돈을 찾았을 때 딴소리 못 하게. 아이린은 마지못해 고개를 끄덕였다.

"가져오세요."

"지금?"

어디서 돈을 꺼내는지 확인해야 했다. 아이린은 돈이 들어 있는 장소를 알려줄 수 없다는 듯이 내일 주겠다고 했지만 나는 몰아붙였다. 아이린이 방으로 들어갈 때 따라 들어갔다. 방까지 따라 들어온다고 화내는 걸 보니 10만 원보다 많을 거라는 확신이 들었다. 돈은 가방에 감추어두고 있을 확률이 높았다. 아이린은 몸이 굳은 것처럼 움직이지 않았다. 내가 보는 앞에서는 절대 돈을 꺼내지 않을 것이다.

"제가 꺼내드릴게요."

아이린은 가방에 손도 대지 못하게 했다. 나는 아이린의 손에서 가방을 뺏어 들고 거실로 나왔다. 아이린이 뒤따라 나왔다.

"내가 꺼내줄게."

말이 채 끝나기 전에 나는 가방 속의 물건을 거실 바닥에 쏟았다. 새빨간 지갑이 제일 먼저 눈에 들어왔다. 나는 아이린보다 빨리 지갑을 낚아챘다. 확실이 임산부는 일반인보다 동작이 굼떴다. 아이린이 갑자기 화를 내며 소리를 질렀다.

"내 지갑 내놔. 네가 뭔데 내 지갑에 손을 대. 나이도 어린 게 어디서 언니들한테 이래라저래라야. 내가 돈을 왜 내니? 돈을 왜 내야 하는 거냐고? 열지 마. 열기만 해봐, 나한테 죽을 줄 알아."

지갑에서 5만 원권 여러 장이 나왔다. 아이린은 돈을 줄 수 없다고 억지를 부렸다.

"내일 당장 떠날 거야."

"나갈 거면 지금 나가요. 그리고 이 돈은 지금까지 아이린 씨가 쉼터에서 먹고 자고 한 값입니다."

지갑에서 나온 돈은 전부 내 주머니에 들어갔다. 나는 바닥에 널브러진 물건들을 가방에 대충 쑤셔 넣은 다음 현관문을 열고 밖으로 던져버렸다. 아이린은 악을 쓰면서 가방을 찾으러 뛰어나갔다. 나는 아이린의 신발도 밖으로 던져버리고 현관문을 닫아걸었다. 내가 굳이 그렇게까지 한 이유는 다른 여자들 때문이었다. 아이린을 확실히 잡아놔야 다음 일이 쉬워진다. 임산부들의 돈을 가능한 한 많이 뜯어내라. 나는 나의 목표를 마음속에서 다시 새겨보았다. 독해져야 한다면 얼마든지 독해질 수 있었다. 착한 척하는 것보다 독해지는 게 더 편했다.

아이린을 본보기로 잡았더니 그다음은 쉬웠다. 예나는 화장품 사이에 숨겨두었던 봉투를 꺼내 주었다. 소희는 필요한 만큼 꺼내 가라며 지갑을 내게 맡겼다. 아기가 깨서 보채자 초련은 귀찮다는 듯이 지갑이 어디 있는지 말로 설명해주었다. 돈이 생각보다 많이 모였다. 미션을 완벽하게 수행한 것이다. 나는 고백의 시간이 끝났음을 여자들에게 알렸다. 소희는 주인을 기다리는 강아지처럼 현관을 배회했다. 아이린은 당장 문 열라고 악을 쓰며 현관문을 두드려댔다. 마마가 방문을 열고 무슨 일이냐고 물었다. 나는 "그냥 주무세요"라고 말하고는 방문을 닫았다.

"아이린 언니는 어떡해?"

마사 리빙스턴의 코트를 벗고 있는데 소희가 와서 물었다.

"외투도 안 입고 나갔어. 저러다 잘못되기라도 하면……."

아기는 그렇게 쉽게 잘못되지 않는다. 특히 우리처럼 반기지 않는 엄마의 배 속에 자리 잡았을 경우는 더 그렇다. 악착같이 산다는 말이 태어난 사람에게만 해당하는 것은 아니었다.

"하리야."

소희가 애처롭게 불렀다. 나는 눈에서 힘을 뺐다. 고백의 시간도 끝났고, 생각보다 많은 돈을 모았다. 목표를 이뤘으니

하리

즉흥연기를 할 이유가 사라졌다. 나는 평소의 하리로 돌아왔다.

"문 열어줘요."

소희는 내 허락이 떨어지기 무섭게 현관문을 열었다. 입술이 새파랗게 질린 아이린은 나와 눈도 잘 맞추지 못했다. 소희가 아이린을 감싸 안고 방으로 들어갔다.

나는 마사 리빙스턴의 코트를 걸어두려고 마마의 방으로 들어갔다.

"너무 그러지 마라. 쥐도 막다른 골목에선 고양이를 문다 안 카나."

"벼랑 끝에 몰려 있는 건 마마랑 나야."

마마가 원망스러웠다. 이런 일은 내가 할 일이 아니었다. 마마의 몫이었다. 월급만 제대로 받았어도 이런 짓까지는 안 했을 것이다. 나부터 먼저 살고 볼 일이다.

누가 시장을 보러 갈 것이냐는
생존이 걸린 문제

마마한테 차 열쇠를 받아서 나가려는데 아이린이 막아섰다.

"너 못 믿어."

아침 잘 먹어놓고 이게 뭔 소린가 싶었다. 나는 최후의 만찬을 차리는 마음으로 여자들에게 달걀부침을 해주었다. 여자들은 밥에 달걀부침을 넣고 간장에 비벼서 오랜만에 배불리 먹었다.

"지난번에도 돈 들고 나가서 자고 왔잖아. 그때 우리가 얼마나 불안했다고. 다들 기억나지? 당장 아기한테 먹일 분유가 없어서 동동거린 걸 생각하면, 하리 혼자 못 보내지."

"아이린 언니 말이 맞아요. 저도 우리 돈 하리한테는 못 맡겨요."

초련이 곧바로 아이린의 말을 받았다. 꼭 이인극을 하는 배우들 같았다. 어젯밤에 모은 돈을 모두 합하니 80만 원이 넘었다. 임산부들은 생각보다 많은 현금을 가지고 있었다. 나는 한 가지 의문이 생겼다. 현금을 이렇게 많이 가지고 있는데 통장에는 더 많지 않을까.

"마마가 결정하세요. 마마가 원장이잖아요."

마마는 우물쭈물했다.

"다 같이 얘기해가 결정하면 안 되겠나?"

마마는 그렇게 빠졌다. 돈이 임산부들의 주머니에서 나왔다는 것을 안 이상 마마는 돈에 어떤 관여도 하지 않을 것이다. 아이린이 본격적으로 따지고 들었다.

"그날 어디에 있었어? 솔직하게 말해봐. 뭐 하느라 다음 날 저녁때나 돌아왔냐고."

"진짜 하고 싶은 말만 하세요."

"그게 진짜 궁금해. 대충 얼버무릴 생각 말고 솔직하게 말해."

"지금 내가 돈 가지고 튈까 봐 그러는 거잖아요. 나 못 믿고."

어젯밤 한숨도 못 잤다. 돈을 들고 떠날 생각을 하니 설레서 잠이 오지 않았다.

"꼭 그런 건 아냐."

아이린은 한발 물러섰다. 나는 봉투에 챙겨뒀던 돈을 꺼내서 거실 바닥에 던졌다.

"언니들이 알아서 시장 봐 오세요."

여기서 무슨 말을 하든 얻을 게 없었다. 시장에 혼자 갈 수 없다면 전부 의미 없는 일이었다. 나는 소파에 가서 앉았다. 예나는 방으로 들어갔다. 예나는 들고 있던 돈을 다 뺏겼는데도 평정심을 유지했다. 열다섯이라는 나이가 대단한 것임은 분명했다. 무서울 게 없다는 말이 얼마나 무서운지를 나는 새삼 깨달았다. 아이린과 초련은 서로를 믿지 못했다. 두 사람이 동시에 믿는 사람은 소희뿐이었다. 결국 소희와 아이린이 시장에 가기로 결정이 났다.

스타렉스에서 끊임없이 박스가 나왔다. 박스마다 음식 재료가 가득했다. 짐을 옮기느라 쉼터의 여자들이 전부 동원되었다. 기저귀 한 박스, 분유 열 통, 20킬로그램짜리 쌀 한 포대, 라면 한 박스, 당근이며 양파, 파 같은 채소 한 박스, 소불고기 다섯 근, 해물탕용으로 포장된 해산물 세 팩, 질소가 빵빵한 과자 한 박스, 5킬로그램짜리 귤 두 박스, 그리고 마지막으로 봉지 사과가 여러 개 담긴 박스 위에 데커레이션처럼 새빨간 딸기가 놓여 있었다. 딸기의 가격표를 확인하고 나는 소희를 거실 한쪽으로 끌고 갔다.

"얼마 남았어요?"

"어?"

소희는 내 말이 무슨 뜻인지 이해하지 못했다.

"쓰고 남은 돈 주세요."

소희는 내가 내민 손바닥을 가만히 보고 있다가 배시시 웃었다.

"다 썼지. 돈이 조금만 더 있었으면 오색 가래떡을 샀을 텐데 아쉬워. 하리야, 설날에 떡국 끓여 먹자."

숨이 쉬어지지 않았다. 소희와 아이린을 믿고 그 돈을 다 준 내가 제정신이 아니었다. 누구 하나를 탓할 수도 없었다. 초련이라도 따라갔더라면 이런 일은 없었을 것이다. 아이린이 주방에서 소희를 불렀다. 소희는 아이린에게 잠깐만 기다리라고 하더니 내 손에 비염약을 쥐여주었다.

"약 필요하잖아."

소희는 나한테 듣고 싶은 말이 있는 것처럼 한동안 가만히 있었다. 고맙다는 말이라도 듣고 싶은 것일까.

"고맙다는 말은 안 해도 돼. 우리 때문에 하리가 고생이 많잖아."

"비염 완전히 다 나았거든요."

원장의 말처럼 어느 순간 비염이 씻은 듯이 나았다. 나는 코로 숨 쉴 수 있게 되었고, 매일 밤 잠도 잘 잤다.

"진짜 잘됐다. 축하해. 하리야, 약은 그냥 비상용으로 가지고 있어."

소희는 주방으로 사푼사푼 걸어갔다.

그날 새벽, 배가 아파서 눈이 떠졌다. 설사는 쉽게 멈추지 않았다. 나는 동이 틀 때까지 화장실을 들락거렸다. 쉼터의 다른 여자들도 그랬다. 오랫동안 소식을 하다가 갑자기 기름진 음식을 과식했기 때문이었다. 설사는 이틀이나 지속되었다. 설사가 멈추자 쉼터의 여자들은 그동안 제대로 먹지 못한 것을 벌충하듯 닥치는 대로 먹어댔다.

마마는 시름시름 앓았다. 급체인 줄 알고 아이린이 손을 여러 번 따주었는데 차도가 없었다. 마마는 밥을 먹을 때마다 임산부들에게 고맙다고 눈물을 흘렸다. 그 꼴이 보기 싫어서 소희한테 마마의 밥을 챙기라고 했다. 소희는 끼니때마다 방으로 밥을 가져다주었다. 마마는 갑자기 폭삭 늙었다. 80살이라고 해도 믿을 만했다. 치료를 제대로 못 받은 다리가 계속 말썽을 부렸고 통증 때문에 점점 더 누워만 있으려고 했다. 마마의 건강은 급속하게 나빠졌다.

축제는 며칠 지나지 않아 끝이 났다. 그렇게 많던 음식 재료가 다 어디로 사라진 것인지 미스터리가 아닐 수 없었다. 나는 임산부들의 식욕이 얼마나 강한지를 다시금 깨달았다. 된장찌개나 김치찌개가 있는 소박한 밥상으로 돌아갔다. 난방용 등유는 아껴 쓴다고 해도 2주일을 넘기기 어려웠다. 마마에 이어 임산부들마저 돈을 전부 써버린 지금, 쉼터는 당장에라도 문을 닫아야 했다. 희망이라고는 보이지 않았다. 유일한 희망은 이곳을 떠나는 것이었다.

"다들 나갈 곳 알아보세요."

그 말을 하는데 미안한 마음이 들었다. 내가 왜 미안해하는

하리

지도 모른 채 그냥 미안했다. 나도 안다. 갈 곳이 있었다면 애초에 여기까지 오지도 않았을 것이다. 당장 갈 곳이 생긴다면 두말없이 떠날 사람들이라는 것을 누구보다 잘 알았다. 임산부들은 알게 모르게 옮겨 갈 미혼모 쉼터를 알아보고 있었다. 하지만 입양특례법에 발목이 잡혀서 이러지도 저러지도 못하고 있었다. 그런데도 쉼터를 떠나야 했다. 아이린과 예나는 출산예정일이 얼마 남지 않았다. 떠나는 시간은 빠르면 빠를수록 좋았다. 나는 습관처럼 제인 구달을 닮은 할머니가 준 만 원짜리 지폐를 만지작거렸다.

감자 박스가 비어가는 시간

미스터 칙이 떠나고 슈퍼는 급격하게 낡아갔다. 흡사 폐가
처럼 보였다. 공기가 탁해서 숨을 쉬기 어려웠다. 나는 그 방
에 종종 들렀다. 벽지가 찢어진 벽을 손으로 쓸어보았다. 춥
고 배가 고팠다. 쉼터에서는 아침과 저녁 두 끼를 겨우 먹을
수 있었다. 점심때는 감자나 고구마를 쪄 먹었다. 그것마저
배불리 먹지 못하고 배급을 받듯이 두세 개를 나눠 줄 수밖
에 없었다. 나는 벽지를 뜯어서 먹기 좋게 작게 구겼다. 차마
입에 넣을 수 없었다. 저녁을 먹으려면 아직 세 시간은 더 있
어야 했다. 따뜻한 곳에 누워 있기라도 했다면 좋았을 텐데
전기장판은 미스터 칙의 배설물로 못 쓰게 되고 말았다. 나는
습관처럼 서랍을 뒤졌다. 앨범을 꺼내 젊은 시절의 미스터 칙

하리

을 찾았다. 작은 상자에는 각종 세금을 내고 받은 영수증이 들어 있었다. 영수증을 일일이 확인했다. 앨범을 보고 영수증을 확인해도 시간은 얼마 흐르지 않았다. 시간이 느리게 흘러가는 것으로 보아 나는 지독하게 힘든 시절을 보내고 있는 것이 분명했다.

하루에 한 번은 초원모텔에 갔다. 나는 가만히 눈을 감고 손님으로 북적이는 초원모텔의 풍경을 상상했다. 계산대에서 열쇠를 받는 사람, 소파에 앉아서 휴식을 취하는 사람, 입구에 비치된 자판기에서 음료수를 뽑아 마시는 사람. 떠난 손님들이 다시 돌아오는 일은 일어나지 않을 것이다. 초원모텔의 주인은 어디로 떠났을까. 영영 돌아오지 않을지도 모른다. 나는 몸이 얼어붙기 전에 쉼터로 돌아갔다.

저녁은 밥과 김치와 오래된 깻잎장아찌가 전부였다. 마마를 위해서는 쌀죽을 끓였다. 부실한 밥상이었지만 식욕이 왕성한 임산부들은 잘 먹었다.

"하리야, 밥 더 없어?"

아이린은 지치지도 않고 끼니때마다 밥을 더 달라고 보챘다.

"없어요."

아이린은 아쉬운 듯 입맛을 다셨다. 가장 먼저 식사를 마친 아이린이 마마의 식사를 돕겠다고 나섰다. 아이린이 해준다면 나로서는 '땡큐'다. 설거지를 하고 있는데 아이린이 빈 죽 그릇을 가져왔다. 죽 그릇은 설거지를 마친 것처럼 깨끗했다.

"마마가 다 먹었어요?"

아이린은 태연히 응, 이라고 대답했다. 마마가 죽을 다 먹었을 리가 없다. 요즘 마마는 죽 한 숟가락도 넘기기 힘겨워 했다. 어르고, 달래고, 윽박질러야 겨우 반 그릇쯤 먹었다. 안 봐도 뻔한 일이다. 죽은 전부 아이린의 목구멍으로 넘어갔을 것이다. 나는 뭐라고 말은 못 하고 설거지를 요란하게 했다. 아이린은 그것도 모르고 그릇 깨지겠다고 잔소리를 해댔다. 설거지를 마치고 방에 들어갔다. 마마는 똑바로 누워서 천장을 쳐다보고 있었다.

"뭐 해?"

"보면 모리나. 누워 있다 아이가."

"무슨 생각해?"

"생각 같은 소리 한다. 생각이 뭔데? 맨바닥에 앉지 말고 들어온나."

나는 이불 속으로 파고들어 마마의 허리를 껴안았다.

"징그럽게 야가 와 이카노."

"배 안 고파? 아이린 언니가 죽 다 먹었지. 정말 못 말려."

사람의 품이 이렇게 따뜻한 줄 쉼터에 오기 전에는 미처 몰랐다.

"뭔 일 있나?"

"아니. 마마는 배우가 되고 싶었다고 했잖아. 그런데 못 됐으니까 실패한 거네."

"그렇게 말할 수도 있지만 나는 그래 생각 안 한다. 하리, 짝사랑 해봤나? 우리 하리는 예뻐가 그런 거 모리제. 짝사랑 이라는 기는 바라만 봐도 좋다. 바라는 게 아무것도 없다 아이가. 그 사람이 거기 있어주는 것만으로 좋은 기 짝사랑이다. 무대도 내한테는 짝사랑 같은 거였다."

"후회 없어?"

"없다. 나는 한 번도 후회라는 거를 해본 적이 없다. 지금 열심히 살면 그뿐인 기라."

"정말 그렇게 생각해?"

"와 그라노? 니 내한테 할 말 있제? 해봐라."

"나도 배우가 될 수 있을까?"

마마는 가만히 누워서 깔깔거리며 웃었다. 나는 심한 모욕을 당한 것 같아서 얼굴이 붉으락푸르락했다.

"왜 웃어?"

"아이다. 하리는 잘할 끼다. 함 해봐라. 니는 사투리도 안 쓴다 아이가."

나는 떨어지지 않는 입을 겨우 열었다.

"여자들 안 내보낼 거야?"

"제 발로 나가는 거야 못 잡지만 있는 거를 우예 내쫓노?"

마마에게 돈도 먹을 것도 다 떨어져서 다들 떠나야 한다는 말을 차마 할 수 없었다. 뭐라고 해야 할지 모르겠다.

"와? 쌀 떨어졌나?"

마마는 내 마음을 훤히 들여다보고 있었다. 나는 그렇다고 대답하지 못했다. 아니라고도 말할 수 없었다. 대신 미스터 칙 이야기를 꺼냈다.

"슈퍼 할아버지는 잘 계실까?"

"걱정 안 해도 된다. 자식들이 잘 안 해주겠나. 내가 문제지."

"자식이 있었는데 할아버지를 그렇게 내버려뒀단 말이야? 진짜 너무들 한다. 그리고 마마, 그런 소리 하지 마. 요즘 세상은 자식 있는 게 손해야. 자식은 부모를 부양 안 하는데 나라에서는 자식 있다고 도와주지를 않잖아. 마마 팔자가 상팔자야."

"그래도 그란 기 아이다. 낳을 수 있으면 낳는 게 좋다. 우리나라에 아가 부족하다 안 카나. 아기가 얼마나 소중하면 뉴스에서 애 좀 많이 낳으라고 맨날 안 그카나."

"아기가 그렇게 소중하다면서 우리는 왜 안 도와주는데?"

마마는 대답이 없었다. 마마가 대답해줄 수 있을 거라고 믿지도 않았다. 마마는 바로 누워 있는 게 힘이 들었던지 몸을 뒤척였다. 내 쪽을 보고 누운 마마가 머리를 쓰다듬어주었다.

"우리 리딩 한번 해보까? 우리 하리가 배우 소질이 있나 없나 보고로."

나는 〈가을 소나타〉 대본을 들고 왔다.

"이기 하고 싶었나?"

에바 역을 한번 해봤으면 싶었는데, 어떤 이유인지는 정확히 모르지만, 그녀와 내가 아주 많이 닮았다는 생각이 들어서였다.

"내는 〈갈매기〉에서 니나 역을 꼭 한번 해보고 싶었다. 띠동갑 후배가 니나 역에 캐스팅됐을 때는 힘들어가 며칠을 앓아누웠다 아이가. 무대 뒤에 숨어가 새파랗게 어린 후배한테 프롬프터를 하고 있으려니까 속이 다 뒤집히데. 그때 그만두기로 했다."

마마와 나는 〈가을 소나타〉의 한 부분을 주거니 받거니 읽었다. 마마와 내가 모녀 사이였다면 어땠을까? 그랬다면 나는 마마를 지금보다는 덜 좋아했을 것 같다. 대본을 읽는 마마는 진지했다. 한때의 배우 지망생이 아닌 중견 배우 같았다.

"대사를 다 외웠나?"

"응."

"하리, 머리 억수로 좋네. 공부도 잘했제?"

"아니."

"니는 천재다. 전문 배우들도 두 달씩 연습해가 외우는 대사를 우예 그래 빨리 외웠노?"

"여러 번 읽었더니 그냥 외워졌어."

마마는 그 머리로 공부를 했으면 서울대를 갔을 거라고 말했다. 마마의 말에 동의하지는 않지만 기분은 좋았다.

"초원슈퍼 뒤에 창고 있다. 거 감자랑 고구마가 박스째 있을 기다. 열쇠는 개수대 밑에 넣어놓은 냄비 안에 들었고. 내일 아침은 감자 삶아가 무라."

마마는 다 알고 있었던 것이다. 나는 내일 아침상에 뭐라도 내놓을 게 있다는 것만으로도 감사한 마음이 들었다.

삼시 세끼 감자와 고구마를 먹였더니 여자들이 불만을 터뜨렸다. 싫으면 굶던가요, 라고 윽박질렀더니 일순간 조용해졌다. 고구마가 먼저 떨어졌다. 감자도 하루하루 눈에 띄게 줄어들었다. 아침과 저녁에 감자를 먹고 점심은 굶었다. 아껴 먹는데도 감자는 얼마 남지 않았다. 저녁에만 감자를 두 알씩 먹었다. 임산부들은 감자라도 배부르게 먹고 싶다고 우는소리를 했다. 바닥을 드러낸 감자 박스를 보여줬더니 조용해졌다. 올겨울 들어 가장 추웠던 날 아침, 감자 박스가 비었다.

최초의 도둑질

여자들은 배가 고파 죽겠다고 아우성이었다. 쉼터에는 감자 한 알, 콩 한 쪽도 남아 있지 않았다. 아기를 가진 여자들의 식욕은 인력으로는 어떻게 할 수 없는 것이었다. 그것은 본능이었다. 예나는 방에서 꼼짝을 안 했다. 먹는 것이 없어서인지 화장실도 가지 않았다. 아이린은 겨울잠 자는 곰처럼 온종일 잠만 잤다. 소희는 서너 살 먹은 아이처럼 손가락을 빨았다. 손가락을 빨고 있으면 배고픔이 사라진다고 했다. 초련은 물 먹는 하마처럼 종일 물을 마셨다. 아기는 초련의 빈 젖을 물고 잡음 소리를 내며 울었다. 초련은 아기에게 이름을 지어주지 않았다. 그래서 아기는 여전히 아기라고 불렸다.

마마는 씻다가 욕실 바닥에 미끄러졌다. 수전에 이마를 찧는 바람에 피를 많이 흘렸다. 출혈은 멈췄지만, 지난번에 다친 다리를 또 다쳐서 기는 것마저 불가능해졌다. 빙판에 넘어졌을 때도 통증을 호소했지만, 이번처럼 심하진 않았다. 뜨거운 찜질을 하고 진통제를 먹어도 통증은 사라지지 않았다. 마마는 자주 울었고, 통증이 심한 날 새벽이면 내게 죽여달라고 부탁을 했다. 나는 그 소리가 듣기 싫어서 거실로 나와서 잤다.

거실에는 여자들이 황제펭귄처럼 모여 있었다. 한 이불 속에 몸을 맞대고 있었는데 그러고 있으면 난방을 안 했는데도 온기가 생겼다. 누군가 몸을 뒤치기라도 하면 그 틈으로 바람이 새어 들어왔다. 몸을 제아무리 웅크려도 바닥 냉기가 요를 뚫고 등으로 전해지는 것을 막지는 못했다. 거실에 두었던 물그릇에 살얼음이 끼던 날, 여자들은 전기장판을 마마한테 양보한 것을 후회했다. 나는 새벽 추위를 견디지 못하고 마마의 방으로 갔다. 마마는 미동도 없이 가만히 누워 있었다. 나는 마마를 살살 흔들었다.

"와. 죽었을까 봐 그라나."

"아니. 그런 거 아니야. 마마, 아직도 많이 아파?"

나는 이불 속으로 기어들었다.

"나가라."

마마가 나를 밀어냈다. 나는 밀리지 않으려고 안간힘을 썼다. 전기장판이 너무 따뜻했다.

"자리 있는데 왜 못 눕게 해. 추워 죽겠단 말이야."

"니만 사람이가. 밖에 있는 여자들도 춥기는 마찬가지다. 고마 나가라."

"마마는 내가 돌덩이처럼 꽁꽁 얼어서 죽으면 좋겠지?"

"죽어라, 그래. 고마 지금 당장 죽어삐라. 가시나 말하는 거 봐라. 그게 니가 내한테 할 소리가?"

"왜 화를 내."

마마는 감정 기복이 심해져서 울거나 화내는 일이 일상이 되었다. 나는 전기장판 밖으로 밀려났다. 노인이 젊은 나보다 힘이 더 셌다. 쉽게 죽지는 않을 것 같았다.

"더러워서 같이 안 자. 화장실 간다고 부르기만 해봐."

여자들이 모여 있는 이불 속으로 파고들었다. 나는 모로 누워 태아처럼 몸을 웅크렸다.

초련이 말했다.

"그때 떠났어야 했어."

"말이 나왔으니까 하는 얘긴데, 그때 왜 그런 거야. 400만 원이 적어서 그런 건 아니지? 너는 아기한테 관심도 없잖아."

"아이린 언니는 왜 안 떠났는데요? 기회 있었잖아요."

"모르겠어. 나도 이렇게까지 될 줄은 몰랐지."

"저도 그래요. 지나고 나니까 내 발등 내가 찍었구나 싶어요. 400만 원 받아서 그때 떠났어야 했는데."

최초의 도둑질

"우리는 결코 서울로 갈 수 없을 거야."[4]

나는 혼잣말을 했다.

"뭐래?"

"내버려둬요. 하리 쟤도 요즘 제정신이 아닌 거 같아요. 혼자서 계속 중얼거리는데 뭔 말인지 전혀 모르겠어요."

"초련아, 언니 배고파 죽겠어. 사람이 얼마나 굶으면 죽니?"

"단식한 지 이제 하루하고 한 시간 지났어요. 아직 안 죽으니까 걱정 마요."

"아기 좀 어떻게 해봐. 계속 울잖아."

아기는 늘 울었는데 소리가 크지 않아서 사람들의 관심을 끌지 못했다.

"젖이라도 좀 물려봐."

초련은 꼼짝을 하지 않았다.

"기저귀라도 봐줘. 엄마라는 게 진짜 냉정하다."

일회용 기저귀는 진작 떨어졌다. 수건을 기저귀 대용으로 사용했는데 빨래를 하지 않아서 깨끗한 수건이 남아 있지 않았다. 빨래는 물론이고 청소며 아기를 돌보는 일까지 도맡아 하던 소희가 몸져누웠다. 소희가 먹을 걸 아이린이 뺏어 먹었기 때문이었다. 소희는 아이린이 배고픈 얼굴을 하고 달라고 하면 거절을 못 하고 자기 몫을 내놓았다. 그러지 말라고 아

---

4 안톤 체호프, 〈세 자매〉, 최형인 엮음, 《백세개의 모노로그》, 청하, 1990, 84쪽, "우리는 결코 모스크바로 갈 수 없을 거야"를 변형.

무리 말해도 소용없었다. 아이린이 일어나 앉으며 비장하게
말했다.

"이대로 죽을 거야?"

"바람 들어와요."

"초련아, 너 굶어 죽고 싶어? 하리 너는 소희가 죽어가는데
아무렇지도 않아?"

초련이 부스스 일어나 앉았다.

"뾰족한 수라도 있어요?"

초련은 아기를 안더니 젖을 물렸다. 먹은 것이 없으니 젖이
나올 리 없었다. 젖이 나오지 않자 아기는 지지직 소리를 내
며 울었다. 초련은 아기를 팽개치듯 내려놓았다. 아기는 옹알
이하듯이 기침을 했다. 오래 살 것 같지 않았다.

"언니 말이 맞아요. 뭐라도 해야지. 이대로 죽을 수는 없어
요."

나는 주머니에 손을 넣고 지폐를 만지작거렸다.

소희가 모기만 한 소리로 말했다.

"아이린 언니, 저 배고파요."

"그래. 우리 착한 소희. 배 많이 고프지?"

아이린은 소희의 머리를 쓰다듬었다.

"지금 같아서는 도둑질이라도 할 수 있을 것 같아요."

"초련이 너 지금 도둑질이라고 했어?"

"네. 못 할 것도 없잖아요."

다들 초련을 쳐다보았다.

"하리야, 마마가 차 키 아직 안 줬어?"

나는 고개를 끄덕였다.

"결심이 중요한 거 아니에요? 차 키야 거짓말해서 받아낼 수도 있잖아요."

"초련이 말이 맞아. 중요한 건 우리의 결심이지. 하리야, 오늘 무슨 요일이니?"

"금요일이요."

"고백의 시간 하는 날이네."

아이린은 지금 고백의 시간을 하자고 했다. 지난주에도 고백의 시간을 하지 못했다. 한가하게 정신적 고통이니, 상처니, 하는 소리가 입에서 나오지 않았다. 신라면 한 봉지에 영혼이라도 팔고 싶은 심정이었다. 영혼이 먹는 것이라면 진작 먹어치워버렸을 것이다.

"오늘은 내가 호스트를 할게. 규칙 같은 거, 개나 물어가라 해. 이제 그런 거 없어. 하리, 알겠니? 동의해."

"그거 하면 신라면 나와요?"

"나오지."

나는 신라면 한 봉지에 호스트 자리를 팔았다.

"아이린 언니 마음대로 하세요."

예나는 방문을 걸어 잠그고 대꾸도 하지 않았다. 어쩔 수 없었다. 예나를 빼고 고백의 시간이 시작되었다.

"오늘은 자신의 도둑질 경험을 고백해보도록 하겠습니다."

아이린이 첫 번째 고백자로 소희를 지목했다.

"여덟 살 때, 엄마 지갑에서 1000원을 훔치려다가 들켰어요. 짝꿍이 들고 있던 햄버거 모양 지우개가 갖고 싶었거든요. 엄마가 제 이야기를 듣더니 문방구에 있던 지우개를 종류별로 다 사줬어요. 애니메이션 캐릭터들, 콜라병, 오이, 케이크……. 한 30여 가지 됐어요."

"또?"

"끝이에요."

"그게 다야?"

소희는 그게 전부라고 했다. 그녀는 지우개 사건 이후로 절대 남의 물건은 탐하지 않았다고 했다.

"경험이 겨우 그 정돈데, 할 수 있겠어?"

"지금 마음으로는 감옥도 갈 수 있을 거 같아요. 거긴 콩밥을 주잖아요. 난방도 해주고요."

소희가 몸을 부르르 떨었다. 술을 마신 것처럼 코가 빨갰다.

"소희는 뭘 제일 먼저 훔치고 싶어?"

"전기장판이요. 마마가 깔고 있는 것과 똑같은 거요."

"그렇게 큰 걸 어떻게 훔쳐."

초련이 찬물을 끼얹었다.

"소희야, 걱정하지 마. 방석 크기도 있으니까."

아이린의 응원에 소희는 그제야 환하게 웃었다.

"좋았어. 그런 마음이라면 소희는 통과야. 다음은 초련 씨가 고백하겠습니다."

초련은 팔과 가슴을 스트레칭으로 풀고 목소리까지 가다 듬었다. 뭔가 대단한 일을 고백할 모양이었다.

"처음으로 훔친 물건은 풍선껌이었어요. 유치원 때요. 엄마가 아이스크림 사 먹으라고 돈을 주셨는데 풍선껌도 먹고 싶은 거예요. 풍선껌을 주머니에 넣었어요. 당당했죠. 숨기거나 눈치 보는 것도 없었어요. 아이스크림 계산하고 나오는 걸로 끝. 아파트 상가에 있는 구멍가게였는데 그날 이후로는 이상하게 잘 안 가게 되더라고요."

"초련이 너는 그럼 한 번 물건 훔친 슈퍼에는 두 번 다시 못 가겠네. 그건 문제가 있어."

"더 들어봐요. 그때가 마지막이 아니에요. 사춘기 접어들어서 볼펜이나 화이트 같은 문구류를 몇 번 더 훔쳐봤어요. 여기서 중요한 건 한 번도 들키지 않았다는 거예요."

"마지막 도둑질은 언젠데?"

"중학교 3학년 때요. 그때 반에서 회장이었거든요. 부회장이 거둬놓은 졸업 앨범비를 훔쳤어요."

"이거 완전 나쁜 년이었네. 친구 돈을 훔치냐. 그것도 같이 임원을 하면서."

아이린이 초련에게 삿대질하며 욕을 했다.

"다시 돌려줬어요. 맘고생 며칠 시키다가 원래 있던 자리에 다시 갖다 놨다고요. 사실은 중간고사에서 그 애한테 1등을 뺏겨서 화가 나서 그런 거예요. 1등 못 하면 핸드폰 압수당하고, 용돈은 끊기고, 방문 열어놓고 공부해야 한단 말이에요."

"아무리 화가 나도 그렇지. 그건 아니다, 초련아. 우린 도둑
년하고는 같이 못 살아."

"걱정 마요. 여기선 절대 안 훔쳐요."

"걱정되는데."

"언니는 도둑맞을 게 아직 남았나 봐요. 하리한테 탈탈 털
린 거 아니었어요?"

"남긴 뭐가 남아. 다 털렸지. 다 털렸어. 하리한테."

아이린은 그날의 일이 다시 떠오르는지 얼굴이 일그러졌
다.

"다음은 하리. 우리 하리의 활약이 얼마나 대단했는지 한
번 들어볼까."

이번만큼은 솔직하게 고백해야겠다는 생각을 아까부터 하
고 있었다. 노숙 생활을 하면서 허기를 채우려고 훔쳤던 빵,
초콜릿, 과자 부스러기, 귤 하나, 이런 게 떠올랐다.

"임신을 해서 집을 나왔거든요. 어릴 때부터 모았던 용돈
하고 돌 때 선물 받은 금반지랑 금팔찌까지 챙겨 나와서 출
산할 때까지는 대충 버틸 줄 알았어요. 근데 생각이랑 다르게
밖에서 씀씀이가 헤프더라고요. 금반지를 팔려고 금은방에
갔는데 신분증이 있어야 팔 수 있다는 거예요. 저한테 신분증
이 있을 리 없잖아요."

"열여덟이면 주민등록증 나오지 않아?"

"그게⋯⋯, 집에서 안 들고 나왔어요. 필요할 줄 모르고요."

"신분증은 그렇다 치고. 그래서?"

"금반지도 못 팔고, 주머니에 돈은 한 푼도 없고. 며칠을 굶었는지 모르겠어요."

"그래서 도둑질했어?"

"아뇨. 그땐 도둑질 같은 건 상상도 못 했어요."

"하리야, 가출 이야기 말고 도둑질 이야기를 해."

아이린이 보채니까 딱 말하기 싫어졌다.

한때 아빠라고 불렀던 그를 우연히 만났다. 외부인의 출입이 비교적 자유로운 아파트 단지 내의 놀이터에 들어갔다가 그네를 밀고 있는 그를 본 것이다. 그네에 앉아 있는 대여섯 살쯤 되어 보이는 여자아이가 그를 아빠라고 불렀다. 그는 내가 더러운 병균이라도 되는 것처럼 딸 옆에 가까이 가지 못하게 막아섰다. 나는 벤치에 놓여 있던 그의 외투에서 지갑을 빼냈다. 지갑에는 얼마 안 되는 현금과 가족사진이 들어 있었다. 가족사진 속에서 환하게 웃고 있는 남자가 못 견디게 미웠다. 돈만 빼내고 지갑은 화장실 변기 속에 버렸다.

"할인 매장에서 양주 훔쳐봤어요. 애플스토어에서 아이패드도 훔쳐봤고요. 노숙하면 옷 못 빨아 입잖아요. 필요할 때마다 옷가게 들어가서 슬쩍하는 거죠."

나는 되는대로 떠벌렸다.

"옷처럼 부피가 있는 걸 어떻게 훔쳐."

"외투처럼 두꺼운 거 말고는 다 가능해요. 겹쳐 입고 나와도 되고 겨드랑이 같은 데 끼고 나오기도 하고요."

"하리 진짜 대단한데. 그럼 우리는 너만 믿어."

아이린은 내가 자신들의 구세주라며 추켜세웠다.

마마는 차 열쇠를 내주지 않았다. 말로는 기름이 부족해서라고 하지만 내가 도망갈까 봐 두려운 것이다. 소희가 가지고 있던 금붙이를 팔기 위해 다 같이 나가는 거라고 하니, 그 말은 믿어주었다.

운전은 내가 했다. 여자들은 눈길 운전을 잘한다는 이유로 면허증이 없는 내게 운전을 맡겼다. 나는 눈길에서 운전을 배웠다고 해도 과장이 아니었다. 여자들은 묘하게 들떠 있었다. 말이 많아졌고 터무니없는 농담에도 과장되게 웃었다. 아기는 초련의 품에서 조용히 잠들어 있었다. 배가 고파서 울다 지쳐 잠든 것이다. 무슨 수를 쓰든 분유는 꼭 훔쳐야 했다.

아이린이 재밌는 이야기를 해달라고 했다. 알고 보니 희곡을 낭독해달라는 거였다.

"어떤 거요?"

"웃긴 거."

"난 로맨스."

"깊이가 좀 있었으면 좋겠어."

마마가 모아놓은 희곡 중에 이탈리아 극작가인 다리오 포가 쓴 〈안 내놔? 못 내놔!〉라는 작품이 좋을 듯했다. 일단 풍자와 재미가 있는 코미디인 데다 부정부패, 빈부격차, 물가 폭등이라는 사회문제가 배경으로 깔리고, 부부가 사랑을 확

최초의 도둑질 ···· 223

인하는 장면도 나오는 그야말로 쉼터의 여자들이 원하는 맞춤 희곡이었다. 희곡에는 하루아침에 만삭이 된 여자들이 등장한다. 살인적인 물가 폭등을 견디지 못한 여자들이 의도치 않게 식료품을 털게 된다. 여자들은 훔친 물건을 배에 잔뜩 넣어뒀는데, 그 모습이 꼭 임신한 여자 같았다. 나는 희곡 속의 그녀들처럼 훔친 물건을 배에 숨기고 임산부를 흉내 내게 될 것이다.

나는 무대에 선 배우처럼 최선을 다해 희곡을 낭독했다. 내가 낭독하는 희곡을 듣고 웃고, 우는 여자들을 보며 묘한 카타르시스를 느꼈다. 진짜 무대에 서면 얼마나 멋질까? 혼자 상상하며 슬며시 미소를 짓기도 했다. 스타렉스 안이 왁자지껄했다. 도둑질하러 가는 게 아니라 볕 좋은 봄날 소풍을 가는 것 같았다. 여자들은 읍내에서 가장 큰 마트에 도착할 때까지 쉴 새 없이 웃고 떠들었다.

마트 앞에 스타렉스를 주차했다. 여자들의 얼굴에서 웃음기가 사라졌다. 차 안이 조용해졌다. 아무도 말을 하지 않았다. 여자들은 흩어져서 마트에 들어가기로 했다. 나는 마트로 걸어 들어가는 여자들의 뒷모습을 가만히 지켜보았다. 무대에 처음 선 애송이 배우같이 걸음걸이가 어색했다.

나는 허둥댔고 우왕좌왕했으며 반쯤 정신이 나간 상태로 마트 안을 헤집고 다녔다. 긴장해서 과호흡이 오는 바람에 정신이 몽롱해졌다. 몸이 마음대로 움직여지지 않았다. 이것저

하리

것 다 훔칠 수 있을 것만 같았는데 아니었다. 그동안 훔쳤던 물건은 그리 대단하지 않은 것들이었다. 초콜릿이나 껌, 빵한 봉지 같은 건 종업원이 한눈을 팔 때 쉽게 훔칠 수 있었다. 마트에는 소포장된 물건이 없다시피 했다. 부피가 큰 물건을 훔치는 건 힘든 일이었다. 마트 안이 사우나실이라도 되는 것처럼 땀을 흘렸다. 나는 겨우 초코파이 한 상자를 옷 속에 감추고 마트를 나왔다.

여자들이 한 명씩 스타렉스에 올라탔다. 초련은 분유 세 통으로 만삭의 몸매를 완성했다. 아이린은 참치, 옥수수, 복숭아 등 통조림을 잔뜩 넣고 나왔다. 소희는 볼펜과 지우개 같은 문구제품을 꺼냈다.

"소희야, 스테이플러 심은 뭐 하러 훔쳤니. 먹으려고?"

아이린이 소희를 놀렸다.

"초콜릿인 줄 알았어요."

소희는 파랗게 질려서 손을 떨었다. 아이린이 충분히 잘했다고 소희를 다독여주었다.

"하리 너는 뭐냐. 겨우 초코파이 한 상자. 허언증 있니?"

"아이린 언니, 하리 쟤가 보기보다 새가슴이에요."

"오우, 초련, 다시 봤어. 진짜 대단한데."

"뭘 이 정도 가지고 그래요."

나는 여자들이 놀리든 말든 상관하지 않고 초코파이를 씹었다.

"한 번 더 하죠."

초코파이를 다 먹은 초련이 입맛을 다시며 말했다. 여자들은 입에 묻은 초콜릿을 닦으며 좋다고 했다. 여자들은 처음으로 나쁜 짓에 눈뜨기 시작한 사춘기 소녀들처럼 열기에 들떠서 구멍가게에 들어갔다. 노인이 방에 앉아서 텔레비전을 보고 있었다. 노인은 여자들에게 관심이 없었다. 드라마에 한참 빠져 있었다. 아이린이 노인에게 다가가 드라마의 내용을 물었다. 아이린은 물건을 훔칠 생각은 않고 노인과 드라마 얘기를 본격적으로 나누기 시작했다. 초련이 눈짓으로 이때 훔치라는 지시를 내렸다. 초련은 순식간에 만삭이 되었다. 나는 처음처럼 떨지 않고 물건을 배 속에 집어넣었다. 이번에는 소희도 꽤 많은 물건을 훔쳤다. 소희를 내보낸 초련이 나보고 먼저 나가 있으라고 했다. 초련은 아이린한테 찾는 물건이 없는 것 같다고 했다. 나는 급하게 가게를 빠져나왔다. 아이린이 노인과 인사를 나누는 소리가 등 뒤에서 들려왔다.

아이린과 초련은 도둑질할 때만큼은 환상의 복식조였다. 그들은 말을 하지 않고도 눈짓만으로 통했다. 마트가 가장 혼잡한 저녁 시간이 도둑질하기 좋았다. 물건을 쉽게 더 많이 수납하기 위해서 임부복 안에 주머니를 달았다. 여자들은 빠른 속도로 원하는 물건을 훔치는 기술을 배워나갔다. 소희는 방석 크기의 전기장판을 훔치는 데 성공했다. 물건을 훔치는 횟수가 많아지면서 대형 상점보다는 규모가 작은 슈퍼가 물건을 훔치기에 좋다는 것을 배웠다. 어떤 일이든 하면 느는

하리

법이다. 도둑질은 우리의 직업이 되었다. 훔친 물건을 관리하는 방법도 바뀌었다. 처음에는 훔친 먹거리를 같이 나눠 먹었는데 언젠가부터 훔친 물건에 소유권이 생겨났다. 자연스럽게 많이 훔친 사람은 많이 먹고, 적게 훔친 사람은 적게 먹었다. 마마가 먹는 음식은 일정량을 각출했다. 훔친 물건 중 일부를 되팔아 생긴 돈으로 스타렉스에 기름을 넣었다.

쓰레기통의 영아 시체

예나가 사라졌다. 방에서 꼼짝을 않는 것을 이상하게 여긴 소희가 방문을 따고 들어가서 알게 된 사실이었다. 예나가 정확하게 언제 집을 나갔는지 아는 사람은 없었다. 우리는 도둑질하러 다니느라 늘 바빴다. 마마는 식사를 챙기고 화장실을 데리고 가며 돌봤지만 예나에게 관심을 갖는 사람은 없었다. 그나마 소희가 가끔 방문을 두드리고 말을 붙였다. 예나를 언제 마지막으로 봤는지 기억나지 않았다. 어제였는지, 그제였는지, 어쩌면 지난주였는지 모르겠다.

초련이 괴성을 지르며 뒷걸음질 쳤다. 쓰레기통에서 피 묻은 수건, 옷가지와 함께 탯줄을 목에 감은 영아 시체가 나왔다. 나는 너무 놀라서 말이 안 나왔다. 아이린이 이불을 뒤집

하리

었다. 요는 피범벅이었다. 초련이 말했다.

"피가 딱딱하게 말랐어요. 시간이 꽤 지났나 봐요."

갑자기 아그네스의 대사가 튀어나왔다.

"탯줄을 아기 목에 감았어요, 피 묻은 시트로 쌌어요, 그리고 쓰레기통에 쑤셔 넣었어요."[5]

"예나가 아기를 죽인 거지?"

"아이린 언니 말이 맞는 거 같아요. 탯줄이 아기 목에 걸려 있잖아요."

초련의 말을 들은 소희는 울음을 터뜨렸다. 소희가 울먹이며 물었다.

"하리가 한 말이 연극 대사지? 그래서 어떻게 됐어?"

나는 낭독을 계속했다.

"미리암 원장 수녀는 아그네스를 법원의 처분에 내맡겼고 아그네스는 병원으로 보내졌답니다……. 거기서 아그네스는 노래를 멈췄어요……. 먹는 것도……. 그리고 거기서 죽었죠. 왜죠? 왜 어린아이가 성적으로 학대를 당하고, 아기가 죽임을 당하고, 마음은 파괴될까요?"[6]

"아그네스는 죽는구나."

소희는 한없이 슬퍼 보였다.

"예나는 도대체 왜 이런 걸까?"

아이린이 우리에게 물었다.

---

5   존 필미어, 《신의 아그네스》, 홍서희, 한울, 2020, 126쪽.
6   같은 책, 129쪽.

"나 때문 아니겠어요?"

초련은 예나가 자신을 보고 이런 결정을 내렸다고 믿었다. 예나는 초련이 갈등하고 고통스러워하는 것을 곁에서 지켜봤다. 아기를 입양시킨다고 좋아하며 나갔던 초련이 빈손으로 기가 죽어서 돌아온 것을 보고 예나는 이런 끔찍한 생각을 했는지도 모른다. 그때 내가 10대 미혼모가 낳은 아기는 입양 시장에서 선호하지 않는다고 말하지 않았다면 어땠을까. 원장을 통해서 입양을 보냈던 때보다 더 많은 돈을 챙길 수 있다고 말했더라면 달라졌을까.

아이린이 말했다.

"예나 돈 없잖아. 버스표는 어떻게 사."

고백의 시간에 예나는 가진 돈을 전부 뺏겼다. 출산 직후 성하지 않은 몸으로 어찌어찌해서 터미널까지 갔다 하더라도 버스표를 사지 못하면 떠날 수 없다. 예나는 멀리 가지 못했을 것이다. 나는 차 열쇠를 집어 들었다. 소희가 내 손을 잡더니 고개를 저었다.

"가봐야 없을 거야."

나는 귀를 의심했다. 아이린이나 초련이 이런 말을 했다면 이렇게까지 놀라지는 않았을 것이다. 소희는 예나를 찾으러 가자고 먼저 나서는 게 어울렸다.

"아직 터미널에 있을 거예요."

"떠났을 거야."

소희는 뭔가를 아는 눈치였다.

"소희 언니, 뭐 아는 거 있죠? 말해봐요."

나는 소희를 몰아붙였다.

"아는 거 있으면 말 좀 해봐. 궁금해 죽겠어."

아이린과 초련이 가세했다. 소희는 어렵게 말을 꺼냈다.

"하리야, 미안해. 아이린 언니 그리고 초련 씨한테도 미안해요."

"무슨 소리야. 소희 니가 왜 미안해."

"사실은…… 캐리어 바닥에 비상금을 숨겨뒀는데 그게 없어졌어요."

소희는 5만 원권 스무 장을 몰래 숨겨놓았다. 감쪽같이 우리 모두를 속인 것이다. 충격이 아닐 수 없었다. 소희는 거짓말을 못하는 사람이라고 믿었다. 고백의 시간에 어색하게 거짓말을 할 때면 듣는 사람까지 어색해서 몸을 뒤틀었다. 그거 거짓말이죠? 하고 물으면 당장 응, 이라고 대답할 것 같았다.

아이린과 초련의 태도도 이상했다. 소희를 몰아붙이거나 뭔가를 더 캐물을 만도 한데 지나치게 조용했다. 초련이 혼잣말로 설마, 라고 하더니 급하게 방으로 들어갔다. 아이린은 현관으로 갔다. 그제야 나도 눈치를 채고 아이린을 뒤쫓아 갔다. 아이린은 신발 깔창 밑을 뒤졌다. 지폐를 싸놓았던 것으로 추정되는 신문지만 나왔다. 초련은 외투의 안감을 잡아 뜯었다. 예나는 초련이 외투 안감 속에 비상금을 숨겨둔 사실을 어떻게 알았을까. 아이린은 50만 원을 잃어버렸다고 했다. 초련은 끝까지 비상금 액수를 알려주지 않았지만, 아이린보

다 큰 액수인 것만은 분명했다. 세 여자가 들고 있던 비상금
이면 죽어라 하고 도둑질할 필요가 없었다. 아껴서 쓰면 겨울
을 지낼 수 있는 돈이었다.

"더 없어요? 있는 대로 다 내놔요."

나는 악을 썼다.

"정말 없어."

"진짜야."

나는 소희를 잡아 흔들며 퍼부었다.

"소희 언니가 젤 나빠요. 언니가 이럴 줄은 정말 몰랐어요."

"그래. 다른 사람은 몰라도 소희 네가 그럴 줄 몰랐다."

"충격이네요. 분유 떨어져서 발 동동거리는 나를 보고도
그랬어요?"

"두 사람은 입 닫아요."

아이린과 초련은 조용해졌다. 소희는 미안하다는 말을 반
복하며 울고 있었다.

"정말 없어요?"

나는 소희를 달랬다. 소희는 진짜 없다고, 그 돈이 마지막
이었다고, 믿어달라고 사정했다.

"통장들 내놔요."

"내가 통장이 어디 있어. 신불잔데."

"하리 너도 참 답답해. 통장에 돈이 있었으면 진작 애 데리
고 나갔지. 여기 왜 남아 있었겠어."

"소희 언니는요?"

다른 사람은 몰라도 소희는 잔액이 **빵빵**한 통장이 있을 것 같았다.

"미안해. 없어."

거짓말일 것이다. 아이린이나 초련보다 더 못 믿을 사람이 소희였다.

"진짜야. 믿어줘, 하리야. 아이린 언니는 내 말 믿죠?"

"소희야, 언니가 좋은 말로 할 때 통장 내놔. 소희는 초련이랑 다르게 착한 애잖아. 그렇지? 우리 소희 착하지. 통장 가져와. 소희 너 계속 이럴 거야? 우리 다 굶어 죽어도 좋아? 아기 죽으면 그거 다 네 책임이야. 네가 죽인 거라고."

"소희 언니, 좋은 말로 할 때 그냥 주세요. 뒤지면 다 나오게 돼 있어요. 아기랑 같이 굶어 죽을 수는 없잖아요."

아이린과 초련은 나보다 더 적극적으로 소희를 몰아붙였다. 나는 뒤로 물러났다. 소희는 우물거리며 없어요, 라는 말만 반복했다. 소희의 말을 믿는 사람은 아무도 없었다. 아이린이 소희의 캐리어를 끌고 나와 뒤지기 시작했다. 초련까지 합세했다. 통장을 숨겨놓았을 만한 부분은 전부 커터 칼로 난도질했다. 옷이란 옷은 모두 갈기갈기 찢겼다. 소희는 나를 잡고 사정했다.

"하리야, 정말이야. 통장 같은 건 없어. 통장을 쓰면 흔적이 남잖아. 남편이 늘 밀렸거든. 돈 쓴 흔적을 남기면 안 된다고. 돈은 어디서 흘러 들어와서 어디로 나가는지 쥐도 새도 모르게 해야 한다고 귀에 딱지가 앉도록 잔소리를 했어. 안 그러면 다 같이 죽는대. 수사가 그렇게 급박하게 들어오지만 않았어도 돈을 더 챙겨 나올 수 있었는데, 미안해. 내가 돈 많이 못 가지고 나와서 정말 미안해. 내가 친정에 전세자금으로 해준 돈 때문에 꼬투리가 잡힌 거라 남편은 날 죽이겠다고 덤벼들었어. 남편이 너무 무서웠어. 그대로 있었으면 분명 죽었을 거야. 급하게 도망치느라 돈을 그것밖에 못 챙겼어. 통장 같은 건 처음부터 없었어. 하리야, 믿어줘. 진짜야."

　나는 소희의 말이 사실이라는 것을 알았지만 아이린과 초련을 말리지 않았다. 비상금이라는 마지막 동아줄을 놓쳐버린 두 여자는 이성을 상실하고 날뛰었다. 브래지어 패드를 난도질할 때 봤더니 눈에 살기가 가득했다. 소희는 거실 한구석에 쭈그리고 앉아 초련의 아기처럼 지지직 소리를 내며 울었다.

3부
———

다
시
봄

설탕차와 벤자민 샐러드

예나가 머물던 방은 단단히 잠겨 있었다. 방문을 잠근 뒤 열쇠를 창밖으로 던져버렸고, 문틈마다 테이프를 꼼꼼히 붙여서 이제는 공기조차 드나들 수 없게 되었다. 그럼에도 불구하고 방문으로 시선이 가는 것까지는 어쩔 수 없었다. 어떤 날은 넋을 놓고 몇 시간이고 방문을 쳐다보았다. 이제는 떠나야 할 시간이었다.

여자들은 거실에 모이지 않았다. 각자의 방법으로 추위를 이겨내고 있는 중이었다. 초련은 요를 층층이 쌓아 바닥에서 올라오는 한기를 막았고, 소희는 전기매트를 종일 안고 있었으며, 아이린은 옷을 겹겹이 껴입었다. 아기는 벗어놓은 스웨터처럼 초련이 만들어놓은 이불더미 속에 방치되었다. 옹알이 같은 기침을 하고, 누런 콧물을 쉼 없이 흘리면서도 아직 살아 있었다. 아기는 삐쩍 말라서 얼핏 보면 미라 같았다. 나는 그 모습이 끔찍해서 아기 쪽으로는 눈길도 보내지 않았다.

사건이 있고 난 뒤로 여자들은 도둑질하러 가자는 말을 꺼내지 않았다. 얼마 지나지 않아 먹을 것이 바닥났다. 먹을 게 남아 있는 사람은 초련뿐이었다. 결국 아이린이 도둑질을 나가자고 해서 초련만 빼고 다 같이 읍내로 갔다. 물건을 훔치는 듯한 포즈를 취하고 있는 임산부의 사진이 입구마다 붙어서 슈퍼 안에 들어가보지도 못하고 도둑질을 접어야 했다. CCTV 화면을 캡처한 사진이라 화질이 흐릿했지만 나는 금방 내 얼굴을 찾아낼 수 있었다. 읍내는 작았고, 생각보다 슈퍼가 많지 않았다. 자동차 기름만 허비하고 빈손으로 돌아왔다. 추운데 계속 돌아다녔더니 배만 더 고파졌다.

마마는 거동을 못하고 누워만 지내더니 근육이 다 빠져나가고 뼈만 남았다. 나는 웬만해서는 마마 곁에 가지 않았다. 초련의 아기를 가까이하지 않는 것과 같은 이유였다. 마마는 수시로 나를 불렀는데 대부분이 별일 아닌 이유였다. 몇 시고? 점심 묵었나? 여자들은 뭐 하고 있노? 니는 뭐 했는데? 마마가 불러도 못 들은 척하는 일이 많아졌다.

밤에 마마가 부르는 소리를 듣고 잠에서 깼다. 거실에서 혼자 자고 있던 나는 비몽사몽간에 마마의 방에 들어갔다.

"왜? 무슨 일이야?"

"네가 아직 거 있나 싶어가. 가뿌고 없을까 싶어가 불렀다."

마마가 내 손을 덥석 잡았다. 손을 뿌리치고 싶은데, 마마의 악력이 너무 세서 빠지지 않았다.

"하리, 내 딸 할래?"

"웬 헛소리."

"내 딸 해라. 내는 항상 니 같은 딸이 있었으면 했다. 하리야, 내캉 이래 오순도순 오래오래 같이 살자. 알겠제?"

마마의 손이 거머리같이 징그러워서 뿌리치고 도망쳐 나왔다. 마마는 여자들이 깨도록 새벽 내내 내 이름을 불렀다. 나는 이불 속에 숨어서 귀를 막고 희곡을 읽었다. 여자들의 해피엔딩이 사회로 돌아가는 것이라면 마마의 해피엔딩은 빨리 죽는 것이다. 나는 이 모든 끔찍한 기억이 사라지길 바랐다. 기억이 사라지면 과거도 사라지는 것이다.

춥고 배가 고파서 잠이 안 왔다. 주방 쪽에서 쪽쪽거리는 소리가 들렸다. 나는 이불 밖으로 얼굴을 내밀었다. 창문으로 들어오는 달빛에 검은 형체가 비쳤다. 검은 형체가 가스레인지 옆에 웅크리고 앉아서 뭔가를 하고 있었다. 나는 겨우 몸을 일으켜 덮고 있던 이불을 망토처럼 둘러쓰고 주방으로 갔다. 소희는 혼자 앉아서 누가 오는지도 모르고 손가락을 빠는 데 열중하고 있었다.

"뭐 해요?"

"어?"

소희는 놀라서 들고 있던 양념 통을 바닥에 쏟았다. 소희는 알아듣기 힘든 작은 목소리로 중얼거리면서 쏟은 것을 쓸어 모았다. 나는 양념 통에 손을 넣어 남아 있는 것을 찍어 먹었다. 설탕이었다. 소희는 바닥에 고개를 처박고 쓸어 모은 설탕을 핥았다.

"더럽게 뭐 하는 짓이에요?"

"조용히 해. 아이린 언니 깨면 다 뺏긴단 말이야."

소희는 누가 쫓아오는 것처럼 급하게 움직였다. 단 한 알의 설탕도 놓치지 않겠다는 집요함도 있었다. 나는 비위가 상했지만, 설탕이 맛있었기 때문에 양념 통에 남아 있던 설탕을 입에 털어 넣었다. 설탕은 봉지에 반이나 남아 있었다. 소희와 나는 설탕을 반으로 나눴다.

"하리야, 언니가 설탕차 타줄까? 엄청 맛있어."

소희는 아이린이 잠든 방을 의식하면서 조용히 말했다. 초련은 아직 먹을 게 남아 있었기 때문에 크게 신경 쓸 필요가 없었다. 소희는 최대한 소리가 나지 않게 가스레인지에 불을 켰다. 뜨거운 물에 자기 몫의 설탕을 한 숟가락 넣어 녹였다. 소희와 나는 어둠 속에서 설탕차를 나눠 마셨다. 얼어붙은 피가 녹는 듯 온몸이 따뜻했다. 게다가 엄청나게 달았다.

"하리야, 깨 먹을래? 엄청나게 고소해."

소희가 깨가 든 양념 통을 꺼냈다. 소희는 통깨를 한 숟가락 덜어서 손바닥에 놓고 조금씩 집어 먹었다. 나는 소희가 하는 대로 따라 했다. 통깨에서 견과류 맛이 났다. 통깨가 입안에서 톡톡 튀는 것도 재밌었다.

"뭐 더 먹을 거 없어요?"

"있지. 고춧가루 국을 팔팔 끓여서 먹으면 맛나. 칼칼해서 김치찌개를 먹는 기분이야."

"어떻게 만들어요. 재료가 없잖아요."

"물을 팔팔 끓인 다음에 간장이랑 소금이랑 고춧가루를 넣고 한소끔 더 끓이면 돼. 쉽지? 요리 젬병인 나도 만들 수 있어."

고춧가루 국이 아무리 맛있어도 설탕차보다 맛있을 것 같지 않았다. 설탕차를 다 마시고 뒷정리를 마친 다음에 이불에 누웠다. 몸이 따뜻해져서 금방 잠이 왔다. 나는 오랜만에 꿈도 꾸지 않고 깊은 잠을 잤다.

소희는 냉장고를 하루에도 수십 번씩 열었다 닫았다. 냉장고에는 고추장, 된장, 간장, 마늘이 있을 뿐이었다. 배고파, 라는 소리를 입에 달고 살았다. 소희의 엄지손가락은 냉동 해삼을 양잿물에 담가놓은 것처럼 퉁퉁 불었다. 온종일 빨았기 때문이다. 소희가 배고파, 라고 앓는 소리를 낼 때마다 참기 힘든 허기가 찾아왔다. 나는 여자들의 눈을 피해서 몰래 숨겨둔 초콜릿을 꺼내 먹었다. 마마가 멍한 눈으로 나를 쳐다보았다. 혼자 먹는다고 원망하는 것처럼 보이기도 했다. 나는 그 눈이 거슬려서 뭔가를 몰래 먹을 때는 마마의 얼굴을 수건으로 덮어놓았다.

아이린은 먹을 것을 찾아서 거실을 어슬렁거렸다. 먹을 것을 가지고 있는 사람은 초련뿐이었다. 초련은 배고픈 하이에나들로부터 분유와 과자를 지키기 위해 싸우는 전사가 되었다. 우산을 곁에 두고 있다가 아이린이나 소희가 다가오면 우산 끝으로 위협했다.

소희는 구강기 아기처럼 베개를 물고 씹었다. 소파를 물고 맛을 봤다. 닥치는 대로 입에 가져갔는데 못 먹는 건 아무 데나 뱉어냈다. 초련은 왜 거실에 침을 뱉느냐고 소리를 질렀다. 나는 기억의 창고 노트를 한 장 찢어서 소희에게 주었다.

"맛있게 드시는 분이 있더라고요."

소희는 종이를 입에 넣고 우물거렸다.

"어때요. 맛있어요?"

"맛없어."

소희는 종이를 뱉어냈다.

며칠 전부터 아이린은 창가에 놓인 킹벤자민 화분 앞을 떠나지 않았다. 킹벤자민 화분을 가만히 보던 아이린이 누구에게랄 것 없이 물었다.

"이거 먹으면 죽을까? 사실 우리가 먹는 나물이 따지고 보면 풀이잖아. 먹을 수 있을 거 같아."

아이린은 잎을 한 장 따서 입에 넣더니 풀을 뜯는 염소처럼 어금니를 크게 움직이며 씹었다. 있는 대로 인상을 쓰는 것을 보면 맛은 없는 듯했다. 아이린의 얼굴이 조금씩 펴졌다. 먹을 만했는지 잎을 세 장이나 입에 넣었다.

"치커리랑 셀러리 줄기를 같이 먹는 기분이야. 괜찮아. 하리도 먹어봐."

아이린이 킹벤자민 잎을 한 장 떼어 주었다. 화초 잎을 사람이 먹어도 되는 것일까. 알 수 없었다.

"괜찮아. 꼭꼭 씹어."

"싫어요."

나는 고개를 잘래잘래 흔들었다. 아이린은 바구니에 잎을 따 담았다. 금세 바구니 가득 킹벤자민 잎이 수북이 쌓였다. 킹벤자민은 잎을 모두 잃고 앙상한 가지만 남았다. 아이린은 흐르는 물에 잎을 깨끗하게 씻었다. 물기를 충분히 뺀 다음 간장, 식초, 올리브유를 넣은 드레싱을 듬뿍 뿌렸다. 아이린은 킹벤자민 샐러드를 점심으로 맛있게 먹었다. 저녁에는 살짝 데친 킹벤자민 잎에 양념을 넣고 무쳤다. 아이린은 나물로 먹는 것보다 샐러드로 먹는 게 낫다고 말했다.

나는 포도향이 나는 젤리를 오물오물 씹었다. 도둑질하러 다닐 때 여자들이 마마의 몫으로 챙겨 준 음식이었다. 나는 뭐가 됐든 마마와 나누어 먹을 생각이 없었다. 최소한의 양만 먹어서 항상 배가 고팠다. 언제 다시 먹을 것을 구할 수 있을지 몰라 늘 불안에 시달렸다.

"뭐 묵노?"

"먹을 게 있어야 먹지."

"맛있는 냄새 나는데."

"냄새 안 나. 마마가 상상한 거야. 진짜 냄새가 아니고."

보리차를 숟가락으로 떠서 마마의 입에 넣어주었다. 마마
는 숟가락을 씹어 먹을 듯이 물고 놓지 않았다. 설탕이 떨어
지기 전에는 설탕물을 먹였다.

"화장실 안 가고 싶어?"

마마는 고개를 끄덕였다.

"똥 안 마려워?"

마마는 고개를 흔들 힘도 없는지 눈을 껌뻑였다. 먹는 게
없어서 그런지 마마는 대변을 보지 않았다. 소변도 하루에 두
번만 봤다. 아침에 한 번, 밤에 한 번.

"하리야, 뭐가 이래 먹을 게 많노. 이거 다 내가 묵어도 되
나?"

마마는 꿈을 꾸는지 헛것이 보이는지 헛소리를 했다. 이
러다 마마가 죽는 건 아닌가 싶어 걱정이 되었다. 분장 도구
가 들어 있는 박스를 뒤져서 3분의 1 정도 남은 카스텔라 빵
을 꺼내 왔다. 빵 끄트머리에 거무스름한 곰팡이가 피어 있었
다. 곰팡이가 핀 부분을 조금씩 떼어내서 마마의 입에 넣어주
었다. 마마는 빵을 살살 녹여 먹었다. 빵을 다 먹은 마마가 더
먹고 싶은지 입맛을 다셨다. 나는 남아 있는 깨끗한 빵을 한
입에 털어 넣었다. 달콤한 맛이 입 안 가득 퍼졌다. 침이 마구
쏟아졌다. 나른하게 몸에서 힘이 빠져나갔다. 더 먹고 싶다.
내 머릿속은 그 생각뿐이었다. 마마의 입 속으로 사라진 얼마
안 되는 빵이 아까워서 견딜 수 없었다.

백설의 탄생

"누구야!"

초련이 파르르 떨었다. 누군가 아기가 먹을 분유에 손을 댔다는 것이었다. 분명히 엎어놓았던 분유 숟가락이 뒤집혀 있는 것이 증거라며 목청을 높였다.

"아이린 언니죠. 괜히 찔리니까 지금 아픈 척하는 거잖아요. 일어나요. 일어나서 앉아보라고요."

아이린은 어제부터 몸이 좋지 않아 꼼짝도 못 하고 누워 있었다. 소희는 벌써 사흘이나 굶은 상태라 기운이 전혀 없었다. 초련만 기운이 팔팔했다. 초련은 힘이 남아도는 복싱선수처럼 아이린에게 덤벼들었다.

"이게 어떤 분유인데, 아기한테는 생명 줄 같은 건데, 그걸 훔쳐 먹는 게 사람이에요?"

"그만하세요. 아프다잖아요."

"너니? 하리, 너야?"

초련은 눈을 부라리고 소리를 질렀다. 오랫동안 빗지 않아 사자 갈기처럼 엉킨 머리카락과 영양부족으로 인해 허연 버짐이 핀 초련의 얼굴이 괴기스러웠다.

"초련아, 나…… 분유 한 숟가락만 줘."

전기매트를 허리에 두른 소희가 침을 삼켰다. 전깃줄이 꼬리처럼 엉덩이 아래로 길게 늘어졌다. 초련은 소희가 분유를 강탈하기라도 할 것처럼 분유통을 껴안고 소리를 질렀다.

"안 돼요. 아기 먹일 것도 부족해요."

초련은 소희가 가까이 오지 못하게 우산으로 소희의 허벅지를 찔렀다. 소희는 가만히 이부자리로 갔다.

"아기가 분유 먹는 거 맞아요?"

참다못한 내가 끼어들었다. 이불 속에 숨어서 야금야금 분유를 먹는 사람은 초련이었다. 화장실을 갈 때도 분유통을 들고 가는데 누가 분유를 훔쳐 먹을 수 있을까.

"분유를 애가 먹지 그럼 누가 먹어?"

"분유 먹는 아기 얼굴이 저래요? 기저귀는 언제 갈아줬어요? 이럴 거면 왜 양부모한테 안 보낸 건데요? 언니도 눈이 있으면 봐요. 아기 몰골이 어떤지."

초련은 빈 벽에 눈길을 두고 손거스러미를 물어뜯었다. 생살이 떨어져 나가면서 손톱 뿌리에서 배어난 피가 허옇게 각질이 일어난 입술에 묻어났다.

"하리야."

초련이 다급하게 불렀다.

"우리 도둑질하러 가자. 그럼 되잖아. 먹을 것만 있으면 우리 다시 행복해질 수 있잖아."

내가 알던 얄밉지만, 이성적이던 초련이 아니었다.

"내가 훔쳐서 나눠 줄게. 너는 새가슴이라서 많이 훔치지도 못하잖아. 맨날 이불 뒤집어쓰고 글만 쓰면 밥이 나와 빵이 나와. 나랑 같이 도둑질 가자."

아이린이 고통에 찬 목소리로 말했다.

"우리 모두 여기서 죽을 거야."

"초련아, 분유 한 숟가락만 줘."

어느새 초련의 이부자리까지 굴러온 소희가 말했다.

"분유 한 숟가락 주면 전기장판 줄래요?"

소희는 전기장판을 허리에서 풀고 입을 벌렸다. 하마처럼 크고 깊고 검은 목구멍이 드러났다.

"우리 다 죽을 거야."

아이린이 절규했다. 정신이 번쩍 들었다. 더 늦기 전에 떠나야 한다. 이대로 있다가는 모두 미쳐버리고 말 것이다.

"그만. 다들 그만해요. 당장 여기서 나가요. 간단하게 옷가지만 챙겨서 떠나자고요. 터미널에 가서 구걸을 하든, 면사무소에 가서 복지 담당자를 만나든 해요."

소희는 분유를 받아먹고 행복한 표정이 되어 이불 위에서

뒹굴었다. 초련은 전기장판을 허리에 두르고 좋아했다.

"뭐 해요. 짐 안 챙기고."

"하리야."

아이린이 쥐어짜는 목소리로 불렀다. 나는 뭔가 심상찮은 기운을 느꼈다.

"우리 다 죽을 거야. 그치?"

"아무도 안 죽어요. 피켓을 들고 면사무소로 가요. 우리를 죽게 내버려두지 않을 거예요."

"아니야. 우린 다 죽을 거야."

"언니답지 않게 왜 그래요. 네?"

아이린이 이불을 들추어 하반신을 보여주었다. 옷과 이불이 피로 흠뻑 젖어 있었다.

"언제부터 이랬어요?"

아이린이 고통을 참느라 내 팔을 아프게 잡았다.

"초련 언니, 이리 와봐요. 어서요."

초련은 하혈을 하는 아이린을 보고 놀라서 내게 딱 달라붙었다.

"왜 이래?"

"나도 몰라요. 어떡해요?"

아이린을 도와줄 방법이 떠오르지 않았다. 한참 뒤에야 119에 신고해야겠다는 생각이 들었다. 초련이 핸드폰을 가지러 이부자리로 갔다. 소희가 초련의 이불 속에 숨어서 분유를 퍼먹고 있었다. 분유통은 바닥을 드러냈다. 초련은 이성을 잃고 소희를 마구 때렸다. 소희는 맞으면서도 분유통을 내놓지 않았다. 나는 그때 보았다. 소희의 눈에서 번득이고 있는 알 수 없는 광채를. 초련은 분이 풀리지 않는지 소희의 머리채를 잡아 흔들었다. 소희는 머리채를 잡히고도 만족한 듯 웃었다.

통신이 끊겼다. 핸드폰이 전부 먹통인 것으로 보아 통신사나 기지국의 문제였다. 아이린의 상태는 점점 더 나빠졌다. 아이린은 태동이 전혀 느껴지지 않는다면서 태아가 잘못된 것 같다고 했다. 나는 차 열쇠를 집어 들었다. 아이린을 빨리 병원으로 데려가야 했다. 초련은 빈 분유통을 들고 분해서 바들바들 떨었다. 소희는 초련에게 전기장판을 돌려달라고 애원하다가 우산으로 등짝을 맞고는 울었다. 도움을 요청할 사람은 없었다. 아이린은 내 팔에 의지해서 겨우 걸었다. 옷을 여러 겹 껴입어서 움직임이 둔했다. 아이린은 핏자국을 남기며 아주 천천히 계단을 내려갔다. 여러 번 계단을 구를 뻔했다. 하혈은 멈추지 않았다. 이렇게 피를 흘리다가는 병원에 도착하기 전에 죽을지도 모른다. 나는 무서웠다.
"하리야, 나 무서워."
"무서울 게 뭐 있어요. 원래 출산할 때 피를 많이 흘린대요."
"어떻게 알아?"
"여기저기서 들었어요."
온갖 고생 끝에 1층에 도착했다. 함박눈이 쏟아지고 있었다. 주차장 전체가 눈밭으로 변해 있었다. 창문이란 창문은 전부 커튼을 쳐놓고 지냈더니 눈이 오는지도 몰랐다. 이 정도 대설이면 119에 신고해도 구급차가 올 수 없는 상황이었다. 눈이 종아리까지 쌓여서 걷기도 쉽지 않았다. 쉼터로 돌아갈 수밖에 없었다. 아이린이 눈밭에 털썩 주저앉았다. 나도 같이 주저앉았다.

"나올 거 같아."

"여기서는 안 돼요. 조금만 참아요."

아이린은 고통을 참지 못하고 신음을 냈다. 내 힘으로는 아이린을 일으켜 세울 수 없었다. 아무리 일어나라고 해도 아이린은 일어나지 못했다. 폭설과 함께 광풍이 몰아쳐 체온이 급격하게 떨어졌다. 아이린은 광야의 마녀 같았다. 광풍에 머리카락이 사방으로 흩날리고 까만 망토가 펄럭이면서 깃발이 날리는 소리를 냈다. 아이린이 쓰고 있던 고깔 모양의 모자가 바람에 날려 멀리 날아갔다. 아이린의 정수리는 머리카락 한 올 없이 반질반질했다. 그동안 모자를 벗지 않았던 이유가 있었다.

"내 모자!"

아이린이 바람에 날아간 모자를 향해 손을 뻗었다.

"하리야, 내 모자 좀 가져다줘. 부탁이야."

그렇게 말하고 아이린은 비명을 지르면서 눈밭에 드러누웠다. 벌려서 세운 다리에서 피가 흘러나왔다. 아이린은 계속해서 모자를 찾았다. 나는 어쩔 수 없이 모자를 주우러 갔다. 모자는 눈앞에서 잡힐 듯 말 듯 날아가고, 날아갔다. 영원히 손에 잡히지 않을 것 같았다. 아이린이 지금껏 질렀던 그어떤 비명보다 큰 소리로 비명을 질렀다. 나는 아이린에게 돌아갔다. 피범벅이 되어 형체를 알아볼 수 없는 아기가 눈밭에나와 있었다. 아이린은 탈진해서 정신을 잃었다. 나는 외투를벗어서 아기를 감쌌다. 성별을 확인할 정신도, 숨을 쉬는지살펴볼 여력도 없었다. 아기를 감싼 외투를 안고 쉼터를 향해달렸다. 몇 번이나 눈밭에 넘어졌지만, 외투는 떨어뜨리지 않았다.

여전히 초련은 분유통을 안고 있었고 소희는 구석에서 울고 있었다. 나는 눈밭에 쓰러져 있는 아이린을 데려오라고 두사람에게 마구 소리를 질렀다. 초련은 추운데, 라며 나가기싫은 티를 냈고, 소희는 배고파, 라고 앓는 소리를 냈다.

"쉼터에서 쫓겨나기 싫으면 당장 나가서 아이린 언니 데려와요. 10분 안에 안 데려오면 내쫓아버릴 테니까."

"마녀는 아이린 언니가 아니라 하리 너야."

나는 쫓겨나고 싶으냐고 눈을 부라렸다. 소희는 입을 삐죽거리며 나갔다. 초련은 소희의 머리를 마구 쥐어박았다.

나는 출산에 대해서 무지했다. 인터넷으로 낙태에 관한 글은 찾아봤지만, 출산에 대해서는 한 번도 찾아보지 않았다. 일단 아기가 죽었는지 살았는지도 모르겠다. 아기의 엉덩이를 꼬집었다. 아기가 엄청나게 큰 소리로 울었다. 초련의 아기는 한 번도 이렇게 크게 울어본 적이 없었다. 이제 뭐 하지? 나는 정신을 집중했다. 탯줄을 자르는 장면을 텔레비전에서 본 기억이 났다. 하지만 엄두가 나지 않았다. 나는 태반을 옷으로 덮어 보이지 않게 해놓았다. 소희가 들고 다니던 작은 크기의 전기장판 위에 이불을 깔고 아기를 눕혔다. 아기는 하수구에서 건져 온 것처럼 온갖 이물질이 묻어 있었다. 목욕을 시켜야 했다. 급하게 주전자에 물을 끓였다.

초련과 소희가 아이린을 데리고 돌아왔다. 젖은 옷을 갈아입히고 이불에 눕히는 동안 아이린은 잃어버린 모자 이야기만 했다. 정수리가 몹시 신경 쓰이는지 손바닥으로 가리고 있었다. 서랍에서 꺼낸 분홍색 보자기를 삼각형으로 접은 다음 아이린의 머리를 감싸주었다. 그러고 나자 아이린은 안정을 찾았다. 아이린이 갓난아기에 대해서 이것저것 물어왔다. 나는 건강한 남자아기라고 대답해주었다.

"이름을 백설이라고 지을 거야. 눈밭에서 낳았으니까."

"아까 잘못 들은 거 같은데, 남자아기라니까요."

"강백설. 남자 이름으로 괜찮지 않아?"

"아기 아빠가 강씨예요?"

"내가 강씨야."

그래서 나는 아이린이 강씨라는 것을 알게 되었다. 초련이 끼어들었다.

"언니가 기를 거예요?"

아이린은 당연한 것을 왜 물어보는지 모르겠다는 말투로 아니, 라고 대답했다.

"언니는 나이도 있고 직업도 있으니까 키워도 되잖아요."

초련은 아이린이 아기를 직접 키우는 것이 자신에게 중요한 일인 것처럼 물었다.

"우리나라에서 여자 혼자 어떻게 애를 키우니. 어린이집만 가도 아빠하고 같이하는 프로그램이 넘쳐나는데, 애가 상처받을 거 생각 안 해?"

아빠가 없어서 받을 상처가 걱정돼 엄마마저 없는 아이로 만들겠다는 아이린의 논리를 어떻게 받아들여야 할지 모르겠다.

"기르지도 않을 거면서 이름은 왜 지어주고 난리야."

초련이 나만 들리게 살짝 말했다.

"그러게요."

초련의 말에 나도 동의했다.

"소희 쟤는 왜 저러니?"

아이린이 물었다. 소희는 아까부터 거실을 뱅뱅 돌고 있었다. 당장 병원에 보내야 할 만큼 정신상태가 안 좋아 보였다.

"미친 거 같지?"

아이린이 백설이를 데려오라고 하더니 젖을 물렸다. 백설이는 눈을 감고도 엄마 젖을 잘 찾았다. 그 모습을 지켜보던 초련은 지지직거리며 울고 있는 아기한테 돌아갔다.

"백설아."

아이린이 아기의 이름을 부르며 얼렀다.

"엄청 추웠지. 이 세상에 눈밭에서 태어난 아기는 너 말고 없을 거야. 우리 백설이는 세상에서 가장 특별한 아이란다. 엄마 아들로 태어나줘서 고마워."

아이린은 내가 이제껏 들어본 적 없는 혀 짧은 소리를 냈다. 아침에 몰래 먹었던 '꼬마젤리'가 넘어올 뻔했다. 어차피 버릴 거면서 저따위 말을 왜 하는지 모르겠다. 초련보다 아이린이 더 잔인한 엄마인지도 모르겠다. 분홍하마의 집에 정상인은 한 명도 없었다. 반쯤 미쳤기 때문에 이곳에 온 것인지, 이곳에 왔기 때문에 미친 것인지 알 수 없었다.

"미역국 없어?"

제대로 먹지 못한 데다 피까지 많이 흘린 아이린에게 먹을 게 없다는 말이 차마 입 밖으로 나오지 않았다. 나는 버벅거리다가 기다리라고 했다. 아이린은 피곤하다고 했다. 나는 이불을 여러 겹 덮어주었다.

"아무 걱정 말고 자요. 날이 밝으면 바로 구급차 부를 거니까. 눈 감아요. 어서요."

아이린은 조용히 눈을 감았다. 금세 고른 숨소리가 들려왔다.

주방에서 물 끓는 소리가 들렸다. 백설이를 목욕시키는 일이 남았다.

"백설아, 맘마 그만 먹고 목욕하자."

내 입에서 나오는 다정한 목소리가 낯설어 소름이 끼쳤다. 아기가 이렇게 귀여운 존재였나 싶었다. 눈밭에서 백설이를 처음 본 순간부터 아이를 사랑하게 되었다. 나는 백설이의 뺨

하리

을 가볍게 쓰다듬었다. 백설이는 지치지도 않고 젖을 빨았다.
나는 백설이를 아이린한테서 떼어놓으려 했다. 백설이는 아
이린의 유두가 치즈스틱처럼 늘어나도록 물고 놓지 않았다.
빠는 힘이 엄청났다. 나는 손가락으로 백설이의 입을 톡톡 두
드렸다. 백설이가 손가락을 덥석 물더니 엄청난 힘으로 빨았
다. 나는 놀라서 손가락을 뺐다. 백설이가 크게 울었다. 얼른
백설이를 안아 올렸다.

"울지 마. 우리 백설이 착하지."

나는 아이린이 냈던 이상한 혀 짧은 소리보다 더 낯간지러
운 목소리를 냈다.

혼자서 백설이를 씻기는 건 무리였다. 몸이 너무 작아서 뭘
어떻게 해야 할지 몰랐다. 들다가 바스러트릴 것 같았고, 씻
기다가 물에 빠트릴 것 같았다. 손바닥 크기의 태반까지 달려
있어서 씻기기가 더 어려웠다. 목이 자꾸 옆으로 돌아갔다.
나는 아기의 목이 부러질까 봐 무서워서 두 손으로 머리를
떠받쳤다. 어쩔 수 없이 백설이를 바닥에 눕혀놓고 따뜻한 물
에 적신 수건으로 얼굴부터 닦았다. 주름이 많아서 닦기가 힘
들었다. 태어난 지 얼마 지나지 않은 아기를 난방이 되지 않
는 추운 방에서 오래 벗겨놓으면 안 될 것 같았다. 나는 부지
런히 손을 움직였다. 백설이는 말끔해졌다. 통통하고 귀여웠
으며 좋은 냄새가 풍겼다. 초련의 아기와는 완전히 달랐다.

나는 아무도 모르게 건빵을 입에 넣고 녹여서 먹었다. 건빵

봉지가 바스락거리는 소리를 듣고 잠에서 깬 마마가 나를 불렀다. 마마의 목소리는 초련의 아기 울음소리만큼이나 작아졌다.

"하리가?"

나는 대답하지 않았다. 소리 나지 않게 건빵을 꺼내서 입에 넣었다. 침이 스며들어 잘게 바스라진 건빵이 입 안 전체에 퍼졌다.

"거기 누꼬? 하리야, 하리야."

벽에 기대앉아 눈을 감았다. 분홍하마의 집에서의 첫날이 떠올랐다. 바람 소리와 방에서 나는 냄새 때문에 밤새도록 잠을 뒤척였다. 이제는 귀를 기울이지 않으면 바람 소리가 들리지 않았고 방에서 나는 냄새도 익숙해져 아무렇지 않았다. 익숙해졌다는 것은 적응했다는 말이다. 매일매일 나빠지기만 했지만, 신경이 무디게 변한 나는 별생각이 없었다. 일단 적응하고 나면 정착하고 싶은 것이 사람의 마음이다. 그동안 내가 떠나지 못했던 이유 중 하나였다. 이제는 떠나야 할 때다. 도로만 뚫리면 뒤도 보지 않고 이곳을 떠날 것이다. 나는 주머니에 손을 넣고 지폐를 만지작거렸다.

폭설

폭설에 발이 묶였다. 지리적 영향으로 눈이 자주 그리고 많이 오는 지역이긴 하지만 이번만큼 큰 눈이 내린 적은 처음이었다. 나는 창밖을 내다보고 말을 잃었다. 온 세상이 새하얗게 변했다. 산도, 길도, 나무도, 짓다 버려진 건물마저도 새하얬다. 스타렉스는 눈에 덮여서 보이지 않았다. 전화는 여전히 먹통이었다. 방송사마다 기상 특보를 내보냈다. 경기 북부와 강원도 지역에서는 기록적인 폭설로 인한 피해가 속출하고 있었다. 고립 지역이 차례로 안내되었는데 우리 지역은 나오지 않았다. 방송에서는 고립된 지역에 군 병력을 투입해서 구호 활동을 벌일 계획이라고 했다.

"군인들이 우리를 찾으러 올까요?"

초련이 텔레비전을 보다가 물었다. 대답하는 여자는 아무도 없었다. 말하지 않았지만 모두 알고 있었다. 군인은 오지 않을 것이다. 우리가 여기 있는지 아무도 모르는데 어떻게 온단 말인가.

"우린 다 죽을 거야."

아이린의 말이 예언처럼 들렸다.

"굶어 죽을 거야."

소희의 상태를 보면 아이린의 말이 맞았다. 소희는 킹벤자민의 줄기를 씹었다. 마른오징어를 씹을 때처럼 입 안에서 오래 불렸다가 꼭꼭 씹었다. 소희를 말리는 사람은 아무도 없었다.

"미역국은?"

소희가 눈을 반짝이며 아이린을 쳐다보았다.

"나도 미역국 좋아해."

"쟤 귀가 저렇게 밝았어?"

나는 주방에 들어가서 물에 소금과 간장, 고춧가루를 넣고 팔팔 끓인 국을 들고나왔다. 아이린은 미역국이 아니어서 실망한 듯 보였다. 전기장판을 허리에 두르고 식탁을 어슬렁거리던 초련은 고춧가루 국을 보고는 그냥 이부자리로 돌아갔다. 소희는 뜨거운 국물을 식히지도 않고 벌컥벌컥 마셨다.

"소희야, 천천히 먹어. 입 다 데겠어."

"맛있다."

소희는 한 그릇을 더 먹을 수 있겠냐고 수줍게 물었다. 나는 냉면기에 국물을 가득 담아서 내왔다. 소희에게 식혀서 천천히 먹겠다는 약속을 받아내고 국물을 주었다. 아이린은 고 춧가루 국을 먹을 생각이 없어 보였다.

"조금이라도 드셔보세요."

"으응."

아이린은 숟가락을 들고 힘겹게 국물을 떠먹었다. 어느새 국을 다 마신 소희는 기분이 좋은지 실실 웃으며 초련에게 다가가 전기장판을 돌려달라고 하다가 얻어맞았다. 소희는 초련의 이부자리 주변을 떠나지 못했다.

시간은 한없이 느리게 갔다. 기억의 창고 노트를 정리하고 두 시간은 지났겠지, 생각하고 시계를 보면 겨우 10분이 지나 있었다. 잠도 오지 않았다. 텔레비전에서는 종일 폭설에 대한 뉴스 특보를 내보냈다. 텔레비전은 보는 사람 없이 켜져 있었 는데, 텔레비전의 소음마저 없으면 미쳐버릴 것 같았기 때문 이었다. 나는 주머니에 손을 넣고 지폐를 만지작거렸다. 눈만 녹으면 이곳을 당장 떠날 것이다.

아이린은 고춧가루 국을 좋아하게 되었다. 자꾸만 고춧가 루 국을 끓여달라고 했다. 아이린은 하루가 다르게 몸이 부었 다. 이 상태로 계속해서 붓다가는 풍선껌처럼 터져버릴지도 몰랐다. 아이린은 눈이 잘 안 보인다고, 시력이 나빠진 것 같 다고 했지만, 사실은 눈꺼풀이 부어서 잘 안 보이는 것이다. 손가락이 부어서 물건을 잘 떨어뜨렸고 통증도 있었다. 제대로 된 음식을 먹으면서 몸조리를 해야 했지만 그러지 못했다. 아이린은 가끔 킹벤자민 잎으로 만든 샐러드가 먹고 싶다고 했다.

초련의 얼굴은 볼이 패고 광대뼈가 자두 씨처럼 돌출되었다. 팔다리는 가죽만 남았고 배는 임신했을 때와 별 차이가 없었다. 초련은 아기에게 젖을 물리고 자신은 빈 분유통을 핥았다. 분유통은 반짝반짝 광이 났다. 가루조차 남아 있지 않았지만 여전히 분유 냄새가 났다. 초련은 분유통을 금덩이처럼 소중히 여겼다. 초련은 하루에도 몇 번씩 소희를 때리고 욕을 했다. 소희가 분유를 먹은 일이 용서가 안 되는 모양이었다.

소희는 여전히 뭐든 입으로 가져갔다. 그릇, 신발, 가방 같은 걸 열심히 빨았고, 이불이나 베개는 씹기도 하면서 오래 물고 있었다. 어느 날은 기억의 창고 노트를 입에 넣으려고 해서 나를 기함하게 했고, 잠깐 한눈을 판 사이 안톤 체호프가 쓴 〈갈매기〉의 1막이 통째로 사라지기도 했다. 소희가 종이를 뜯어서 씹어 먹어버린 것이다. 소희도 미스터 칙처럼 치매가 오는 것일까. 아니면 종이가 정말 맛있는 것일까. 나는 4막이 시작되는 부분을 조금 떼어내서 씹다가 뱉어냈다. 종이는 사람이 먹을 수 있는 게 아니었다.

"빈혈 때문인 거 같아."

초련은 소희가 종이를 먹는 이유를 그렇게 설명했다. 철분이 부족한 사람은 먹을 수 없는 것을 먹기도 한다고 했다. 아기까지 가졌는데 안타까운 마음이 들었다. 소희가 휴지에까지 손을 대서 나는 휴지란 휴지는 죄다 숨겨두었다. 안타까운 건 안타까운 거고 휴지가 아까운 건 아까운 거였다.

이불을 뒤집어쓰고 기억의 창고 노트에 소희가 먹어치운 〈갈매기〉의 1막을 적고 있는데 초련이 왔다. 초련이 이불 속으로 파고들었다. 초련이 허리에 차고 있는 전기장판이 이불 속을 훈훈하게 덥혀주었다. 초련은 내 손을 가져가 전기장판에 대주었다. 볼펜을 쥐고 있던 손은 곱아서 쉽게 펴지지 않았다.

"그때 떠났어야 했어."

초련은 그 이야기를 또 했다. 아무리 후회한들 소용없었다. 그날 이후로 초련의 아기를 사겠다는 사람은 나타나지 않았다. 기회라는 것이 매번 주어지는 것은 아니었다.

"언제쯤이면 제설차가 올까?"

초련처럼 똑똑한 사람이 물어볼 만한 질문은 아니었다. 아무래도 굶는 것과 관련이 있어 보였다. 뇌에 영양분이 공급되지 않으면 두뇌가 제대로 작동하지 못한다고 어디선가 들은 기억이 났다.

"제설차는 안 와요. 여긴 민가도 없잖아요. 제설차가 뭐 하러 여기까지 오겠어요."

"너만 멀쩡해."

초련이 갑자기 따지고 들었다.

"다들 몸도 정신도 엉망인데, 하리 너만 정상이라고."

초련이 뭔가를 눈치챈 것일까. 나는 심장이 쪼그라드는 것 같았다.

"하고 싶은 말이 뭐예요?"

"도로가 뚫리면 도둑질하러 가자고. 그 얘기 하러 왔어."

도로가 뚫리면 당장 이곳을 떠나야지 도둑질하러 가자니……, 할 말을 잊었다. 초련마저 판단력을 완전히 상실했다.

시계의 건전지가 다 된 것이 아닌가, 의심이 들 정도로 시간은 느리게 흘렀다. 여자들은 몸을 배배 틀었다. 한 사람씩 거실에 모였다. 예전처럼 거실에 이불을 깔고 다 같이 몸을 눕혔다.

"오늘 밤에 눈이 더 온다는 예보 봤어?"

낮에는 여름 못지않게 햇살이 뜨거웠다. 이렇게 며칠만 지나면 도로가 녹을 것 같았는데 또 눈 소식이었다. 눈이라면 신물이 넘어올 지경이었다.

"그때 떠났어야 했어."

"우리 모두 죽을 거야."

"배고파."

세 여자는 같은 말을 반복했다. 젖을 빨던 백설이 큰 소리로 울었다. 소희가 백설이의 발가락을 깨물었기 때문이었다. 이빨 자국이 조막만 한 발에 그대로 남아 있었다. 아이린은 소희를 나무랐다. 소희는 기어들어가는 소리로 겨우 말했다.

"닭발인 줄 알았어요."

기가 막혀서 말이 안 나왔다. 아이린은 더는 소희를 나무라 지 않았다. 나는 아무것도 쓰여 있지 않은 대본의 맨 뒷장을 찢어서 소희에게 주었다. 소희는 종이를 씹어 먹었다.

"소희 언니는 종이가 맛있어요?"

소희는 초련의 질문에 대답할 정신이 없었다. 오로지 종이 를 먹는 일에 집중했다.

"쟤 얼마나 굶은 거야?"

"굶기는요. 분유 훔쳐 먹은 거 잊었어요?"

"꽤 굶은 거 같은데."

"지금 소희 언니가 문제예요? 아기는 분유가 없어서 보리 차만 먹고 있다고요. 아기가 얼마나 버틸지 모르겠어요."

쉼터 여자 중에 초련의 아기가 살 것이라 믿는 사람은 없었 다. "도대체 언제 죽는 거야?"라고 중얼거리는 초련의 혼잣 말을 들은 적도 있었다. 스물네 시간을 같은 공간에 있다 보 면 몰라도 될 것들을 저절로 알게 되었다. 종이를 다 먹은 소 희가 다가왔다.

"배고파."

나는 들고 있던 〈메디아〉 대본을 던졌다. 외운 지 오래된 희 곡이었다. 소희는 대본을 들고 눈에 띄지 않는 구석으로 갔다.

"이상하지 않아?"

"뭐가요?"

"저렇게 굶었는데 태아가 멀쩡하다는 게 이상하잖아."

"멀쩡한 거 맞아요?"

소희의 배 속에 있는 아기가 멀쩡할 것이라 생각하는 여자
는 없었다.

"몇 시니?"

"2시 38분이요."

"아직도?"

"시간 진짜 안 가죠. 하리야, 자니?"

나는 가만히 자는 척했다.

"잠들었나 봐."

아이린은 바람이 들어오지 않게 이불을 여며주었다. 머리
카락을 귀 뒤로 쓸어 넘기고 뺨을 쓰다듬어주었다.

"천사 같아."

"하리, 얘가요? 시베리아 벌판에 데려다 놔도 살 애예요."

"그건 맞아."

아이린과 초련은 킥킥거리며 웃었다.

"왜 이렇게 어둡지?"

"날씨가 흐리잖아요."

"그렇지."

"우리는 어떻게 될까요?"

"우리는 다 죽을 거야."

"점괘가 그래요?"

"아니. 감이 그래."

"어차피 죽을 거면 목이나 맬까요?"

"그럴까."

그렇게 말하고 두 사람은 키득키득 웃었다. 초련은 내가 껴안고 있는 기억의 창고 노트를 톡톡 쳤다.

"여기다 뭘 쓰는 걸까요?"

"읽어볼까?"

초련이 노트를 살짝 잡아당겼다. 나는 팔에 힘을 주었다.

"내가 할게."

아이린은 초련보다 더 세게 노트를 잡아당겼다. 아이린과 나는 힘겨루기를 하는 것처럼 노트를 잡아당겼다. 나는 참지 못하고 눈을 번쩍 떴다.

"자고 있던 게 아니었구나."

"자는 척은 왜 해?"

"노트는 왜요?"

약속이나 한 것처럼 다들 입을 다물었다. 주위가 조용해졌다.

"초련아, 몇 시나 됐니?"

"2시 51분이요."

"왜 이렇게 시간이 안 가니?"

"그러게요."

"심심한데, 우리 목이나 맬까?"

"그래요. 당장 목을 매자고요."

두 여자는 키득거리며 웃었다.

고백의 시간(6)

오랜만에 마사 리빙스턴의 코트를 입고 여자들 앞에 섰다. 그것 말고는 할 일이 없었다.

"고백의 시간을 시작하겠습니다."

여자들은 이불 속에 누워 있었다. 나는 여자들을 그대로 두었다. 형식도 자유 토론으로 바꾸었다. 굶주림으로 고통받는 여자들에게 내가 해줄 수 있는 유일한 편의였다.

"오늘은 내가 먼저 할게."

빈 분유통에서 코를 빼며 초련이 나섰다. 말할 기운마저 없는지 초련의 목소리는 착 가라앉았다. 초련은 온 힘을 다해서 에너지를 끌어 올리더니 조금씩 기운을 차렸다.

"지금까지 고백했던 건 다 거짓말이에요."

하리

"알고 있었어."

"하리 너도?"

"전 도둑질 이야기는 진짜인 줄 알았어요. 그래서 무슨 이야기를 할 거예요?"

"아기 아빠 이야기. 우리가 해야 할 이야기가 그것 말고 또 뭐가 있겠어요. 고백의 시간에는 그 이야기만 해야 한다고 생각해요. 우리가 이렇게 된 게 다 누구 때문이에요?"

"초련이 잘한다."

"애는 혼자 만드나요? 여자들만 고통받아야 하는 이유가 뭐예요. 여자로 태어나고 싶어서 태어난 것도 아닌데, 왜?"

초련은 감정을 숨길 생각이 없어 보였다. 도리어 말을 하면서 점점 더 흥분했는데 전혀 며칠을 굶은 사람처럼 보이지 않았다.

"저출산 운운하면서 나라에서 우리한테 해주는 게 뭐예요. 세계 경제 순위 11위인 나라에서 아직도 애들을 해외로 입양 보낸다는 게 말이나 되나요. 겨우 '고아 수출국'이라는 오명에서 벗어나는가 싶더니, 2014년부터 해외 입양이 다시 늘고 있어요. 국내 입양이 그만큼 줄었다는 거죠. 이게 다 입양특례법 때문이잖아요. 여성에게만 순결을 강요하고, 혈연을 중시하는 우리나라에서는 여자에게만 불리한 악법이에요. 입양특례법을 만들기 전에 미혼모 보호법을 먼저 만들었어야죠. 미혼모에 대한 부정적 인식을 개선하려는 노력을 했어야죠. 아닌가요? 하다못해 우리한테 먼저 물어보기라도 했어야죠.

아기를 호적에 올려야만 입양할 수 있다는 생각은 누구 머리에서 나온 건지 모르겠어요. 아이의 권리 때문이라고요. 그렇다면 미혼모의 권리는 어디 있나요? 남성만이 이 끔찍한 현실에서 비켜서 있어요. 그들에게 책임을 묻는 법안을 먼저 만들지 않은 이유는 뭐죠. 이런 말도 안 되는 법을 만들어서 우리를 옭아매고 정작 책임져야 하는 인간들은 모두 빠져나가요. 비겁한 거죠. 정치인들도 애들 아빠라는 새끼들도."

"초련이를 국회로!"

아이린은 선거 운동원처럼 구호를 외쳤다. 초련은 마지막 남은 힘을 소진하고 널브러졌다.

"면사무소 인간들도 나쁜 놈들이야."

아이린은 뒤늦게 화가 나는지 씩씩거렸다. 아기가 지지직, 소리를 내며 울었다. 초련은 연거푸 보리차를 마시고는 아기에게 젖을 물렸다.

"마마한테는 남자친구의 아기라고 말했는데, 새빨간 거짓말이에요."

초련은 빈 젖을 물고 있는 아기를 내려다봤다. 아기는 영화 〈반지의 제왕〉에 나오는 '골룸'과 비슷해졌다. 영양분이 부족해서인지 머리카락이 죄다 빠지고 한두 가닥만 남았다. 나는 될 수 있으면 아기를 보지 않으려 했다. 어쩌다 눈이 마주치면 바로 고개를 돌려버렸다. 몰골이 너무나 끔찍했기 때문이다.

"대단한 이야기는 아니에요. 어디선가 익히 보아왔던 흔하디흔한 사연이죠. 진부해서 더 잔인한. 하리야, 네 눈에는 내가 어떤 사람으로 보이니?"

질문을 받는 건 유쾌한 일이 아니다. 머릿속에 있는 이미지를 정확하게 말로 표현한다는 것은 불가능에 가깝다. 나는 차라리 질문을 하는 사람이 되고 싶었다.

"아이린 언니가 말해봐요. 어떻게 보여요?"

"똑똑한 친구라고 생각해. 때론 얄밉지만."

"솔직하게 말해줘서 고마워요, 언니. 그건 내가 만든 가면이에요. 진실을 알게 되면 여기 있는 사람들은 나를 사람 취급도 안 해주겠죠. 이젠 괜찮아요. 아이린 언니 말처럼 우린 모두 여기서 죽을 테니까. 난 항상 진실을 말하고 싶었어요."

도대체 얼마나 대단한 고백을 하려고 서두가 저렇게 긴지 모르겠다. 아이린은 초련의 말에 집중했다. 소희는 아이린의 눈을 피해 백설이의 손가락을 빨았다. 소희가 백설이를 쳐다보는 눈길은 묘한 데가 있었다. 사랑스러워하거나 귀여워하는 눈빛은 분명히 아니었다. 백설이가 통돼지 구이로 보이는지도 모르겠다. 그러니 틈만 나면 강아지처럼 핥아대는 것 아닐까.

"취업이 절실했어요."

초련은 언제까지 최저 시급 받으며 아르바이트나 하면서 살 수 없었다. 대학에 입학할 때만 해도 몰랐다. 졸업하고도 카페 알바생으로 일하며 자기소개서를 고치는 삶을 살게 될 줄은. 카페 아르바이트 대신 명문대 타이틀을 들고 과외 자리도 구해봤지만, 그것도 여의치 않았다. 과외 시장에는 발에 차이는 게 명문대생인 데다, 스물두 살이 넘으면 퇴물 취급을 받았다.

"여자들의 취업 마지노선이 스물일곱이라는 말 들어본 적 있죠? 그거 다 헛소리예요. 스물셋에서 넷까지가 그나마 취업이 좀 되고 여섯 넘어가니까 거의 안 되더라고요."

"어디서나 여자는 나이가 문제야. 사주 카페에서도 마흔 넘으면 인기 없어. 더 큰 문제는 내가 여자라는 거지. 사주 카페의 주 고객층이 20, 30대 여자들인데, 죄다 젊고 잘생긴 남자만 찾으니까."

아이린이 한숨을 쉬었다.

"아이린 언니 말이 맞아요. 취업시장 어디서나 여자들은 남자들한테 밀려요. 신입 사원을 열 명 뽑으면 남자를 여덟 명 뽑고 여자는 두 명밖에 안 뽑아요. 여자들은 출산하면 회사 일에 불성실할 거라는 얼토당토않은 사고방식 때문이죠. 남자들이 육아를 같이하면 해결될 문제잖아요. 하지만 그렇게 하지 않죠. 여전히 육아는 여자들의 문제라고 사회 전체가 생각하는 거예요. 그래서 많은 여자들이 고시에 매달리는 거 아니겠어요."

"근데 아기 아빠랑 취업이 무슨 상관이야?"

"아기 아빠가 인턴으로 일했던 회사의 팀장이었거든요."

"알겠다."

아이린이 대번에 알아들었다.

"팀장이라는 놈이 정규직 만들어주겠다고 접근했지? 정규직을 미끼로 널 어떻게 한 거 아냐?"

초련은 쓸쓸한 미소를 지어 보였다.

"저는 정직원이 되고 싶었어요. 안 된다면 비정규직으로라도 회사에 남고 싶었어요. 정말 그것뿐이었어요."

"팀장 놈을 혼내줘."

백설이의 발가락을 빨던 소희가 외쳤다. 초련과 아이린이 놀라서 소희를 쳐다보았다. 소희는 흐리멍덩한 눈을 하고 천장을 비스듬히 쳐다보았다. 그녀는 다른 세계에서 건너온 사람 같았다. 나는 소희에게 질문을 던졌다.

"어떻게요?"

"돈을 뜯어내야지. 회사에 폭로하겠다고 하면 내놓지 않겠어? 아니면 초련이랑 결혼하라고 하든지. 돈 뜯어내면 떡볶이 사 먹자. 하리야, 배고파."

"총각이야?"

아이린이 물었다.

"아들이 둘이에요."

"나쁜 놈이네. 소희 말처럼 일단 협박해서 돈을 왕창 뜯어내고, 그런 다음에 죽지 않을 만큼 패주자. 생각만 해도 속이 시원해."

초련은 부들부들 떨었다. 추위 때문만은 아닌 듯했다.

"하리야, 애 왜 이러니? 왜 이렇게 벌벌 떨어."

초련은 속에서 끓어오르는 분노를 어찌해야 할지 몰랐다. 분노, 억울함, 서러움, 부끄러움, 괴로움, 두려움 등의 감정을 내면에 차곡차곡 쌓아두고 있었는데, 고백을 하면서 모든 것이 무너진 것이다. 초련은 눈이 녹을 때까지 기다릴 수 없다고, 팀장을 당장 응징하지 않으면 화병으로 죽을 것 같다고 했다.

나는 스툴을 거실 한가운데에 놓고 초련을 앉혔다. 베개가 눈에 띄었다. 베개를 스툴 앞에 가져다 놓았다. 초련에게 나를 팀장이라 생각하고 하고 싶은 말을 하라고 했다. 분노가 폭발하면 베개로 스툴을 사정없이 때리라고 했다. 내면에 쌓인 분노가 다 사라질 때까지. 초련은 알겠다고 대답만 하고 가만히 있었다. 초련을 연극 속으로 끌고 들어와야 했다. 내가 먼저 초련에게 말을 걸었다.

"왜 왔어?"

초련은 가만히 있었다. 나는 배냇저고리를 덮어씌운 베개를 초련의 품에 안겨주었다. 그리고 초련이 안고 있는 베개를 가리키며 물었다.

"이거 뭐야?"

"……."

"설마, 낳았어? 그런 거야?"

"……."

"지우라고 내가 분명히 말했지. 그걸로 끝난 거야. 나랑은 상관없는 애야. 당장 데리고 돌아가. 누가 보기 전에. 가라고.

내 말 못 들었어? 할 말 있으면 빨리해. 가족들이랑 약속 있
어."

"……."

"너 진드기니. 도대체 왜 이래. 좋다고 덤벼든 건 너야. 아
니야? 여자가 헤퍼가지고는."

초련은 참지 못하고 배냇저고리를 내 품에 던지듯 안겨주
었다.

"뭐 하자는 거야 지금. 데리고 가."

나는 배냇저고리를 초련에게 주었다. 초련은 절대 받지 않
겠다는 몸짓을 하며 몸을 돌렸다. 눈가에는 눈물이 그렁그렁
했다.

"흉측하게 생긴 이거나 데리고 당장 꺼져"

"네가 사람이냐?"

"뭐?"

"네가 사람이냐고. 짐승도 제 새끼는 귀하게 여겨. 이 악마
같은 놈아."

초련은 흐느끼느라 말을 제대로 못 했다.

"뭐라는 거야. 닥치고 골룸 닮은 네 새끼 데리고 빨리 꺼
져. 가족들이 기다린다고 했잖아. 애들이랑 동물원 가기로 했
어."

"네 새끼야. 얘도 네 새끼라고. 그러니까 책임져. 얘도 책임
지고 나도 책임져. 이 나쁜 놈아."

나는 초련에게 베개를 억지로 건네주었다. 초련은 베개로

스툴을 내리쳤다. 스툴이 넘어지고 베개 천이 찢어지도록 내리치고 또 내리쳤다. 그러다가 힘이 빠졌는지 베개를 놓쳤다. 놓친 베개를 잡으려다 안 되니까 그 자리에 주저앉아버렸다.

"네 마누라가 낳은 아이는 보물처럼 귀하게 여기면서 내 안에 있는 생명은 냉혈한처럼 지우라고 말하는 너를 죽여버리고 싶었어."

소희가 일어나더니 베개를 안아 들었다.

"여기요. 데려가요."

소희가 베개를 초련에게 들이밀었다. 초련은 본능적으로 뒤로 물러났다. 소희는 억지로 베개를 초련의 품에 떠넘겼다. 초련은 품에 안긴 베개를 보고는 화들짝 놀라더니 다시 소희에게 떠넘기려고 했다. 소희는 베개를 받지 않았다. 초련은 이러지도 저러지도 못하고 초조해하다가 베개를 앞에 내려놓고 도망치려는 듯 뒤돌아섰다. 소희가 초련의 팔을 잡았다.

"놔줘."

초련이 잔뜩 겁먹은 목소리로 입을 뗐다.

"데려가. 네 애잖아."

"아니야."

"회사에 폭로하고 당신 와이프한테도 다 말할 거야."

소희가 악을 썼다.

"원하는 게 뭐야. 나한테 도대체 왜 이래?"

"돈 내놔. 아니면 회사 잘리고 이혼도 당하게 될 거야."

초련은 한참을 말을 못 했다. 연극 대본에서 간혹 보이는

'긴 사이'라는 것이 이런 정적을 말하는 것이었다. 초련은 무슨 말인가를 하려다 멈추고, 하려다 멈추고 했다. 소희가 말했다.

"무섭지? 두렵지? 직장도, 아내도, 아이들도 다 잃을까 봐. 초련이가 얼마나 무서웠겠어. 이 애가 불쌍하지도 않아?"

초련이 울음을 터뜨렸다.

"초련이한테 미안하다고 해. 용서해달라고 해. 그리고 한 번만이라도 네 아이 안아줘. 네가 사람이라면 그렇게 해야 하는 거야."

초련은 떨리는 목소리로 자신에게 미안하다고 말했다.

"다 끝난 거지? 하리야, 이제 떡볶이 사 먹으러 가자."

소희의 말에 다들 맥이 풀렸다. 아이린은 흥미를 잃고 이불 속으로 들어갔다. 실컷 울고 난 초련은 굶주림에 시달리는 싱글맘이라는 원래의 모습으로 돌아왔다.

고백의 시간을 마치자 나는 탈진하고 말았다. 허기가 져서 눈앞이 희뿌옜다. 물 이외에 먹는 게 없는 여자들보다는 형편이 나았지만 배고픔은 내가 더 느끼는 것 같았다. 과자가 얼마 남지 않았다. 나는 먹는 양을 반의반으로 줄였다. 들키지 않으려고 새벽에 아무도 모르게 과자를 꺼내 먹었다. 먹어봐야 건빵 서너 개, 초콜릿 과자 한두 개였지만 나는 그 시간만 기다렸다.

나는 아이린과 소희의 사이를 파고들어 가만히 누웠다. 훈훈한 온기가 느껴졌다. 체온은 상상 이상으로 따뜻했다. 쉼터

의 여자들은 굶어 죽었으면 죽었지, 얼어 죽지는 않을 것이
다.

하리

탈출

마마는 보리차를 삼키지 못했다. 보리차는 뺨을 타고 목으로 흘러내렸다.

"마마."

마마는 대답이 없었다. 움직이지도 않았다. 나는 보리차가 담긴 머그잔을 놓쳤다. 뭔가 잘못되었다는 것을 직감했다. 나는 떨리는 손을 들어 마마의 뺨을 만졌다. 마마의 뺨은 얼음 조각처럼 차가웠다. 난방이 안 되기 때문만은 아니었다. 마마는 이미 이 세상 사람이 아니었다. 나는 그 순간 이성을 잃었다. 마마가 죽었다는 사실을 알면서도 먹을 것을 주면 다시 살아나지 않을까, 하는 이상한 생각을 했다. 박스를 뒤져서 마지막 남은 계란과자를 꺼냈다. 생명 줄이라 여기고 마지막까지 아껴두었던 과자였다. 사후경직이 시작되어서 입이 쉽게 벌어지지 않았다. 나는 마마의 입에 계란과자를 억지로 쑤셔 넣었다. 그때 나는 일어나, 내가 잘못했어, 죽지 말란 말이야, 같은 말을 했던 것 같다. 충격이 커서인지 정확한 기억은 남아 있지 않았다. 나는 마마의 시체 옆에 앉아 대사를 외웠다.

어릴 적 그레타 가르보가 나오는 〈춘희〉를 보러 다닌 기억이 나네요. 아, 대여섯 번은 족히 될 거예요. 주인공은 결핵으로 죽지 않을 거라고 매번 간절히 믿었고요. 기대와 희망에 벅차 극장에 앉아 있었지만, 매번 절망했고, 매번 다시 오리라 결심했답니다. 해피엔딩을 보려고요. 다른 결말이 담긴 필름이 있다고 믿었으니까요. 할리우드 깊숙이 이제는 잊힌 보관소에 결핵도, 질주해오는 기차도, 총살도 이겨내는 그레타 가르보가 있다고 말이죠. 매번요. 전 아직도 또 다른 필름이 있다고 믿고 싶어요. 전 아직도 모든 이야기에는 어디에든, 어떤 식으로든 해피엔딩이 있다고 믿고 싶어요.[7]

나는 여자들이 마마의 방에 들어와서 마마의 죽음을 확인할 때까지 쉬지 않고 고장 난 녹음기처럼 같은 대사를 반복했다. 초련이 이 과자는 뭐냐고 물었다. 이제 없다는 내 말에

---

7 존 필미어, 《신의 아그네스》, 홍서희 옮김, 한울, 2020, 15~16쪽.

여자들은 피비린내를 맡은 상어 떼같이 난폭해졌다. 여자들은 내가 엄청난 양의 과자를 숨겨두고 혼자만 배부르게 먹고 있었다고 믿었다. 여자들의 분노는 폭발하는 화산처럼 인력으로 막을 수 있는 것이 아니었다. 여자들은 내 말을 믿지 않고 방을 샅샅이 뒤졌다. 마마가 소중하게 모아두었던 연극 관련 물건들이 모조리 망가지고 말았다.

어릴 적 그레타 가르보가 나오는 〈춘희〉를 보러 다닌 기억이 나네요. 아, 대여섯 번은 족히 될 거예요. 주인공은 결핵으로 죽지 않을 거라고 매번 간절히 믿었고요. 기대와 희망에 벅차 극장에 앉아 있었지만, 매번 절망했고, 매번 다시 오리라 결심했답니다. 해피엔딩을 보려고요. 다른 결말이 담긴 필름이 있다고 믿었으니까요. 할리우드 깊숙이 이제는 잊힌 보관소에 결핵도, 질주해오는 기차도, 총살도 이겨내는 그레타 가르보가 있다고 말이죠. 매번요. 전 아직도 또 다른 필름이 있다고 믿고 싶어요. 전 아직도 모든 이야기에는 어디에든, 어떤 식으로든 해피엔딩이 있다고 믿고 싶어요.

대사를 외우는 것만이 지금의 현실에서 도망칠 수 있는 유일한 방법인 것처럼 나는 계속해서 대사를 외웠다. 과자를 찾지 못하자 여자들의 분노는 더 커졌다. 분노는 고스란히 내게로 향했다. 여자들은 군중 심리에 휩쓸려서 자제력을 완전히

탈출

상실했다. 발길질을 처음 한 것이 누구인지 모르겠다. 그게 그렇게 중요한 문제도 아니었다. 아이린은 지치지 않고 때렸다. 한 대 때릴 때마다 과자 내놔, 라고 소리쳤다. 나쁜 년이라고도 했고 돼지 같은 년이라고도 했다. 초련은 힘이 빠져서 씩씩거렸고, 소희는 마마가 가장 아끼던 〈사의 찬미〉 대본을 씹어 먹었다. 아이린의 발길에 코가 걸어채었다. 눈앞이 뿌예지면서 통증이 몰려왔다. 곧이어 코에서 피가 쏟아졌다. 나는 바닥에 거꾸러졌다. 초련이 아이린을 말렸다. 아이린은 때리기를 멈추고 험한 욕설을 내뱉었다. 나는 납작 엎드린 자세 그대로 쥐 죽은 듯이 있었다.

"죽은 사람한테 전기장판이 필요해요?"

"아니지. 전기장판은 산 사람에게 필요해. 마마도 우리가 따뜻하게 지내면 저승에서 좋아하실 거야."

초련과 아이린은 힘을 합쳐 마마를 밀어내고 전기장판을 챙겼다. 아이린이 밖으로 나가면서 소희를 불렀다. 소희는 〈사의 찬미〉 대본을 챙겨 들고 아이린을 따라갔다. 방문이 딸깍 소리를 내며 닫혔다. 주위가 컴컴해졌다. 창문을 뚫고 들어온 달빛이 마마를 비췄다. 마마는 그녀가 애지중지 아꼈던 소품들과 함께 버려졌다.

난 울지 않을 거야. 이젠 안 울 거야. 나는 줄곧 기다려만 왔어. 모스크바로 가면 그곳에서 참된 사랑을 만날 수 있을 거라고. 난 그이를 공상하고, 그이를 사랑하고 있었

하리

던 거야. 하지만 그건 모두 헛된 꿈이었어. 무슨 밤이 이렇게 불안할까? 올가 언니, 들었어? 부대가 여길 떠나서 멀리 이동한다는 소식 말이야. 언니, 난 남작을 존경해. 그분은 훌륭한 분이야. 그분과 나 결혼할래! 그분의 청혼을 받아들이겠어. 하지만 우리, 모스크바로 가요, 네? 언니, 우리 떠나요. 이 세상에 모스크바보다 더 좋은 곳은 아무 데도 없어요! 떠나요, 올가 언니! 우리 떠나요![8]

새벽에 추위를 견디지 못하고 거실로 나왔다. 여자들은 전기장판에서 자고 있었다. 아이린은 더운지 이불을 걷어찼다. 초련의 아기는 숨소리가 더 나빠졌다. 소희가 보이지 않았다. 거실을 훑어보았다. 주방 쪽에서 인기척이 들렸다. 나는 인기척을 따라서 주방으로 갔다. 소희는 내가 오는지도 모르고 뭔가를 열심히 핥고 있었다. 바닥에 물이 흥건했다. 양말이 금세 축축해졌다. 검은 뭉치가 발에 채서 넘어질 뻔했다. 미끈거리는 검은 뭉치를 들고 달빛이 들어오는 창가에 비추었다. 검은 뭉치는 갓 태어난 아기였다. 아기는 죽어 있었다. 나는 날카롭게 비명을 질렀다. 너무 놀라서 말이 나오지 않았다. 나는 꺽꺽거리며 숨이 쉬어지지 않는 가슴을 주먹으로 쳤다. 초련이 무슨 일이냐고 물으며 불을 켰다. 빳빳하게 굳은 영아 시체가 형광등 불빛 아래 드러났다. 움직일 때마다 붉은 발

8 안톤 체호프, 〈세 자매〉, 최형인 엮음, 《백세개의 모노로그》, 청하, 1990, 85쪽.

도장이 찍혔다. 내가 밟은 것은 물이 아니라 피였다. 나는 식탁 모서리를 잡고 구역질을 해댔다.

나는 기억의 창고 노트를 외투 속에 감추고 차 열쇠만 챙겨 집을 나섰다. 주차장은 여전히 눈밭이었고 진눈깨비가 내리고 있었다. 나는 발이 푹푹 빠지는 눈길을 걸어 겨우 스타렉스 앞에 도착했다. 눈 때문에 차 문이 열리지 않았다. 힘을 줘 차 문을 잡아당겼다. 조그마한 공간이 생겼다. 비좁은 틈으로 몸을 디밀어서 겨우 차에 올라탔다. 차는 눈 때문에 움직이지 못하고 헛바퀴만 돌았다.

차로 이동하는 것을 포기하고 걸었다. 사방이 눈밭이라 길을 알 수 없었다. 대충 감으로 도로를 찾았다. 터널을 찾기만 하면 된다. 눈 때문에 한 걸음 내딛기도 힘들었다. 칼바람이 뺨을 때릴 때마다 구역질이 났다. 구역질이 날 때마다 눈물이 흘렀다. 눈물은 뺨에서 그대로 얼었다. 추운 날씨와 별개로 등줄기에 땀이 흘렀다. 손발은 감각이 없었다. 구름 위를 걷는 것처럼 정신이 몽롱했다. 쉬고 싶었다. 내가 걸어온 길을 뒤돌아봤다. 50미터나 될까. 분홍하마의 집과 짓다가 버려진 건물들이 드라큘라가 사는 성처럼 음침했다. 나는 그곳에서 한시바삐 도망치고 싶었다. 하지만 발걸음은 생각과 달리 쇠공을 매단 것처럼 무거웠다. 악몽 속으로 들어온 듯했다. 악몽에서 벗어나려면 도망쳐서는 안 된다. 깨어나야 한다. 꿈에서 깨고 싶었다.

눈을 떴는데 나는 여전히 악몽 속에 있었다. 분홍하마의 집 거실에 누워 있었다. 심장이 쪼그라드는 듯했다. 나는 미로에 갇힌 것처럼 밤새도록 눈밭을 헤매다가 길을 찾지 못하고 추위에 쫓겨서 분홍하마의 집으로 돌아오고 말았다. 분홍하마의 집으로는 결코 돌아오고 싶지 않았지만, 선택의 여지가 없었다. 얼어 죽을 수는 없었다. 품에 숨겨두었던 기억의 창고 노트를 더듬었다. 노트는 다행히 그대로 있었다. 머릿속에는 오로지 이곳을 떠나야 한다는 생각뿐이었다. 일어서려는데 몸이 말을 듣지 않았다. 지독한 두통에 얼굴이 찡그려졌다. 다시 누웠다. 온몸에 파스를 붙여놓은 것처럼 화끈거렸다. 침을 삼키면 목구멍이 찢어질 듯 아팠다. 목이 탔다. 따뜻한 보리차를 마시고 싶었다. 그런데 여자들은 다 어디로 간 것일까. 나는 다시 잠 속으로 빠져들었다.

소희가 걱정스러운 얼굴을 하고 내려다보았다. 나는 소희를 밀어내려고 식은땀을 흘리며 허우적거렸다. "괜찮아?" 소희가 물었다. 아니, 난 안 괜찮다. 구역질이 났다. 소희를 봤기 때문이었다. 소희가 내 몸을 일으켜 세웠다. 나는 소희에게서 벗어나려고 꿈틀거렸다. 몸이 내 몸 같지 않게 움직여지지 않았다. 우주에 떠 있는 듯했다. 소희가 보리차가 담긴 머그잔을 입에 대주었다. 나는 급하게 물을 마셨다. 마취를 한 것처럼 입술에 감각이 없어서 마시는 물보다 흘리는 물이 더 많았다. 소희가 대접에 담긴 국물을 숟가락으로 떠 먹여주었다.

고소하면서 짭짤한 맛이 났다. 나는 소희가 주는 대로 국을 받아먹었다. 그리고 다시 잠이 들었다.

새벽에 눈이 떠졌다. 주머니에 손을 넣어 지폐가 아직 있는지 확인했다. 한참을 만지작거렸다. 지폐가 있으면 서울 가는 버스표를 살 수 있다. 자리에서 일어나려고 했지만 너무 어지러워 포기하고 다시 누웠다. 품에 숨겨두었던 기억의 창고 노트를 꺼냈다. 애벌레처럼 기어서 달빛을 찾아갔다. 노트를 펼치고 달빛에 의지해 글을 썼다. 머리가 아파 집중이 되지 않았다. 괴발개발 써놓은 글자들은 도무지 알아볼 수 없었다. 노트 위의 글자가 입체적으로 보였다. 눈이 빠질 것처럼 아팠다. 바닥에서 올라오는 냉기 때문에 오한이 났다. 나는 식은 땀을 흘리며 전기장판이 있는 곳으로 기어갔다.

악취 때문에 머리가 더 아팠다. 여자들이 마마 방의 문틈을 테이프로 막고 있었다. 마마가 아직 방 안에 있나 보다. 아파서 그런지 식욕도 없었다. 이렇게 누워 있다가 죽으면 얼마나 좋을까. 소희가 보리차와 국을 들고 왔다. 나는 소희가 주는 대로 먹고 다시 눈을 감았다.

아이린은 백설이를 안고 울음을 터뜨렸다. 백설이의 발이 포대기 사이로 삐져나와 있었다. 21호 파운데이션 색깔처럼 살결이 고왔다. 초련은 옆에서 아기에게 젖을 물렸다.

—그러게 이름은 왜 지어줬어요?

초련이 아이린을 나무랐다.

—이름이 없으면 슬픔도 없는 법이에요.

나는 〈존 왕〉에서 콘스탄스의 대사를 읊고 싶었다. 복숭아 씨가 목구멍을 막고 있는 것처럼 말이 나오지 않았다. 어쩔 수 없이 속으로 외웠다.

추기경님의 말대로라면 난 죽어 천당에서 내 아들을 다시 보겠죠. 최초의 인간인 카인 이후로 태어난 모든 아이들 중에서 그렇게 귀여운 아이는 없었어요. 그런데 이제 구더기들이 내 그 아름다운 꽃봉오리를 먹어버릴 테니. 그리고 그 뺨에서 아름다운 빛을 빼앗아 가버릴 텐데. 그 애는 유령처럼 수척하고 학질을 앓는 사람처럼 말라비틀어질 거야. 그럼 내가 그 애를 천당에서 만난다 해도 난 그 애를 알아보지 못할 거야. 결국 난 영원히, 영원히 내 아름다운 아들 아더를 다시는 볼 수 없겠지.[9]

우리는 백설이를 영원히 잃어버렸다. 아이린이 다시 엄마가 되는 일은 없을 것이다. 그녀는 엄마가 되기에 너무 늙었다. 나는 백설이의 발을 잡으려고 손을 뻗었다. 백설이의 발이 얼음처럼 차가워 보였다. 아무리 손을 뻗어도 손끝이 발에

---

9 윌리엄 셰익스피어, 〈존 왕〉, 최형인 엮음, 《백세개의 모노로그》, 청하, 1990, 97쪽.

닿지 않았다.

—용용아.

미스터 칙의 목소리가 환청처럼 들렸다.

—미스터 칙? 어디 있어요? 숨지 말고 나와요.

—여기 있어. 바닥을 봐.

개미 한 마리가 꿈틀대며 기어 왔다. 미스터 칙은 죽어서 개미가 되었나 보다. 나는 꿈을 꾸고 있다는 것을 알았다. 꿈인 것을 알고 꾸는 꿈은 슬프다. 죽을 것을 생각하면서 사는 것처럼.

—거기서 뭐 해요?

—길을 잃었어. 슈퍼에 데려다줄래?

—담배 있어요?

—담배를 피우기에 나는 너무 작아.

—라면 있어요?

—요즘은 풀을 먹고 있어.

—칙은 아무짝에도 쓸모가 없어요.

나는 개미를 집어서 삼켰다. 그렇게 해서 미스터 칙은 나와 함께 살게 되었다.

여자들의 대화가 노랫소리처럼 들려왔다.

—물을 끓이자. 물을.

—간장을 넣을까.

—아니, 아니, 아니야. 오늘은 고추장을 풀자.

―물 끓는다.

겨우 눈을 뜨고 소리가 들리는 쪽으로 고개를 돌렸다. 여자들이 험상궂은 표정으로 초련의 아기를 둘러싸고 모여 앉아 있었다.

―죽었어?

―아직.

―아직 안 죽었어?

―안 죽었어.

―언제나 죽을까?

―내일은 죽겠지.

미스터 칙이 위 속에서 속삭였다.

―집에 안 가?

이제 그만 악몽에서 깨어나고 싶었다.

긴 잠에서 깨어났을 때는 한낮이었다. 나는 알 수 있었다. 이제는 진짜 떠나야 할 시간이었다. 실타래보다 길었던 인내의 시간은 다 지나갔다. 여자들은 핏기 없는 얼굴을 하고 시체처럼 가지런히 누워 있었다. 거식증 환자처럼 여윈 얼굴만 보면 산 사람 같지 않았다. 하지만 그녀들은 아직 살아 있었다. 아기들도 숨을 쉬고 있었다. 온기가 느껴지는 아기의 부드러운 뺨을 쓸어보았다. 살려야 한다. 나는 오직 그 생각만 하며 이를 악물고 몸을 일으켜 세웠다. 다리가 후들후들 떨려서 벽을 잡고 간신히 섰다. 눈앞이 뿌옇게 흐려졌다가 천천히 밝아졌다. 한 걸음, 한 걸음 천천히 발을 뗐다. 구정이 지났으니 나는 이제 열아홉 살이다.

공사장에서 벽돌을 들고 와 모텔 입구의 유리문을 박살 냈다. 초원모텔 안으로 들어갔다. 어지러워서 천천히 걸었다. 뱅글뱅글 크고 작은 회오리 모양이 눈앞에서 둥둥 떠다녔다. 벽돌로 자판기를 내리쳤다. 자판기는 한 번에 부서지지 않았다. 자판기가 부서질 때까지 벽돌로 내리쳤다. 자판기에서 음료수가 쏟아져 나왔다. 차가운 음료수가 갑자기 몸속으로 들어가자 머리가 깨질 듯이 아팠다. 나는 멈추지 않고 음료수를 마셨다. 배가 다시 만삭처럼 부풀어 오를 때까지.

수십 번의 시도 끝에 겨우 시동이 걸렸다. 유리창을 통과해서 들어온 햇볕이 스타렉스 안을 가득 채웠다. 나는 기억의 창고 노트를 꺼내 글을 쓰기 시작했다. 꿈인지, 환상인지, 환각인지 모를 기억을 차곡차곡 써 내려갔다. 글을 쓰면 기억이 사라질 것처럼.

—그런다고 잊힐까?

미스터 칙이었다. 나는 여전히 내 안에서 들려오는 소리를 애써 무시하려 했다.

—없었던 일이 돼?

바다에 가야겠다. 추악한 기억을 버리기에 바다보다 좋은 곳은 없을 것이다.

—노트를 버려. 그럼 기억도 사라질 거야.

기억의 창고를 쓰레기통에 버릴 수는 없었다. 이 노트는 내

것이 아니었다. 기억의 창고는 분홍하마의 집을 거쳐 간 수많은 미혼모가 낳은 아이들의 족보다. 아이들을 찾아서 노트를 돌려주어야겠다는 생각이 들었다. 그 일은 평생을 바쳐야 할 만큼 오랜 시간이 필요할지도 모르지만, 이곳에서 살아서 나가기만 한다면 그 일을 시작할 것이다. 먼저 여자들과 아이들을 살린 다음에 말이다.

가속페달을 밟았다. 자동차는 움직이지 않고 헛바퀴만 돌았다. 가속페달을 밟고 있는 발에 힘을 줬다. 귀청을 때리는 파열음이 나면서 차가 앞으로 움직이기 시작했다. 얼어붙은 도로를 달리는 게 아니라 아이스링크에서 스핀을 도는 것 같았다. 가속페달에서 발을 뗐지만 차는 계속해서 미끄러졌다. 핸들을 이리저리 움직여 방향을 잡았다. 차는 크게 S자를 그리며 천천히 달렸다. 백미러로 분홍하마의 집을 쳐다보았다. 바람이 불 때마다 쌓여 있던 눈이 날렸다. 분홍하마의 집은 현실에 존재하는 건물이 아닌 듯 보였다. 분홍하마의 집에서 보냈던 시간이 먼 전생의 일처럼 느껴졌다. 그곳에서 있었던 일이 정말 일어났던 일인지 확신이 서지 않았다.

내리막길에서 타이어가 미끄러졌다. 브레이크는 말을 듣지 않았다. 브레이크를 계속 밟았지만 오히려 가속도가 붙었다. 핸들이 제 마음대로 돌아갔다. 스타렉스는 군부대에서 파놓은 방공호에 처박히면서 멈췄다. 다친 곳은 없었다. 입에서 탄식처럼 말이 튀어나왔다.

"살았다!"

탈출

—목숨 참 질겨. 느릅나무에 목이라도 매던가.

미스터 칙이 비아냥댔다. 10미터는 족히 되어 보이는 나무가 눈에 들어왔다. 나는 품 안의 노트를 움켜쥐었다. 내 목숨이 붙어 있는 한 그녀들을 살릴 기회도 아직은 남아 있다. 눈앞에 순백의 눈밭이 펼쳐져 있었다. 아무도 지나간 사람이 없었다. 나는 미끄러지지 않게 천천히 걸었다. 춥고 배가 고팠지만 걷기를 멈추지 않았다. 발자국이 등 뒤에서 나를 따라왔다.

하리

작가의 말

이 소설의 초고는 2015년에 나왔다. 가브리엘 마르케스를 흉내 내어 쓴 원고는 어설프기 짝이 없었고 순문학보다는 장르문학에 더 가까웠다. 그 후 몇 번이나 엎고 다시 쓰기를 반복했다. 탈영병이 쉼터에 숨어들기도 했고, 미혼모들이 합심해서 닭을 기르고 농사를 짓기도 했다. 벼랑 끝에 몰린 미혼모들이 은행을 터는 비현실적인 버전도 있었다. 책상에 앉아 이렇게 저렇게 머리를 굴려봤지만, 원하는 소설을 쓸 수 없었다. 그때 나는 《하리》를 쓸 능력이 안 됐다. 미혼모의 아픔을 어설프게 상상해서 쓰겠다는 생각 자체가 오만이었다. 미혼모라는 특수성이 아니라 캐릭터에 집중한 끝에야 지금의 소설을 완성할 수 있었다. 인물들이 느끼는 감정은 오롯이 내

것이다. 소설에서 꾸밈없는 진정성이 느껴진다면 아마 그래서일 것이다. 소설 내용에 관해서는 따로 할 말이 없다. 내가 감당하기 힘든 주제였다. 쓰는 내내, 그리고 출간을 앞둔 지금도 내 글이 누군가에게 상처가 될까 봐 두렵다. 모쪼록 이 소설로 인해 상처받는 분이 없었으면 한다.

연극배우를 꿈꾸던 스무 살, 《백세개의 모노로그》는 내게 바이블과 다름없었다. 화술을 잘하고 싶은 마음에 늘 책을 끼고 다니며 틈만 나면 독백 연습을 했다. 책을 껴안고 잠드는 날도 있었다. 자연스럽게 희곡을 외우게 되었고, 대화 중에 희곡 대사를 섞어 쓰는 일이 잦았다. 연극단원들과 치맥을 하는 한 자리에서 누군가 약삭빠르게 마지막 치킨을 집어 들었을 때 나는 이렇게 외쳤다. (무슨 이유인지는 몰라도 그 시절 우린 늘 허기져 있었다.)

"당신이야말로 이기주의의 화신이라는 걸 정말 모르겠소?"[10]

허겁지겁 마지막 치킨을 입에 넣은 단원은 이렇게 되받아쳤다.

"나란 인간은 정말 구원받지 못할 인간인 것 같습니다."[11]

그 시절의 허기가 《하리》에 고스란히 스며들었다. '하리'

---

10   시몬 드 보부아르, 〈위기의 여자〉, 최형인 엮음, 《백세개의 모노로그》, 청하, 1990, 166쪽.

11   황순원, 〈모든 영광은〉, 최형인 엮음, 《백세개의 모노로그》, 청하, 1990, 114쪽.

는 이렇게 탄생했다.

원고가 있다고 해서 책이 뚝딱 나오는 게 아니다. 책이 완성되기까지 많은 사람의 도움이 있었다. 늘 곁에서 지지해주는 문우들과 선생님들, 디자이너님과 교정자님의 수고로움이 없었다면 이 책은 세상에 나오지 못했을 것이다. 바쁘신 와중에 추천사를 써주신 강영숙 선생님께 감사드린다. 항상 아낌없는 격려를 보내주시는 조예신 선생님께도 감사드린다. 종이가 아깝지 않은, 나무에게 조금이라도 덜 미안한, 좋은 글을 쓰도록 더 노력하겠다.

2022년 12월
서경희

하리

초판 1쇄 발행 2022년 12월 15일

지은이　서경희
펴낸이　서경희
펴낸곳　문학정원

출판등록　제2021-000346호
전화　　　070-8065-4766
팩스　　　070-8015-6863
전자우편　hiheehoo@naver.com
주소　　　서울시 마포구 성지길 25-11 지층 707호 (합정동)

ⓒ 서경희 2022
ISBN　979-11-977224-8-6 (03810)

* 이 도서는 한국출판문화산업진흥원의 '2022년 중소출판사 출판콘텐츠 창작
지원 사업'의 일환으로 국민체육진흥기금을 지원받아 제작되었습니다.